Salim Alafenisch

Die Nacht der Wünsche

Zu diesem Buch

Wer von Allah mit der Nacht der Wünsche gesegnet wird, hat drei Wünsche frei. Doch in dieser besonderen Nacht werden sich die Hoffnungen des mächtigen Sultans nicht erfüllen. Als ihn auf dem Lager seiner jüngsten Haremsdame eine sonderbare Schwäche befällt, nutzt die schöne und kluge Zahra das Missgeschick des Tyrannen: In betörenden Märchen erzählt sie ihm von Geschichte und Gebräuchen, Menschen und Mythen seines Reiches, um die sich der hab- und machtgierige Sultan nie gekümmert hat.

»Alafenischs Geschichten von klagenden Palmen, von mächtigen Nächten, die Wünsche erfüllen, von süßen Äpfeln aus dem Garten Damaskus, von weisen Kadis und noch weiseren Frauen entführen in eine wunderbare und wundersame Welt.« *Hannoversche Allgemeine Zeitung*

Der Autor

Salim Alafenisch wurde 1948 als Sohn eines Beduinenscheichs in der Negev-Wüste geboren. Nach dem Gymnasium in Nazareth und einem einjährigen Aufenthalt in London studierte er Ethnologie, Soziologie und Psychologie an der Universität Heidelberg. Seit Langem beschäftigt er sich mit der orientalischen Erzählkunst und stellt sie in zahlreichen Autorenlesungen, Rundfunk- und Fernsehsendungen vor. Er liest seine Geschichten nicht vor, sondern erzählt sie frei. Heute lebt er als freier Schriftsteller in Heidelberg.

Im Unionsverlag sind außerdem lieferbar: *Das Kamel mit dem Nasenring, Die acht Frauen des Großvaters, Der Weihrauchhändler, Das versteinerte Zelt, Die Feuerprobe, Amira – Prinzessin der Wüste* und *Amira – im Brautzelt.*

Salim Alafenisch

Die Nacht der Wünsche

Roman

Unionsverlag
Zürich

Die Originalausgabe erschien 1996
beim Weitbrecht Verlag, Stuttgart.

Im Internet
Aktuelle Informationen,
Dokumente, Materialien
www.unionsverlag.com

Unionsverlag Taschenbuch 545

Rieterstrasse 18, CH-8027 Zürich
Telefon 0041-44-283 20 00, Fax 0041-44-283 20 01
mail@unionsverlag.ch

Reihengestaltung: Heinz Unternährer
Umschlaggestaltung: Martina Heuer, Zürich
Umschlagbild: August Macke, Kairouan I, 1914
© Blauel/Gnamm/ARTOTHEK
Druck und Bindung: CPI – Clausen & Bosse, Leck
ISBN 978-3-293-20545-1

Prolog

Vor langer Zeit lebte ein mächtiger Sultan. Er war der Herrscher eines großen Reiches und gebot über unzählige Untertanen. Immer wieder unternahm er Feldzüge, um neue Ländereien zu erobern und ihre Bewohner zu unterwerfen. Seine Habgier kannte keine Grenzen.

Doch er war nicht nur gierig nach neuen Gebieten, es gelüstete ihn auch nach Mädchen. Über die Anzahl seiner Frauen und Konkubinen sind sich die Märchenerzähler uneins. Viele meinen, der Herrscher habe so viele Frauen besessen, wie das Jahr Nächte habe. Eine Handvoll Erzähler hält diese Zahl für übertrieben. Sie glauben, es seien nur vierzig Frauen gewesen, denn nach vierzig Tagen ist eine Wöchnerin wieder rein.

Dieser Sultan lebte in einem großen, prächtigen Palast, und jede seiner zahlreichen Frauen bewohnte ein eigenes Gemach.

Obgleich er ein grausamer und hartherziger Herrscher war, zeigte er sich seinen Gemahlinnen gegenüber gerecht. Nacht für Nacht suchte er eine seiner Frauen in ihrem Gemach auf, sodass jede Frau einmal im Jahr an die Reihe kam. Der Sultan hatte eine seltsame Gewohnheit: Bevor er des Nachts eine seiner Gemahlinnen aufsuchte, verspeiste er eine Wachtel. So kam es, dass diese Vögel im Reich des Sultans immer seltener wurden. Den Untertanen war es bei Strafe verboten, Wachteln zu verzehren.

Die Tage verbrachte der Herrscher in seinem Diwan. Umringt von einem Dutzend Sklaven, die ihm zu Diensten waren, empfing er seine Wesire und Statthalter. Eine Wasserpfeife schmauchend und Tee schlürfend, hörte er, was die Wesire und Verwalter ihm über sein Reich zu berichten hatten. Und wenn ihn die Nachrichten langweilten oder ermüdeten, entließ er die Berichterstatter mit einem Wink.

Dann pflegte er sich auf den Polstern seines Diwans auszustrecken, und während die Sklaven ihm kühle Luft zufächelten, fiel er in tiefen Schlummer.

Eines Nachts, als seine jüngste Frau Zahra an der Reihe war, ließ der Sultan auf sich warten. Zahra hatte den Nachmittag im Hammam verbracht, um sich auf den nächtlichen Besuch vorzubereiten. Sie hatte ein Bad genommen, ihre Sklavinnen hatten sie massiert und mit duftendem Rosenöl eingerieben. Dann reichten sie ihr ein Gewand aus chinesischer Seide und schmückten ihre Haare mit Perlen und Edelsteinen. Mit ihren kajalgeschminkten Augen und ihrem Mund, der einem Zauberring glich, war sie so schön wie der Mond in seiner Fülle.

Zahra, die Blume, war die Tochter eines berühmten Händlers. Er bereiste mit seinen Karawanen die unterschiedlichsten Länder, war vertraut mit Sitten und Gebräuchen fremder Völker. Kehrte er von seinen Handelsreisen zurück, so pflegte er seiner Tochter zu erzählen, was er gesehen und erlebt hatte. Zahra war eine neugierige und dankbare Zuhörerin. Sie hegte und pflegte den Schatz der Geschichten, die sie in ihrer Fantasie weiterspann.

In dieser Nacht stand Zahra am Fenster und betrachtete den Mond. Sie nahm es als gutes Zeichen, dass in ihrer Nacht der Vollmond erstrahlte. Denn ihre letzte Nacht vor einem Jahr war finster und kalt gewesen.

Um sich die Zeit zu vertreiben, warf die Frau Weihrauch in die Glut und atmete den Duft in tiefen Zügen ein. Sie wartete und wartete. Die Glut war bereits verglommen, und der Mond stand schon über der Zinne des Palastes.

»Habe ich mich beim Zählen der Nächte vertan, oder hat der Sultan meine Nacht vergessen?«, fragte sich Zahra. Sie öffnete ihr Schmuckkästlein und zählte die Perlen ihrer langen Kette.

»Doch, ich bin heute an der Reihe!«, murmelte sie und lehnte gedankenverloren ihren Kopf an das Fenster.

Erst nach geraumer Zeit näherten sich Schritte. Zahra horchte. Ihre Blicke hefteten sich auf die Tür.

Der Sultan trat ein. Er hatte die Laune eines brünstigen Kamels. »Verflucht seien die Jäger!«, schimpfte er, ohne seine Frau eines Blickes zu würdigen.

Zahra ging auf den Sultan zu. »Gegrüßt seist du, mein Gebieter! Was bedrückt den größten Herrscher aller Zeiten?«

»Diese verdammten Jäger konnten keine einzige Wachtel finden!«, erwiderte der Sultan und stampfte vor Wut auf den Boden.

»Wünscht sich der gnädige Sultan einen Becher Wein? Wein erfreut das Herz!«, erwiderte Zahra und rezitierte die Verse des Dichters:

»O, wie köstlich ist der Wein,
funkelnd wie der Stern am Abendhimmel!
Welch ein Duft geht von ihm aus,
Moschus, Ambra kommen ihm nicht gleich!
Lass ihn dir gar wohl kredenzen
von einer Schönen mit tiefschwarzen Augen!
Es ist ein wahrhaft edler Wein,
gepresst wohl aus der Schönen Wangen.«

»Ich mag nicht trinken!«, erwiderte der Sultan mürrisch.

»Mein Gebieter soll unsere Nacht genießen!«, suchte Zahra den Sultan zu beschwichtigen. »Zu deinem Wohlgefallen werfe ich Weihrauch in die Glut!«

Sie zeigte zum Himmel. »Sieh, der Himmel ist mit Sternen bestickt, und der Vollmond sendet seine silbernen Strahlen!«

»Die Wachteln, die Wachteln …!«, klagte der Sultan.

»Denk nicht mehr an die Wachteln!« Zahra fasste den Sultan an der Hand. »Hier sind die schönsten Äpfel aus dem Garten von Damaskus, greif zu!«

Der Herrscher ließ sich auf dem Lager nieder und machte sich über die Obstschale her. Ein rotbackiger Apfel nach dem andern verschwand in seinem Schlund. Zahra wunderte sich über seinen großen Appetit.

Die Zeiten der Wachteln sind vorbei, dachte sie bei sich. Die Vögel können aufatmen. Jetzt sind die Äpfel an der Reihe. Die Apfelpreise werden steigen!

Der Sultan stellte die leere Obstschale beiseite. »O Zahra, du bist schön und klug. Ich fühle mich wohl bei dir!« Er betrachtete versonnen den jungen Reiter auf der persischen Miniatur am Fußende des Schlaflagers. »Gegen das Alter ist kein Kraut gewachsen«, bemerkte er. »Und ohne die Wachteln …«

Zahra unterbrach ihn. »Sei unbesorgt! Die Äpfel werden dir guttun!« Und sie fuhr fort: »Die Wachteln haben dein Reich verlassen. Auch den Tieren ist ihr Leben lieb!«

Der Sultan schlang seine Arme um seine Gemahlin. »Du bist verständig, doch was soll ich den anderen Frauen jetzt sagen? Schaff mir Rat!«

Zahra überlegte. »Ein schwieriges Problem mit sieben Knoten!«

»Das weiß ich selbst!«, brauste der Sultan auf.

»Sag einfach, dass du krank bist«, schlug Zahra vor.

»Krank?«

»Du bist überarbeitet, das große Reich und die vielen Gemächer deines Palastes machen dir zu schaffen.«

Stumpf vor sich hinblickend, murmelte der Sultan: »Krank? Krank? Kannst du mich heilen?«

»Du brauchst Schonung«, entgegnete Zahra.

»Ich war noch nie krank!«, jammerte der Sultan.

»Das meinen viele. Weißt du, wie es dem Gläubigen in der Nacht der Wünsche erging?«

Der Sultan horchte auf: »Erzähl mir von der Nacht der Wünsche!«

Der Juwelier

Die Nacht der Wünsche wird in Allahs Heiligem Buch erwähnt. Sie ereignet sich nur im Fastenmonat Ramadan, in dem die Gläubigen von der Morgendämmerung bis zum Sonnenuntergang fasten. Der Tag wird zur Nacht und die Nacht zum Tag.

Wer von der Nacht der Wünsche gesegnet wird, hat drei Wünsche frei, die ihm Allah erfüllen wird, und in dieser Nacht sieht er die Welt verkehrt: Alles steht auf dem Kopf. Manche versetzt dieses Ereignis in Angst und Schrecken, sodass ihre Zunge gelähmt ist. Um dem vorzubeugen, überlegen sich die Menschen ihre Wünsche im Voraus.

»Was wünscht sich der Blinde?«, fragt man die Kinder scherzhaft.

»Einen Korb voll Augen!«

»Was wünscht sich der Arme?«

»Einen Sack voll Gold!«

»Was wünscht sich der Reiche?«

»Glück!«

Zu der Zeit, als Harun al-Raschid in Bagdad wohnte, lebte ein frommer Mann. Er war Juwelier, und sein Geschäft in der Altstadt florierte. Die Reichen der Stadt kauften bei ihm den Brautschmuck für ihre Töchter. Im Laufe der Zeit wurde der Händler so wohlhabend, dass er vier Frauen heiraten konnte.

Und wo scheißt der Teufel hin? Auf den größten Haufen!

Dieser wohlhabende Juwelier wurde von der Nacht der Wünsche gesegnet. Als er aufwachte, sah er die Welt verkehrt: Die große, prächtige Moschee von Bagdad stand auf dem Minarett, und der Palast des Khalifen ruhte auf seinen Zinnen.

Der Juwelier erschrak, doch dann erkannte er die Zeichen. Er hatte also drei Wünsche frei, die ihm Allah erfüllen würde.

Der Mann hob seine Hände hoch und sprach: »O Allah, du Allbarmherziger! Du hast mich reich gesegnet. Ich habe vier Frauen, zahlreiche Nachkommen, und ich bin wohlhabend!«

Er hielt kurz inne. »Mein Wunsch ist: Mache mein Glied länger!«

Kaum hatte er den Wunsch ausgesprochen, da war sein Glied so lang wie ein Kamelhals.

Der Juwelier erschrak zutiefst: »O Allah! So riesig wollte ich mein Glied nicht haben. Welche Frau der Welt soll mich empfangen? Hab Erbarmen, mache mein Glied kürzer!«

Der Kamelhals verschwand, und als der Juwelier durch seinen Gewandausschnitt blickte, erblickte er eine kleine Olive.

Wie von Sinnen begann der Mann zu schreien. Verzweifelt hob er seine Hände ein drittes Mal: »Mein dritter Wunsch ist, dass du mir mein Glied wiedergibst!«

Und es geschah. So hatte der Juwelier sein Glück in der Nacht der Wünsche vertan.

Die Geschichte von dem Juwelier erheiterte den Sultan, und seine Laune besserte sich zusehends. Der Herrscher machte es sich auf dem Schlaflager bequem, und noch bevor der Morgen anbrach, schnarchte er.

Der Ruf des Muezzins, der die Gläubigen zum Mittagsgebet rief, weckte den Schläfer. Die Wesire im Diwan, die seit den Morgenstunden vergeblich auf den Sultan gewartet hatten, rätselten über sein Ausbleiben.

»Mach dir keinen Kummer!«, flüsterte der eine dem anderen ins Ohr. »Der Sultan hat die Nacht bei seiner jüngsten Frau verbracht!«

»Vielleicht ist ihm doch etwas zugestoßen?«, gab der andere zu bedenken.

»Der Sultan schläft aus, die Nacht hat seine Kräfte aufgezehrt!«, sagte ein Dritter.

Er hatte den Satz kaum zu Ende gebracht, als die Tür aufging und der Sultan erschien. Die Wesire verneigten sich ehrerbietig.

»Gnädiger Herrscher, Euer Morgen sei erleuchtet!«, begrüßte ihn der Großwesir.

Der Sultan ließ sich ermattet auf seinem Diwan nieder. Der Großwesir wollte wie gewöhnlich die Sitzung eröffnen, doch der Sultan winkte ab. »Ich bin krank!«, beschied er.

»Lass den Leibarzt rufen!«, befahl der Großwesir den Sklaven.

»Ich will keinen Arzt!«, versetzte der Herrscher. »Ich brauche Schonung!«

Ratlos schauten sich die Wesire an. Mit einer tiefen Verbeugung zogen sie sich zurück.

Die Neuigkeit verbreitete sich wie ein Lauffeuer im Palast.

»Der Sultan ist krank!«, tuschelten die Sklaven.

Einige Frauen erkundigten sich bei Zahra: »Der Herrscher war gestern bei dir! Was ist mit ihm?«

»Er ist nicht ernstlich krank, er braucht nur Ruhe!«, entgegnete sie. »Ihr könnt Eure Perlenketten in den Schmuckkästlein lassen, es wird nichts mit Zählen!«

Der Scheich

Heute Abend erzähle ich dir die Geschichte von dem Scheich mit der ausgekugelten Hüfte.

In den Weiten der arabischen Wüste lebte vor langer Zeit ein Scheich. Er war reich und mächtig. Sein schwarzes Zelt, das auf sieben Zeltstangen ruhte, war immer offen für Gäste.

Sein Stamm war berühmt für die Zucht edler Kamele. Von weit her strömten die Beduinen zu seinem Zeltlager, um ihre Kamelstuten decken zu lassen.

Scheich Razik war nicht nur der Besitzer der größten Kamelherde weit und breit, er hatte auch eine edle arabische Stute und einen Esel. Zwischen den Kamelen und dem Esel gab es häufig Ärger, besonders beim Dreschen.

Auf dem Dreschplatz band man die Tiere mit einem Seil aneinander, trieb sie um einen Mühlstein und ließ sie mit ihren Hufen die Ähren zermahlen. Während der Esel, der dem Mühlstein am nächsten stand, mit nur wenigen Schritten den Stein umkreiste, mussten die Kamele weite Runden drehen. Aber sie hatten ja auch längere Beine.

Es war Sommer, und brütende Hitze lag über dem Dreschplatz. Die Sommerhitze hatte die Ähren getrocknet. Bis zu den Knien versanken die Kamele in den Strohhaufen, und von dem Esel waren bisweilen nur noch die Ohrenspitzen zu sehen. Der Staub verklebte den Tieren die Nüstern, sodass sie zu niesen begannen.

Die Tiere stöhnten.

»Bei der Gluthitze zu dreschen ist eine Strafe Gottes!«, schimpfte ein altes Kamel, dem die Zunge heraushing. »Und zu allem Überfluss müssen wir auch noch den faulen Esel ziehen!«

»Brüstet ihr Kamele euch nicht immer, wie kräftig ihr seid? Wozu habt ihr eure langen Beine und eure Plattfüße? Mir wird allmählich schwindlig vom Drehen!« Der Esel wippte mit seinem Schwanz.

»Wenn du dein Maul nicht hältst, werde ich keinen einzigen Schritt mehr tun!« Das alte Kamel spuckte in die Luft. »So weit kommt es noch, dass sich Kamele von einem gemeinen Esel beleidigen lassen!«

»Wer zeigt den Kamelen den Weg, wenn die Karawane auf Wanderschaft ist? Ich, der Esel! Ohne meine Hilfe seid ihr blind wie die Hühner!«, gab der Esel zurück.

»Du Grünschnabel! Als du noch im Bauch deiner Mutter warst, habe ich schon das große Kamelrennen gewonnen!«, versetzte das alte Kamel. »Ich zähle die Runden, für jede Runde bekommst du eines Tages einen Tritt in den Hintern.«

Das alte Kamel nahm ein Maul voll Ähren. Versonnen betrachtete es die Ziegenherde am Rande des Zeltlagers. Mit prallen Bäuchen lagerten die Ziegen im Schatten des Palmenhains und dösten vor sich hin.

»Ziegenbock müsste man sein!«, murmelte das alte Kamel. »Ein Ziegenbock muss nicht dreschen, keine Lasten tragen, und vierzig Ziegen laufen hinter ihm her! Und ich muss schuften, bis mir die Zunge heraushängt, und zu allem Überdruss soll ich mich auch noch mit diesem Nichtsnutz von Esel herumplagen!«

»Der Ziegenbock ist eben schlauer als du!«, lachte der Esel und vertrieb mit seinem Schwanz eine Zecke von seinem Hinterbein.

»Hört auf zu streiten!«, mischte sich eine Kamelstute ein.

Doch der Esel war bockig: »Ich kann mich nicht schneller drehen!«, sagte er und beschleunigte seine Schritte, dass die Kamele Mühe hatten zu folgen.

Während sich die Tiere auf dem Dreschplatz um den Mühlstein drehten, besattelte Scheich Razik seine Stute, um einen befreundeten Scheich im benachbarten Zeltlager zu besuchen.

Begleitet von guten Wünschen seiner Frauen, schoss er auf seinem Reittier davon, galoppierte am Dreschplatz vorbei und verschwand in der Schlucht. Doch im Galopp stolperte die Stute über einen Steinbrocken, und der Reiter stürzte in hohem Bogen auf den Boden.

Ein gellender Schrei hallte in der Schlucht wider. Aus

allen Zelten eilten die Bewohner herbei. Sie fanden den Gestürzten bewusstlos am Boden liegen.

»Wasser! Wasser!«, rief ein alter Mann. Ein jüngerer goss Wasser aus einen Ziegenschlauch über das Gesicht des Scheichs. Langsam kam dieser wieder zu sich.

Der Stammesälteste beugte sich über den Scheich: »Du hattest Glück im Unglück! Allah sei Dank, dass dein Kopf nicht auf diese Steinplatte geprallt ist!«

Die Männer versuchten, den Gestürzten aufzurichten, doch er konnte sich nicht auf den Beinen halten. »Meine Glieder brennen wie Feuer«, stöhnte der Scheich.

Der Stammesälteste gab Anweisung: »Holt den Esel!«

Ein Junge eilte zum Dreschplatz und band den Esel los.

Das alte Kamel atmete auf. »Endlich können wir in Ruhe Gerste fressen! Alle kümmern sich um den Scheich, und diesen nichtsnutzigen Esel sind wir auch los!«

Auf dem Weg zur Schlucht ahnte der Esel Schlimmes.
Als er den Scheich auf dem Boden liegen sah, jammerte er: »Diesen Fettsack soll ich nach Hause tragen? Was habe ich getan, dass Allah mich so bestraft?«

Doch es half kein Jammern und kein Klagen. Mit vereinten Kräften hievten die Männer den Scheich auf den Esel und stützten ihn. Mit schweren Schritten setzte sich der Esel in Bewegung.

»Ich Unglücksrabe!«, klagte er. »Als ob diese Gluthitze nicht genügte!«

Der Esel trottete zum Zeltlager. Vor denn Scheichzelt befreite man ihn endlich von seiner Last. Das Tier atmete auf. Die Zeltbewohner betteten den Scheich behutsam auf den Teppich.

»Wo ist der Derwisch?«, rief der Stammeskadi, während er dem Verletzten ein Kissen unter den Kopf schob.

»Was ist passiert?«, hörte man eine Stimme rufen.

Es war der Derwisch, der mit langen Schritten herbeieilte. Sein weißes Gewand flatterte im Wind, und mit seiner Rechten hielt er seinen Turban fest. Sein Bart reichte ihm bis zur Brust.

»Der Scheich ist kopfüber vom Pferd gestürzt!«, berichtete ihm der Kadi, der den Derwisch empfing. Alle Blicke hefteten sich auf den Verletzten, der laut aufstöhnte.

Der Derwisch beugte sich über den Scheich und begann ihn vom Kopf bis zu den Füßen abzutasten. Als er bei der linken Hüfte angelangt war, bäumte sich der Verletzte auf: »Es brennt! Es brennt!«

»Bleib ruhig liegen!«, ermahnte ihn der Derwisch und drückte, um sich zu vergewissern, noch einmal auf die Hüfte.

Der Scheich stieß einen Schrei aus, als hätte ihn ein Skorpion gestochen.

Der Derwisch wiegte den Kopf hin und her und schaute in die Runde: »Die linke Hüfte ist ausgekugelt!«

Der Verletzte krümmte sich vor Schmerzen.

»Was ist zu tun?«, wollte der Kadi wissen.

Der Derwisch wischte sich mit einem Zipfel seiner

Kopfbedeckung die Schweißperlen von der Stirn. »Eine ausgekugelte Hüfte wieder einzurenken, ist eine heikle Sache! Ich kenne eine Methode«, fuhr er fort, »doch sie erfordert von dem Kranken Geduld. Der Scheich muss Hiobsgeduld aufbringen!«

Scheich Razik nickte mit schmerzverzerrter Miene, um zu zeigen, dass er ein Nachfahre Hiobs sei.

Der Derwisch war zufrieden. »Nun denn, ich brauche einen Esel!«

»Was hat der Esel mit der ausgekugelten Hüfte zu tun?«, erkundigte sich ein Sohn des Scheichs.

»Bin ich der Heiler oder du?«, gab der Derwisch zurück. »Tu, was ich dir sage!«

Der Esel war von bösen Ahnungen geplagt, als er diese Worte vernahm. »Was bin ich doch für ein Pechvogel. Der Scheich stürzt vom Pferd, und sie brauchen mich. Was hat der Derwisch mit mir vor?«

Gesagt, getan. Der Sohn des Scheichs, Hassan, führte den Esel an den Zelteingang.

Der Derwisch winkte Hassan zu sich und flüsterte ihm ins Ohr: »Füttere das Tier drei Tage mit Gerste, doch achte darauf, dass es keinen Tropfen Wasser bekommt.«

Hassan band den Esel an einen Zeltpflock fest und stellte einen Korb mit Gerste vor ihn. Der Esel machte sich über die Gerste her.

»Wahrscheinlich muss der Scheich für seine Heilung eine gute Tat vollbringen«, rätselte er.

Gierig füllte er sein Maul mit Körnchen. »Oder man füttert mich, damit mein Gang edler wird!« Der Esel reckte sich in die Höhe. »Scheich Razik ist alt geworden und kann sich nicht mehr auf dem Pferd halten. Jetzt braucht er mich!«

Allmählich neigte sich der Tag seinem Ende zu. Aus den Zelten hörte man das Geklapper der Kochtöpfe, und bald verbreitete sich der Duft von Gerstensuppe im Zeltlager. Aus den Zelten stiegen Rauchsäulen empor. Die Familien scharten sich um die Feuerstellen.

Die Sonne war bereits am Horizont versunken, als die Tiere vom Dreschplatz zurückgetrieben wurden. Die Kamele, deren Felle hell vor Staub waren, trotteten mühsam zu ihrem Ruheplatz.

»Sieh da, der Esel!«, rief das alte Kamel, als es seinen Widersacher erblickte.

»Meine Hufe brennen, mein Schlund ist ausgetrocknet, und dieser Esel hockt über dem Gerstenkorb und schlägt sich den Wanst voll! Wir dreschen nicht nur für den Scheich, sondern jetzt auch noch für den Esel. Die Welt ist voller Ungerechtigkeit!«

Der Esel nahm ein Maul voll Gerste und spuckte übermütig in die Luft. »Edel soll ein Wesen sein und keine gespaltenen Lippen wie die deinen haben!«, schmetterte er lauthals.

Die Augen des alten Kamels funkelten. »Habt ihr das gehört? Der Esel hält sich für edel!«

»Verdrehte Welt!«, pflichtete ihm die Kamelstute bei. »Dem Esel ist die Gerste zu Kopf gestiegen!«

Das alte Kamel bleckte die Zähne und stampfte mit seinen Plattfüßen auf. »Ich werde diesen verdammten Esel zum Teufel jagen!«

Als der Mond seine silbernen Strahlen über die schwarzen Zelte breitete, wurde es still im Stammeslager. Einige wenige Zeltbewohner kauerten noch um die erlöschende Glut der Feuerstellen; die meisten waren jedoch auf ihrem Ruhelager ausgestreckt und schliefen.

Das alte Kamel nutzte die Gunst der Stunde. Auf leisen Hufen näherte es sich dem Esel, der neben dem Gerstenkorb kauerte. Ganz leise verschwand der lange Kamelhals im Gerstenkorb. Als der Esel das mahlende Geräusch hörte, fing er an zu schreien.

»Halt dein Maul!«, fauchte das Kamel.

»Zieh erst einmal deinen Hals aus meinem Korb!«, schimpfte der Esel.

»Deinem Korb? Ich glaube, dein Verstand ist benebelt. Wer hat denn das Getreide gedroschen, ich oder du?«

»Ich bin edel. Ab heute dresche ich nicht mehr!«, entgegnete der Esel.

»Edel?«, höhnte das Kamel. »Edel sind nur wir Kamele. Du bist nichts als ein gemeiner Esel!«

Der laute Streit weckte Hassan, den Sohn des Scheichs. Er griff nach einer Zeltstange und eilte herbei. »Wollt ihr wohl still sein!«, schimpfte Hassan. »Eben ist der Verletzte eingeschlafen, ihr weckt ihn mit eurem Lärm auf!« Mit lauten Flüchen und kräftigen Hieben vertrieb er das alte Kamel.

Der Esel atmete erleichtert auf. »Diesen Störenfried bin ich los! Der lässt sich nicht mehr so schnell blicken!«

Als die ersten Sonnenstrahlen auf die Zeltdächer fielen, füllte Hassan den Korb erneut mit Gerste. Der Esel fraß, doch nicht mehr mit der gleichen Gier wie am ersten Tag.

Als die Mittagssonne über den Zelten stand, begann der Esel jämmerlich zu schreien.

Das alte Kamel auf dem Dreschplatz konnte sich nur wundern: »Dieser Esel ist merkwürdig. Er muss nicht dreschen, ein Korb voll Gerste steht vor seiner Nase, und er meckert immer noch!«

Am nächsten Tag lag der Esel nur noch auf dem heißen Sand und stöhnte: »Wasser! Wasser! Meine Zunge brennt wie Feuer!«

»Trockene Zeiten!«, höhnte das alte Kamel, als es auf dem Weg zum Dreschplatz vor dem Zelt vorbeikam.

»Sei nicht so hartherzig!«, mischte sich ein junges Kamel ein.

»Ist der Esel vielleicht gutherzig?«, gab das alte Kamel zurück.

In der folgenden Nacht schrie der Esel aus Leibeskräften, und wenn er eine Pause einlegte, hörte man das Stöhnen und Ächzen des Scheichs.

»Was für Zeiten!«, beschwerte sich eine trächtige Kamelstute. »In der Gluthitze des Tages müssen wir dreschen, und nachts können wir kein Auge zumachen. Entweder brüllt der Scheich oder der Esel. Ich bin am Ende mit meiner Geduld!«

Am dritten Tag rührte der Esel den Gerstenkorb nicht mehr an. Man vernahm nur noch ein leises Stöhnen.

Im Zeltlager herrschte ein reges Treiben. Niemand

schien von dem Esel Notiz zu nehmen. Bevor die Hirten mit den Herden zur Weide aufbrachen, wurden die Tiere gemolken. Die Frauen füllten die Milch in Ziegenschläuche, dann schüttelten sie diese, um Butter und Sauermilch zu gewinnen. Die Kinder spielten vor den Zelten.

Im großen Zelt lag der Scheich Razik noch immer auf dem Teppich und klagte über seine starken Schmerzen. Seine Frauen hockten um sein Lager und versuchten ihn zu trösten.

»Bald kommt der Derwisch«, sagte die älteste der Frauen. »Allah möge dir Gesundheit schenken!«

Vor dem Zelt hielten die Söhne des Scheichs Ausschau nach dem Derwisch. Mit erhobenen Händen baten sie die Ahnen um Beistand für ihren Vater.

In diesem Moment erschien der Derwisch. Sein Turban glitzerte in der Morgensonne. »Wie geht es dem Kranken?«, erkundigte er sich.

»Er kommt fast um vor Schmerzen!«, erwiderte der älteste Sohn.

»Bringt mir den Esel!«, befahl der Derwisch.

Der Esel, der sich nur mit Mühe und Not auf den Beinen halten konnte, musste geschoben und gezogen werden.

Der Derwisch strich dem Tier sachte über den Bauch, dann nickte er. »Wir können beginnen!«

Durch den Zelteingang spähend, beobachtete der Scheich misstrauisch die Szene. Seine Schmerzen ließen schlagartig nach.

»Holt den Verletzten!«, rief der Derwisch.

»Was habt ihr mit mir vor?«, wehrte sich der Scheich, als seine Söhne ihn packten und vor das Zelt trugen.

»Setzt ihn auf den Esel!«, hörte man den Derwisch sagen.

Der Scheich wischte sich die Schweißperlen von der Stirn, und der Esel ließ vor Aufregung ein Häufchen Mist fallen.

»Ich stütze den Esel, und ihr setzt Euren Vater rittlings auf das Tier!«, gab der Derwisch Anweisung.

Gesagt, getan!

»Allah soll Euch strafen!«, schrie der Scheich aus Leibeskräften. »Ich will nicht mehr reiten … Oh, meine Hüfte!«

Der Derwisch lächelte schalkhaft. »Diesmal fällst du nicht, keine Sorge, wir binden dich fest!«

Scheich Razik seufzte tief. »Der Stammesahn möge mich erretten!«

Geschickt schlang der Derwisch ein Seil um die Fesseln des Scheichs und zurrte es unter dem Bauch des Esels fest. Die Beine des Scheichs umspannten den Bauch des Esels wie eine Schlinge.

»Wasser für den Esel!«, rief der Derwisch.

Die Söhne schleppten pralle Wasserschläuche herbei. Der Esel verstand die Welt nicht mehr. In tiefen Zügen schlürfte das durstige Tier Wasser in sich hinein.

Währenddessen legte der Derwisch sein Ohr an die ausgekugelte Hüfte des Scheichs und lauschte.

Die Zeltbewohner schauten gebannt zu und hielten die Luft an. Es war mucksmäuschenstill. Der Esel trank und trank, und sein Bauch blähte sich.

Beim siebten Wassersack hörte der Derwisch ein

Knacken. Blitzschnell durchtrennte er das Seil mit seinem Dolch, sodass die Beine des Scheichs in der Luft schaukelten.

Der Derwisch schwenkte seinen Turban: »Die Hüfte ist wieder eingerenkt! Der Reiter soll absitzen!«

Die Söhne packten den Vater, der nicht wusste, wie ihm geschah, und hoben ihn vom Esel.

Gestützt von den Söhnen, setzte der Scheich behutsam einen Fuß vor den anderen. »Ich kann gehen«, frohlockte er. »Ich kann wieder gehen!«

Die Zuschauer konnten sich das Lachen kaum verkneifen.

Der Derwisch, der sich an der Feuerstelle einen Kaffee gönnte, schmunzelte. »Heute schwankst du noch wie ein neugeborenes Lamm, doch in drei Tagen kannst du ein Rennen gewinnen!«

Scheich Razik ließ sich neben dem Derwisch nieder. »Allah möge deine guten Taten vergelten!« Er griff in seine Gewandtasche und holte ein Goldstück hervor. »Dafür kannst du dir ein neues Gewand kaufen!«

Der Derwisch bedankte sich mit einem Nicken. »Beim nächsten Sturz weißt du, wie die Prozedur geht!« Er lächelte und erhob sich.

Unterdessen schleppte sich der Esel mit seinem Blähbauch zum Dreschplatz und ließ sich erschöpft auf einem Strohhaufen nieder.

»Was ist los mit dir?«, empfing ihn das alte Kamel. »Bist du hochschwanger?«

»Lass die dummen Scherze!«, gab der Esel zurück. »Mein Bauch platzt. Erst lassen sie mich halb verdursten, und dann ersäufen sie mich! Verstehe einer die Welt!«

»Die Zeltbewohner haben dir übel mitgespielt!«, schaltete sich das junge Kamel ein. »Wir Kamele sind berühmt für unser gutes Gedächtnis. Ich vergesse nichts. Eines Tages, wenn sich die Gelegenheit bietet, werde ich diesen Festtwanst von Scheich in seinen Bauch beißen. Da kann ihm kein Derwisch mehr helfen!«

Die Hausschwelle

Vor langer Zeit lebte ein Mann namens Harun in einem Dorf. Weit und breit rühmte man das Dorf für seine Granatäpfel. Die steinernen Häuser, die sich an die Berghügel schmiegten, waren umringt von Granatapfelhainen und Hecken mit Feigenkakteen. Man berichtet, die Wangen der Bauernmädchen seien so rot wie Granatäpfel gewesen.

Harun mochte Granatäpfel nicht. Seine Vorliebe galt den Honigmelonen, die auf der breiten Ebene unterhalb des Dorfes wuchsen. Harun war auch nicht rotwangig wie die Dorfmädchen, sein Teint hatte eher die Farbe einer Honigmelone. Den »Mann mit den gelben Wangen« nannten ihn die Mädchen scherzhaft.

Harun war Stoffhändler. Man schätzte ihn nicht nur wegen der feinen Qualität seiner Ware, er war auch umgänglich, und seine Aufrichtigkeit verlieh ihm Respekt über die Dorfgrenze hinaus.

Das Grundkapital eines Händlers ist das Vertrauen, das er genießt.

Eines Tages, als er mit seinem Maulesel von einer längeren Reise zurückkehrte, erblickte er am Dorfbrunnen eine Schar schnatternder Mädchen, die ihre Krüge füllten.

Harun schaute wie gebannt auf den wiegenden Gang der Mädchen, die sich mit den Wasserkrügen auf dem Kopf in Bewegung setzten. Dem Händler kam die Stimme des Vorbeters in den Sinn: »Vermögen und Kinder sind das Schönste im Leben, sagt Allah in seinem Heiligen Buch.«

Wie recht er hat, dachte Harun bei sich. Er griff in die Gewandtasche nach seinem Spiegel, den er auf seinen Reisen mit sich zu führen pflegte. Lange betrachtete er sein Antlitz, seine rehbraunen Augen unter den wuchernden Brauen, seine lange, ebenmäßige Nase. Beim Anblick seines Bartes stutzte er: Er entdeckte ein graues Haar.

»Was hat dieses Haar in meinem schwarzen Bart zu suchen?« Harun versuchte, das fremde Haar zwischen Daumen- und Zeigefinger festzuhalten. Mit einem Ruck zog er es heraus.

Vermögen habe ich, dachte der Händler bei sich. Jetzt ist die Zeit reif, an Nachwuchs zu denken!

Bislang hatte er gezögert, auf Brautsuche zu gehen. Zum einen war er zu sehr mit seinem Handel beschäftigt, zum anderen hatte er schon als Kind seine Eltern verloren, und eine Mutter war eigentlich unentbehrlich bei der Brautsuche. Zu welcher Frau sollte er sonst Zutrauen haben?

Diese Gedanken beschäftigten ihn auf dem Heimweg.

Vor seinem Haus pflockte er den Maulesel an, gab dem Tier Futter und trug die Satteltaschen in den Stall. Noch bevor er seine kostbaren Stoffe verstaut hatte, klopfte es.

Harun öffnete die Tür. Ein vertrauter Kunde aus dem Nachbardorf stand davor.

»Du hast Glück, soeben habe ich das Haus betreten!«, empfing der Händler den Kunden. »Ich habe eine Ladung Seidenstoffe gekauft. Sie gereichen einer Sultansbraut zur Ehre!«

»Ich war schon einmal hier, du warst lange auf Reisen«, bemerkte der Kunde.

»Länger als eine Woche war ich unterwegs!«, sagte Harun und griff nach dem Wasserkrug.

»Eine Woche ist viel«, setzte der Kunde das Gespräch fort. »Bin ich länger als drei Tage weg, bekomme ich Ärger mit meiner Frau!«

Harun lächelte. »Du weißt, ich bin Junggeselle!«

»Mein Vater pflegte zu sagen, wer sich zu lange alleine auf sein Kopfkissen bette, bekomme graue Haare!«

Der Händler horchte auf. »Dein Vater hat recht, heute habe ich mir das erste graue Barthaar ausgezupft!«

»Das ist keine Lösung!«, erwiderte der Kunde. »Wenn du so weitermachst, wirst du bald ohne Bart dastehen!«

Harun zog sich den Umhang aus und löste seinen Gürtel. »Ich bin hungrig, wollen wir nicht zusammen essen?«

»Mach dir keine Umstände, Harun!«, sagte der Gast und fuhr fort: »Eine dringende Angelegenheit führt mich zu dir. Ich bin in Not. Kannst du mir Goldmünzen borgen?«

Harun öffnete seinen Beutel. »Reichen dreißig Münzen?«

Der Angesprochene nickte. »Auf einen guten Händler kann man zählen!«, bedankte er sich und lächelte verschmitzt. »Meine Frau riet mir, einen Junggesellen zu fragen. Der habe immer Geld. Ein Junggeselle spart für die Brautgabe.«

»Deine Frau ist klug. Doch in vierzig Tagen möchte ich die Münzen wiederhaben.« Der Händler strich sich über den Bart. »Ich möchte den grauen Haaren vorbeugen.«

Der Kunde horchte auf. »Ein guter Entschluss! Hast du ein bestimmtes Mädchen im Auge?«

»Die Geschäfte nehmen mich zu sehr in Anspruch …«

»Ich könnte dir behilflich sein. Mein Nachbar hat ein Mädchen im heiratsfähigen Alter. Sie ist schön wie eine Frühlingsblume. Sie hat kein Auge für die Männer in unserem Dorf. Du bist doch ein erfolgreicher Händler, willst du nicht dein Glück versuchen?« Erwartungsvoll schaute er Harun an.

»Wenn du mir bei der Vermittlung hilfst …?«

Der Kunde grinste. »Natürlich werde ich dich anpreisen, doch nicht vor dem zweiten Vollmond. Bis dahin brauche ich deine Münzen!«

»Einverstanden!«, sagte Harun.

Während sich der Stoffhändler auf dem Teppich ausstreckte und seinen Gedanken nachhing, kehrte der Kunde in sein Dorf zurück.

»Du bist klug!«, lobte er seine Frau. »Hier sind die Münzen.«

Zufrieden ließ die Frau die Goldmünzen durch ihre Finger gleiten.

»Bei Junggesellen ist immer etwas zu holen. Du musst ihn dir warmhalten!«

»Das tue ich, ich weiß auch schon, wie. Doch ich brauche deine Unterstützung!«, sagte der Mann.

»Wie das?«, wollte die Frau wissen.

»Ich habe ihm von dem Nachbarmädchen vorgeschwärmt. Er ist nicht abgeneigt, zumal er heute sein erstes graues Haar entdeckt hat!«

»Auf meine Schlauheit kannst du zählen«, versprach die Frau.

Sie ließ einige Wochen verstreichen, bevor sie die Vermittlung ernsthaft aufnahm. Sie wartete einen günstigen Moment ab, um mit der Nachbarin ins Gespräch zu kommen.

Bei einem Plauderstündchen bei der Nachbarin ließ sie ein paar Bemerkungen über den Händler fallen. Als sie merkte, dass ihre Worte ein offenes Ohr fanden, erzählte sie von Haruns Heiratsabsichten.

»Er ist ein erfolgreicher Händler!«, berichtete sie, während sie nach getrockneten Feigen griff.

»Lebt er mit seiner Familie?«, wollte die Nachbarin wissen.

»Nein, er lebt allein. Seine Eltern sind schon längst verstorben!«

Die Nachbarin dachte nach. »Wenn keine Schwiegermutter da ist, so ist die Braut Herrin des Hauses.«

»Was gibt es Besseres für deine Tochter?«, pries die Frau die Partie an. »Ein erfolgreicher Händler, ein eigenes Haus und obendrein keine Schwiegermutter, mit der man sich herumschlagen muss!«

Die Nachbarin nickte. »Mein Mann soll den Händler einladen. Dann werden wir sehen, ob meine Tochter Gefallen an ihm findet!«

Und so wurde ein erstes Treffen vereinbart. Der Händler und das Mädchen mochten einander auf Anhieb. Und so war der Weg frei für die Brautverhandlungen.

Der Kunde übernahm für Harun die Rolle des Vermittlers.

»Das Mädchen hat mein Herz erobert«, berichtete Harun. »Doch wie steht es mit der Brautgabe? Ich fürchte, dass sie meine ganzen Ersparnisse schlucken wird.«

Der Vermittler klopfte dem Händler beruhigend auf die Schulter. »Es wird nichts so heiß gegessen, wie es gekocht wird. Du bist kein Vetter des Mädchens, deswegen wird der Vater eine hohe Brautgabe fordern. Doch sei unbesorgt, durch geschicktes Handeln werden wir am Ende eine angemessene Brautgabe vereinbaren!«

Einige Tage später suchte Harun, begleitet vom Dorfältesten und vom Vermittler, das Haus des Nachbarn auf. Man bat die Gäste, auf den Strohmatten Platz zu nehmen, und reichte ihnen kühlen Aprikosensaft.

Nach den üblichen Begrüßungsformeln kamen die Parteien zur Sache.

»Die Beziehungen zwischen unseren Dörfern stehen seit vielen Generationen unter einem guten Stern«, wandte sich der Dorfälteste an den Hausherrn. »Wir wollen diese Tradition fortsetzen. Der Sohn meines Vetters, Harun, möchte um die Hand deiner Tochter anhalten!«

»Ich begrüße Euer Kommen, doch ich möchte die Meinung meiner Tochter einholen.«

Der Gastgeber zog sich zurück. Man vernahm das Geschirrklappern aus der Küche, und wenig später brachte die Tochter des Hauses das Tablett mit der Schnabelkanne und den Kaffeetässchen.

»Kaffee ist wichtig bei Brautverhandlungen!«, flüsterte der Vermittler Harun ins Ohr. »Der Kaffee wird uns helfen, die Brautgabe zu drücken!«

Kurz darauf erschien der Hausherr. Er griff nach der Schnabelkanne, doch der Dorfälteste hielt ihn zurück. »Warte mit dem Kaffee, bis wir die Verhandlungen zu Ende geführt haben!«

Der Hausherr nickte und stellte die Kanne auf das Tablett zurück.

»Eure Anwesenheit erleuchtet mein Haus. Es ist eine Stunde des Glücks!«

»Was wünscht sich der edle Vater als Brautgabe für seine Tochter?«, wandte sich der Dorfälteste an den Hausherrn.

»Meine Tochter ist klug. Es gibt nicht ihresgleichen im Dorf! Eintausend Goldmünzen soll die Brautgabe betragen.«

»Alles ist vergänglich!«, erwiderte der Dorfälteste. »Menschen sind vergänglich, und Gold ist vergänglich. Wir sind keine Fremden, wir sind Nachbarn, und das Nachbarrecht ist heilig!«

Der Brautvater nestelte an seinem Gewandkragen. »Für das Nachbarrecht erlasse ich dreihundert Goldmünzen!«

»Du bist großzügig!«, lobte ihn der Vermittler.

»Die Gäste mögen ihren Kaffee trinken!«, bat der Hausherr.

»Bei dieser Summe wird uns der Kaffee nicht schmecken, auch wenn er reich gewürzt ist«, hörte man den Vermittler sagen. »Wie viel ist dir die Kaffeekanne wert?«

Der Hausherr runzelte die Stirn. »Ihr Wert ist höher als die ganze Brautgabe. Doch ich bin bereit, noch einen Nachlass von einhundert Goldmünzen zu gewähren.«

Nach einigem Hin und Her einigten sich die Parteien auf eine Brautgabe von fünfhundert Goldmünzen.

In hohem Bogen goss der Hausherr Kaffee in die Kaffeetässchen und bot sie den Gästen an.

»Mit diesem Kaffee ist die Verlobung besiegelt«, sagte der Dorfälteste, als er das leere Tässchen wieder auf das Tablett zurückstellte.

Harun griff nach seinem Beutel und übergab dem Brautvater dreihundert Goldmünzen als Anzahlung. Die Anwesenden gratulierten dem Bräutigam, und in bestem gegenseitigen Wünschen verabschiedete man sich.

Die Hochzeit sollte nach der Granatapfelernte stattfinden.

Der Bräutigam suchte eilig seine Schuldner auf, um seine Münzen einzutreiben. Kein Schuldner konnte sich diesmal vor der Rückzahlung drücken, denn jede Ausrede war angesichts der Brautgabe nichtig.

Unterdessen reiften die Granatäpfel. Die Bäume bogen sich unter der Last der roten Früchte. Es war eine reiche Ernte. In Vorfreude auf das Fest waren die Bauern noch emsiger bei der Arbeit als sonst.

Ein Bauer, dessen Sohn sich zierte, auf den Baum zu klettern, um die Früchte zu pflücken, ermunterte seinen Sprössling: »In wenigen Tagen findet das große Hochzeitsfest statt. Der Händler ist wohlhabend. Bestimmt bekommst du viele Süßigkeiten!«

Khadijeh, die Braut, war ein bildschönes Mädchen. Am Morgen des Hochzeitstages klopften die Dorfmädchen schon früh an die Haustür, um die Braut für die Hochzeit zu schmücken. Die Mädchen kicherten, als sie Khadijeh wuschen. Ihre Brüste waren rund und fest wie Äpfel. Ihre Hüften waren weder dick noch dünn. Ihre Augen waren so groß wie die eines jungen Kamels. Ein Mädchen spritzte voll Übermut Wasser in Khadijehs Gesicht und sagte: »Wer diesen Körper in den Armen hält, kann sich glücklich schätzen!«

Nach dem Waschen mit Olivenseife wurde die Braut mit duftendem Rosenöl eingerieben. Dann zogen sie ihr die bäuerliche Hochzeitstracht über, setzten ihr eine mit Münzen verzierte Haube auf und legten ihr einen mit Pailletten geschmückten Schleier über.

Gegen Mittag traf der Bräutigam in Begleitung zahlreicher Dorfbewohner ein.

Er trug ein seidenes Gewand und einen roten Umhang. Kunstvoll hatte er ein grünes Tuch um seinen Kopf geschlungen. In der Hand trug er ein Schwert, dessen Griff mit Perlen verziert war. Er ritt auf einer edlen arabischen Stute. Deren Stirn und Fesseln waren weiß gezeichnet, und ihr schwarzer Schweif streifte fast den Boden.

Mittlerweile spannten die Bauern ein Ochsenpaar vor den Karren, und die Verwandten der Braut luden die Mitgift auf: Matratzen, geflochtene Strohmatten, bestickte Kissen, gewobene Taschen und noch allerlei Geschirr.

Während die Dorfbewohner sangen und tanzten, saßen Braut und Bräutigam auf einem Sofa und nahmen Glückwünsche und Geschenke entgegen. Das gesamte Dorf war auf den Beinen.

Als der Vorbeter zum Nachmittagsgebet rief, mahnte der Dorfvorsteher zum Aufbruch. Der Bräutigam bestieg seine Stute, und die Braut hob man auf den Ochsenkarren. An der Spitze der langen Brautkarawane ritt der Bräutigam, begleitet von den Männern. Die Frauen umringten den Ochsenkarren, und die Kinder balgten sich um die Süßigkeiten, die die Braut mit vollen Händen in die Menge warf.

»Ein stolzer Reiter!«, flüsterte ein Mädchen dem anderen ins Ohr. Die andere stieß sie in die Seite. »Bald wird dich auch ein Bräutigam abholen!« Die Mädchen kicherten.

Als die Sonne sich der Erde näherte und die Granatapfelbäume in ein rötliches Licht tauchte, erreichte die Brautkarawane das Dorf des Bräutigams. Alle Bewohner des Dorfes waren auf der Straße. Der Dorfplatz hallte wider von Trommeln und Trällern.

Vor dem Haus des Bräutigams hielt die Karawane an. Während die jungen Männer den Bräutigam umringten und zu tanzen begannen, geleiteten die Frauen die Braut ins Haus.

Eine alte Bäuerin fuchtelte mit den Armen: »Macht Platz, ihr Kinder! Ihr habt genug Süßigkeiten genascht. Lasst die Braut durch!«

Mit stolz erhobenem Haupt schritt die junge Braut die Stufen zur Haustür hoch. Bei der mittleren Stufe kamen ihre Schritte ins Stocken. Ein Kind hatte auf ihren Schleier getreten.

Während die Braut ihren Schleier zurechtrückte, verlor sie das Gleichgewicht. Khadijeh stolperte, und noch bevor die Begleiterinnen sie auffangen konnten, stürzte sie zu Boden.

Ein gellender Schrei ließ die Frauen erstarren.

Die Mutter schlug die Hände gegen die Brust und schrie: »Die Braut! Meine Tochter! Sie ist über die Hausschwelle gestolpert!«

Blut quoll aus dem Mund der Braut. »Sie hat einen Zahn verloren!«, rief die Hebamme. »Gebt mir ein Tuch … Ein schlechtes Omen!« murmelte sie. »Ein Unglück auf der Hausschwelle!« Hastig trugen die Frauen die Braut in den Salon und legten sie auf das Sofa.

»Mein schönes Brautkleid ist voll Blut!«, jammerte Khadijeh.

Die Hebamme schob ihr einen Wattebausch in den Mund, um die Wunde zu stillen. Sie atmete tief auf. »So etwas habe ich mein ganzes Leben noch nicht erlebt!«

Eine alte Bäuerin wiegte ihren Kopf hin und her. »Fußfersen, Hausschwelle und Pferdenacken können Unglück bringen!«

Die Mutter machte sich Vorwürfe. »Wie konnte das nur passieren? Vor meinen Augen!«, klagte sie.

Die Frauen rätselten über das Unglück.

»Vielleicht«, schaltete sich eine Bäuerin ein, »hat der Bräutigam aus Versehen einen Meineid geschworen? Diese Händler führen allzu sorglos den Namen Allahs im Mund. Bei jedem kleinen Geschäft schwören sie beim Allerhöchsten!«

Als der Bräutigam von dem Zwischenfall erfuhr, stürzte er in den Salon. »Wo ist der Zauberer? Nur seine magischen Kräfte können jetzt noch helfen!«

Man schickte nach einem Zauberer.

Kurze Zeit später erschien der Alte. Nachdem ihm eine Augenzeugin den Vorfall geschildert hatte, wiegte er seinen Kopf hin und her: »Auf der Hausschwelle ...«, murmelte er. »Erst wenn die ersten sieben Sterne am Himmel zu sehen sind, kann ich die Geister anrufen!«

Der Zauberer ließ sich die Unglücksstelle zeigen. Dann verabschiedete er sich mit dem Versprechen, am Abend wiederzukommen.

Ein Raunen ging durch die Menge. Erste warnende Stimmen erhoben sich.

»Wir sollten das Unglück als Warnung ernst nehmen. Schickt die Braut zurück!«, riet ein alter Bauer, dessen faltiges Gesicht von schwerer Arbeit gezeichnet war.

Sein Nachbar pflichtete ihm bei: »Diese Verbindung steht unter keinem guten Stern. Wer weiß, welches Unheil noch folgt!«

Ein Dritter gab zu bedenken: »Das kann man der Sippe der Braut doch nicht antun! Welche Schuld trägt denn die Braut an dem Unglück? Ein Kind unseres Dorfes hat auf den Schleier getreten!«

Der Bräutigam machte dem Streit ein Ende: »Wer dir eine Frau gibt, macht dein Haus bewohnbar, hat schon mein Großvater gesagt. Die Braut und ich gehören zusammen. Der Zauberer wird helfen!«

Als die ersten Sterne am Himmel standen, kehrte der Zauberer zurück.

Vor der Haustür kniete er nieder und fachte ein Feuer an. Er richtete seinen Blick zum Himmel und zählte mit seinem Zeigefinger die sieben Sterne. Für jeden Stern legte er ein Weihrauchstückchen in die Glut. Als die Rauchsäulen aufstiegen, ging er siebenmal die drei Treppenstufen hinauf und hinab. Dann setzte er sich neben die Glut, schlug seinen Umhang um sich und die Feuerstelle und atmete den Weihrauch ein. Dabei murmelte er Worte, die für die Umstehenden unverständlich waren.

Als die Weihrauchstücke verglommen waren, erhob er sich und wandte sich an Harun: »Ich habe die Geister gerufen. Sie sind zornig!«

»Was habe ich ihnen getan, dass sie meine Braut auf der Schwelle stürzen ließen?«

»Weder du bist schuld an ihrem Zorn noch deine Braut«, erwiderte der Alte. »Ich versuche Näheres zu erfahren!« Dann wandte er sich ab.

»Wir sollten uns jetzt auf das Festmahl konzentrieren«, schlug der Vorbeter vor, und zum Bräutigam gewandt sagte er: »Es hätte Schlimmeres passieren können!«

Drei Lämmer schlachtete man für das Fest, und obgleich das Mahl verführerisch duftete, wollte es niemandem so recht schmecken. Selbst die Hunde nagten lustlos an den Knochen.

»Ich bin froh, wenn das Fest ohne weitere Zwischenfälle zu Ende geht!«, tuschelte eine Verwandte des Bräutigams mit ihrer Nachbarin.

Diese nickte. »Der Schreck sitzt uns allen in den Knochen. Mir fallen beim Singen nicht einmal mehr die Strophen ein. Mir ist, als hätte ich die Lieder noch nie gesungen!«

»Und ich treffe nicht den richtigen Ton«, bemerkte eine Dritte. »Dabei sollte ein Hochzeitsfest doch ein Freudenfest sein!«

Am späten Abend geleiteten die Freunde den Bräutigam zur Braut. »Allah möge deine Hochzeitsnacht segnen!«, wünschten sie ihm.

Der Bräutigam schritt vorsichtig über die Schwelle des Schlafzimmers und schloss die Tür. Er fand seine Braut in Tränen aufgelöst. Mit dem Zipfel ihres Schleiers bedeckte sie die Zahnlücke. Ihre Augen waren rot. Sanft legte Harun seinen Arm um ihre Schulter: »Beruhige dich, morgen wird alles vergessen sein!«

»Die Schwelle! Die Schwelle!«, schluchzte Khadijeh.

»Der Vorfall soll unsere Hochzeitsnacht nicht überschatten!« Der Bräutigam betrachtete das blutbefleckte Hochzeitskleid. »Erzähl mir noch einmal! Wie kam es zu dem Sturz?«

»Es war ein Gedränge, als ich die drei Treppenstufen hochschritt. Dieses schielende Kind, dieser Satan, hat auf meinen Schleier getreten. Als ich meinen Schleier befreite, wurde mir schwarz vor Augen. Ich fühlte, wie mich eine starke Kraft zu Boden zog.«

»Das kann vorkommen! Doch unser Zauberer ist berühmt. Von weit her kommen die Menschen, um seinen Rat einzuholen.« Der Bräutigam kramte in seiner Gewandtasche und brachte eine Goldkette zum Vorschein. »Sie soll dir Glück bringen«, flüsterte Harun seiner Braut ins Ohr.

Während der Bräutigam bei der Braut war, bemühte sich der Zauberer, die Gründe für den Unmut der Geister herauszufinden.

Die Hochzeitsgäste warteten mit Spannung und Neugier auf das Erscheinen des Bräutigams. Doch dieser ließ auf sich warten.

»Mitternacht ist vorbei!«, beschwerte sich ein alter Dorfbewohner. »Ist der Bräutigam eingeschlafen?«

»Vielleicht ist er zu erschöpft, um noch einmal zu erscheinen!«, scherzte ein anderer.

In diesem Augenblick öffnete sich die Haustür, und der Bräutigam erschien im Türrahmen. Niedergeschlagen ließ Harun seinen Kopf hängen.

»Das Unglück reißt nicht ab. Allah steh uns bei!«,

wisperte eine alte Bäuerin ihrer Nachbarin ins Ohr, und zur Mutter der Braut gewandt sagte sie: »Leere deinen Wasserkrug. Es gibt nichts zu waschen. Der Bräutigam hat versagt!«

»Lass mich durch. Ich will zu meiner Tochter!«, rief die Mutter aufgebracht.

Die Männer geleiteten den Bräutigam zum Haus des Dorfvorstehers. »Erzähl uns, was geschehen ist!«, bestürmten sie ihn.

»Meine Kehle ist trocken, gebt mir Wasser!«, bat Harun. Er setzte den Wasserkrug an und trank in vollen Zügen.

Er holte tief Luft, dann begann er zu erzählen: »Als ich neben meiner Braut auf dem Hochzeitslager lag, fühlte ich kein Verlangen. Die Kälte stieg von den Zehen bis zum Kopf. Ich ging ins Bad, um mich zu erfrischen. Erfüllt von Verlangen, eilte ich zu meiner Braut zurück, doch als ich neben ihr lag, kehrte die Kälte wieder!«

»Wir kommen vom Regen in die Traufe!«, sagte der Dorfvorsteher. »Wo bleibt der Zauberer?«

»Er ist schon halb ohnmächtig vor lauter Weihrauchduft«, erwiderte der Vorbeter. »Aber er wird gleich hier sein.«

»Du musst essen, damit du zu Kräften kommst!«, drängte der Dorfälteste. Er reichte dem Bräutigam eine Schale Rosinen. Während dieser lustlos kaute, erschien der Zauberer.

»Alle Hoffnung richtet sich auf dich!«, empfing ihn der Dorfvorsteher.

»Mein Vorrat an Weihrauch ist aufgebraucht!«, seufzte der Zauberer. »Die Geister waren verstockt.

Nur mit größter Mühe konnte ich ihnen eine Mitteilung entlocken!«

Gebannt blickten die Männer auf den Alten.

»Die Geister sind beleidigt, weil auf der Hausschwelle kein Opfertier geschlachtet worden war. Haruns Vater hat das Haus gebaut und ist eingezogen, ohne an die Geister zu denken!«

Ein alter Bauer fasste sich am Kinn. »Du hast recht. Er hat kein Opfertier auf der Hausschwelle geschlachtet. Es gab kein Opfermahl zum Einzug! Mein Magen hätte einen solch köstlichen Braten nicht vergessen!«

»Der Mensch vergisst, aber die Geister vergessen nichts!«, bemerkte der Zauberer. »Sie gedulden sich in der Hoffnung, der Sohn des Erbauers werde das Schlachtopfer nachholen.«

»Ich wusste von nichts!«, rief der Bräutigam aufgeregt. »Ich war noch nicht einmal geboren, als mein Vater das Haus baute.«

»Dich trifft keine Schuld, doch dich hat das Unglück getroffen!«, erklärte der Zauberer. »Ein Haus wird nicht nur von Menschen bewohnt, es ist auch die Behausung der Geister. Obgleich sie unsichtbar sind, bewohnen sie doch das Haus. Entbieten wir nicht einen Gruß, wenn wir ein Haus betreten, auch wenn kein Mensch zu Hause ist?«

»Und was hat das Opfertier damit zu tun?«, wollte ein junger Bauer wissen.

»Durch das Opfermahl schließen die Hausbewohner Frieden mit den Geistern. Die Geister schützen das Haus vor Unglück. Wird das Opfermahl versäumt, so rächen sie sich bitter.«

»Ausgerechnet in meiner Hochzeitsnacht!«, jammerte der Bräutigam. »Zuerst stürzt meine Braut auf der Schwelle, und dann …« Harun schluckte.

Der Zauberer ließ sich die Geschichte von der verpatzten Hochzeitsnacht erzählen. Er betrachtete den Bräutigam lange.

»Zum ersten Problem gesellt sich ein zweites! Es kommt vor, dass ein Bräutigam in der Hochzeitsnacht vor Aufregung versagt. Der zweite Knoten scheint mir leichter zu lösen als der erste.« Der Alte griff in die Tasche seines Gewandes und zog ein Stück Papier heraus. »Ich brauche Licht!«, verlangte er.

Ein junger Mann stellte die Öllampe neben den Zauberer. Der Alte schrieb Verse und malte seltsame Zeichen auf das Papier. Dann faltete er es zu einem Dreieck und überreichte es dem Bräutigam. »Verwahre das Amulett gut in deiner Westentasche. Es möge die Kälte aus deinem Leib vertreiben. Und nun suche das Hochzeitslager auf!«

Der Bräutigam fasste Mut. Mit dem Amulett in der Brusttasche begab er sich zu seiner Braut.

Nach diesen Aufregungen kehrte Ruhe ein im Dorf. Die Dorfbewohner zogen sich in ihre Häuser zurück. Nur vereinzelte Hunde streiften über den verlassenen Dorfplatz.

Am nächsten Morgen schien alles seinen gewohnten Gang zu gehen. Die Kühe wurden nach dem Melken auf die Weide getrieben. Die Bauern brachen zur Feldarbeit auf, und die Frauen feuerten die Lehmöfen an, um Brot zu backen. Kindergeschrei hallte durch die engen Gassen. Und am Dorfbrunnen schäkerten die Mädchen.

Erst der Ruf zum Mittagsgebet weckte das Brautpaar. Harun trat vor die Tür. Er lenkte seine Schritte zum Haus des Zauberers.

»Allah möge dir einen Platz im Paradies gewähren!«, bedankte sich der Bräutigam überschwänglich bei dem Alten. »Dank deiner Hilfe kehrte das Verlangen in meinen Körper zurück!«

Der Alte schmunzelte. »Du bist nicht der erste Bräutigam, dem ich in der Hochzeitsnacht beigestanden habe!«

Harun und Khadijeh, seine frisch angetraute Frau, kamen gut miteinander aus. Harun nahm seine Handelstätigkeit wieder auf, und Khadijeh versorgte das Haus. Sie bemühte sich um freundschaftlichen Umgang mit den Nachbarn. Gerne nahm sie Einladungen von den anderen Frauen an, diese jedoch vermieden es, ihr Haus zu betreten.

Obgleich das Gerede über den unglücklichen Vorfall verstummte, war er doch unvergessen. Das Unglück auf der Hausschwelle fand Eingang in die Dorfgeschichte.

Die Jahre zogen ins Land.

Die Ehe von Harun und Khadijeh stand unter keinem guten Stern. Lange hatten sie auf ein Kind warten müssen. Und als es dann endlich geboren war, starb es wenige Tage darauf.

Nach zwei Fehlgeburten, die darauf folgten, gab die

Frau die Hoffnung auf. Oft erinnerte sich Harun an den Ausspruch: *Vermögen und Kinder sind das Schönste im Leben*, doch seiner Frau gegenüber wahrte er Stillschweigen.

»Wie gut, dass ich Handel treibe und kein Feld bestellen muss!«, tröstete er sich. »Für die Feldarbeit ist ein Bauer auf seine Kinder angewiesen.«

Doch auch der Handel ließ zu wünschen übrig. Die Geschäfte waren rückläufig. Immer weniger verkraftete Harun die Strapazen der weiten Reisen. Nach und nach verarmte das Paar.

Die Dorfbewohner führten die Armut auf den Vorfall mit der Hausschwelle zurück.

Eine Bäuerin, die ihre Nachbarin zu einer Tasse Tee eingeladen hatte, um mit ihr zu plaudern, kam auf die beiden zu sprechen: »Siehst du Haruns und Khadijehs Schicksal? Khadijeh hat heute von mir Salz geborgt. Ich möchte nicht in ihrer Haut stecken!«

Die andere nickte. »Auf Haruns Ehe ruht kein Segen und auf seinen Geschäften ebenso wenig! Ihr Haus ist von allen guten Geistern verlassen!«

Die Bäuerin seufzte tief auf. »Vor Jahren habe ich mir Harun als Schwiegersohn gewünscht. Doch Allah hat meine Tochter vor dieser Verbindung bewahrt. Sie lebt mit ihrem Mann bescheiden, doch ein kleines Stück Land ist allemal besser als ein schlechter Handel!«

»Der Zauberer meint, die Hausschwelle sei für das Unglück verantwortlich. Er ist machtlos gegen den Zorn der Geister!«

Im dritten Jahr nach dem Unglück auf der Hausschwelle verdiente Harun sein Brot durch Betteln auf dem Dorfplatz. Die Dorfbewohner gaben dem Bettler ab und an einen Piaster, doch jeder vermied es, ihm zu nahe zu kommen. Sie fürchteten, sein Schicksal könne sich auf sie übertragen.

Khadijeh ließ sich nur noch selten im Dorf blicken. Aus Scham schloss sie sich in ihr Haus ein. In schlaflosen Nächten erinnerte sie sich an die jungen Männer ihres Dorfes, die um ihre Hand angehalten hatten und die sie verschmäht hatte. Doch sie behielt ihre Gedanken für sich und beklagte ihr Schicksal nicht.

Wie schnell sich die Zeiten ändern. Das Dorf hatte sich an den Anblick des Bettlers gewöhnt. Man erinnerte sich kaum noch seines Namens, alle nannten Harun den ›Bettler‹. »Heute habe ich dem Bettler einen Piaster zugesteckt!«, erzählte man sich, oder auch: »Der Bettler wird mir allmählich lästig. Ich schufte den ganzen Tag in der Sommerhitze auf dem Feld, und dieser Bettler hockt nur da und hält die Hand auf!«

Während Harun früher wegen seiner Handelsreisen oft abwesend war, saß er nun jeden Tag auf dem Dorfplatz vor der Moschee oder dem Brunnen. Er hatte viel Muße, die Dorfbewohner auf Schritt und Tritt zu beobachten.

»Bettler sind gute Menschenkenner!«, pflegte er zu seiner Frau zu sagen. »Sie erfahren vieles, was anderen verborgen bleibt.«

Eines Tages, als die Sommersonne unbarmherzig strahlte und eine brütende Hitze über dem Dorf lag, kauerte der Bettler in einer schattigen Ecke unweit der

Moschee. Er wollte ausharren, bis er ein Almosen bekommen hatte. Khadijeh mit leeren Händen entgegenzutreten, hätte er nicht über das Herz gebracht.

Geschwächt von der Sommerhitze und von langen Entbehrungen, fiel der Bettler um.

Der Imam, der eben die rituellen Waschungen für das Mittagsgebet vollzogen hatte, entdeckte die liegende Gestalt. ›Dieser Nichtsnutz ist mir lästig. Kann er nicht in seinem Haus schlafen?‹, dachte er bei sich. »Bettler, steh auf! Bald kommen die Gläubigen zum Freitagsgebet. Verschwinde!«

Doch dieser rührte sich nicht. Ungeduldig klopfte der Imam mit seinem Stock auf den Boden. »Bist du schwerhörig?«

Die Gestalt blieb reglos liegen.

Da drehte der Imam den Liegenden um und zuckte zusammen. »Allah hat ihn zu sich genommen!«, murmelte er. Eilends kletterte er die Stufen des Minaretts hoch. Mit lauter Stimme rief er: »O ihr Gläubigen, jede Seele wird eines Tages den Tod kosten! Der Bettler hat sich von dieser Welt verabschiedet!«

Die Stimme des Imams hallte nicht nur im Dorf wider, sie erreichte auch die Felder. Die Bauern ließen ihre Hacken und Schaufeln fallen und eilten zum Dorfplatz.

»Heute Morgen habe ich den Bettler abgewiesen. Er wollte von mir einen Piaster haben!«, sagte ein Bauer aufgeregt zu seiner Frau.

»Du bist unbarmherzig!«, tadelte sie ihn.

»Wie sollte ich wissen, dass er heute diese Welt verlässt?«

»Du weißt doch«, erinnerte ihn die Frau, »der Tod ist dem Menschen näher als die Zunge den Zähnen!«

»Allah ist großzügig! Er wird mir verzeihen!«, tröstete sich der Mann.

Dorfbewohner trugen den Verstorbenen in sein Haus. Khadijeh stockte der Atem. Sie schlug sich die Hände gegen die Brust: »Das Unglück reißt nicht ab!«, schrie sie. »O Allah, hast du uns vergessen?«

»Allah sei seiner Seele gnädig!«, murmelten die Männer.

Der Dorfvorsteher, den man verständigt hatte, mahnte zur Eile: »Es ist heiß! Wir müssen den Leichnam noch heute beerdigen!«

Während sich einige Männer bereit fanden, auf dem Friedhof ein Grab zu schaufeln, wuschen Verwandte des Toten den Leichnam und hüllten ihn in ein weißes Leichentuch.

»Wie mager er ist!«, flüsterte einer dem anderen ins Ohr.

»Seinem Schicksal kann man nicht entrinnen!«, erwiderte der andere. »Es ist besser, dass Allah ihn zu sich geholt hat. Es war ein unwürdiges Leben!«

Man trug den Leichnam zum Friedhof. Die Dorfbewohner begleiteten ihn auf seiner letzten Reise.

Der Vorbeter hielt die Grabrede: »Alles in dieser Welt ist vergänglich, und der Mensch ist das schwächste Wesen dieser Erde. In der Stunde des Abschieds helfen euch weder Reichtum noch Söhne. Im Haus der Gerechtigkeit zählen nur die guten Taten. Allah möge dem Verstorbenen einen Platz im Paradies gewähren!«

Als der Vorbeter seine Rede mit einem Vers aus dem

Koran beendet hatte, sprangen zwei Verwandte des Toten in die Grube, um den Leichnam in Empfang zu nehmen und ihn, den Kopf nach der heiligen Stadt Mekka ausgerichtet, in die Grube zu betten.

Nachdem dies getan war, warf einer der Umstehenden eine Handvoll Sand in die Grube. Ein Mann stieß ihn in die Seite: »Warte, willst du die zwei Männer mit dem Toten begraben?«

Der Dorfvorsteher reichte den Helfern die Hand, um sie aus der Grube zu ziehen.

Der Imam hob die Hände gen Himmel: »Der Mensch kommt mit leeren Händen in diese Welt, und mit leeren Händen scheidet er!«

Der Vorbeter hatte den Satz kaum zu Ende gesprochen, als sich das linke Augenlid des Toten zu bewegen schien. Der Imam stockte und trat einen Schritt zurück. »Wenn der Tote mich sieht, bin ich der Nächste, der stirbt!«, fürchtete er.

Der Vorbeter nahm all seinen Mut zusammen. Er trat wieder einen Schritt vor und linste vorsichtig in die Grube. Dabei verlor er das Gleichgewicht und stürzte mit einem gellenden Schrei in das Grab.

Der Leichnam öffnete seine Augen.

»Rettet mich! Rettet mich! Der Tote schaut mich an. Ich will noch nicht sterben!«, schrie der Vorbeter aus Leibeskräften.

Mit einem Ruck zogen zwei beherzte Männer den Imam aus der Grube. Von Panik ergriffen, stoben die Dorfbewohner auseinander.

Völlig außer Atem erreichte der Imam die Moschee und kletterte auf das Minarett. Erschöpft lehnte er sich über die Brüstung. »In Allahs Haus bin ich sicher!« Erleichtert atmete er auf.

Vom Minarett aus ließ er seinen Blick auf den Friedhof schweifen. Alles war ruhig. Weit und breit war niemand zu sehen. Da hörte der Vorbeter eine Stimme rufen. Der Dorfvorsteher schnaufte die Treppe hoch.

»Ich habe nach dir gesucht«, sagte der Dorfvorsteher.

Der Imam stammelte: »Ich habe unzählige Grabreden gehalten, doch noch nie hat mich ein Toter angestarrt.«

Der Dorfvorsteher räusperte sich. »Vor Bettlern muss man sich in acht nehmen. Sie sind wie Heilige! Komm in mein Haus, dann beraten wir, was zu tun ist.«

Im Haus des Dorfvorstehers drängelten sich die Bauern. Ein alter Bauer wandte sich an den Imam: »Du hast die Heiligen Bücher gelesen, du bist gelehrt. Können die Toten aufwachen?«

»Allah ist mächtig«, erwiderte der Vorbeter. »Am Tage der Gerechtigkeit wird er die Toten erwecken!«

»Hat der Tag der Gerechtigkeit begonnen?«, wollte der Bauer wissen.

»Das weiß nur Allah!«

Der Dorfvorsteher mahnte den Fragenden: »Gönne dem Vorbeter ein wenig Ruhe. Der Schreck sitzt ihm im Nacken!«

Allmählich neigte sich der Tag seinem Ende zu. Man hörte in der Ferne die Glocken der Herden, die ins Dorf zurückgetrieben wurden.

Die Dorfbewohner beratschlagten, doch guter Rat war teuer.

Der Dorfälteste schaute in die Runde. »Wer geht zum Friedhof und sieht nach?«

Alle blickten zu Boden.

»Mahmud, du bist ein tapferer Mann!«

Mahmud wehrte ab: »Ich habe eine junge Frau und eine Handvoll Kinder. Ich kann sie nicht unversorgt zurücklassen!« Er deutete auf den Vorbeter. »O Imam! Allah möge dir gnädig sein! Dich hat der Tote bereits angeblickt, geh du!«

»Und wer soll die Gläubigen führen? Dein Vorschlag ist unüberlegt!« Der Imam wandte sich an den Dorfältesten: »Du bist der Älteste in der Runde. Du hast ein reiches Leben hinter dir und viele gute Taten vollbracht. Das Paradies ist dir sicher!«

»Ich bin zwar alt«, erwiderte dieser, »doch ich brauche noch keinen Stock!«

Der Dorfvorsteher war aufgebracht: »Wir müssen eine Lösung finden. Bald wird es dunkel. Die wilden Tiere werden den Toten zerreißen. Ich wäre bereit, zum Grab zu gehen, doch mein Amt wiegt schwer!«

In diesem Moment trat Khadijeh in den Raum. »Ich werde gehen!« Sie schlug ihren Umhang um die Schultern und schritt los. In gemessenem Abstand folgten ihr die Dorfbewohner.

Einen Steinwurf vom Friedhof entfernt blieb die Menge stehen. Es war totenstill, nur ein leiser Windhauch bewegte die Blätter. Khadijeh schritt auf das Grab zu. Das Herz schlug ihr bis zum Hals.

»Harun«, rief sie mit heiserer Stimme.

Sie vernahm ein Stöhnen.

»Harun!«, rief sie lauter und horchte.

»Hilfe! Hilfe!«, hörte sie eine schwache Stimme aus dem Grab.

Khadijeh beugte sich über die Grube. »O mein Augapfel, du lebst!«

Sie reichte Harun die Hand.

In der Abenddämmerung sahen die Dorfbewohner die weiße Gestalt aus der Grube steigen.

»Ein Wunder! Ein Wunder!«, rief der Vorbeter. »Allah ist mächtig!«

Ein Raunen ging durch die Menge. »Ein Wunder!«

»Bei Allah, dieser Bettler ist ein Heiliger!«, rief der Imam.

Wie ein Lauffeuer verbreitete sich die Nachricht, dass Allah dem Bettler das Leben wiedergeschenkt habe.

Die Dorfnotabeln geleiteten Harun in das Haus des Dorfvorstehers. Dieser schlachtete zu Ehren des Heiligen ein Lamm und kleidete ihn in ein Seidengewand.

Der Imam schälte emsig einen Granatapfel. »Du musst essen, damit du wieder zu Kräften kommst!«, ermunterte er den Gast.

Harun genoss das Festmahl in vollen Zügen. Er schlürfte die kräftige Brühe, machte sich über die Lammkeule her und stopfte sich mit Reis voll.

Als die erste Runde Kaffee gereicht wurde, wandte sich der Dorfvorsteher an Harun: »Der Gast sei willkommen! Sag uns, o Heiliger, was ist geschehen?«

Der Bettler begann zu erzählen: »Ich lag wie üblich in der schattigen Gasse, als eine dunkle Wolke auf mich zukam und mich mitnahm. Wir alle sind sterblich, doch Allah ist stärker als der Tod. Er hat mir das Leben wiedergeschenkt.«

»Allah ist groß!«, rief die Runde, und alle nickten.

»Was hast du gefühlt?«, wollte der Dorfälteste wissen.

»Ich sank in einen tiefen Schlaf und erwachte in einer anderen Welt.«

»Erzähl uns von dieser anderen Welt!«, drängten ihn die Umstehenden.

»Allah ist großzügig. Er hat mein hartes Leben belohnt. Die Engel trugen mich ins Paradies. Doch ich habe auch einen Blick in die Hölle getan! Ich bin Toten begegnet, die ich im Leben kannte!«

Der Dorfvorsteher erhob sich. »Der Heilige hat eine lange Reise hinter sich. Wir sollten ihm etwas Ruhe gönnen.«

Während man früher das Haus des Bettlers gemieden hatte, wurde es nun, da Harun zum Heiligen geworden war, zu einem Pilgerort. Von nah und fern strömten Menschen herbei, um Rat zu suchen. Die Bäuerinnen brachten Körbe voll Feigen, Trauben und Granatäpfel. Die Bauern schleppten Krüge mit Olivenöl und pralle Säcke voll Mehl ins Haus.

Khadijehs Vorratskammer quoll über. »Das Glück ist auf unserer Seite. Seit deinem Tod haben die bösen Geister das Haus verlassen!«, sagte sie zu ihrem Mann. »Du hättest früher sterben müssen!«, scherzte sie.

Harun entgegnete nichts, doch ein Lächeln huschte über sein Gesicht.

Der Heilige erhielt zahlreiche Einladungen und wurde auf das köstlichste bewirtet.

Eines Nachmittags, als er durch die Gassen des Dorfes schlenderte, nahm ihn eine alte Bäuerin zur Seite.

»O Heiliger, gib mir und meinem Haus die Ehre, sei heute Abend mein Gast!«

Harun erinnerte sich wohl an die alte Witwe. Sie hatte für ihn, den armen Bettler, früher höchstens trockene Brotkanten übrig gehabt. Er nahm die Einladung an.

Als er am Abend als Gast das Haus der Witwe betrat, stieg ihm köstlicher Bratengeruch in die Nase. Die Alte servierte ihm ein gebratenes Perlhuhn, gefüllt mit Pinienkernen, Rosinen und Safranreis.

Harun ließ es sich schmecken. Beim süßen Mandelpudding mit Tee öffnete die Witwe ihr Herz: »Du weißt, dass ich meinen verstorbenen Mann lieb hatte. Jede Nacht, wenn ich auf meinem Schlaflager ruhe, muss ich an ihn denken!«

Der Heilige nickte.

»Erzähl mir, ist er dir begegnet auf deiner Reise in der anderen Welt?«

»Ich habe ihn wohl gesehen!«, entgegnete Harun.

»Wie geht es ihm?«

»Er war ein frommer und barmherziger Mann!«, sagte der Heilige und schob sich eine Dattel in den Mund.

»Und weiter?«, wollte die Witwe wissen.

»Allah hat ihm einen Platz im Paradies gewährt.«

»Hat er nach mir gefragt?«, hakte die Witwe nach.

»Dein Mann hat alle Hände voll zu tun!«

»Wie das? Hat er nicht sein ganzes Leben auf dem Feld gearbeitet? Ist das nicht genug?«

Der Heilige lächelte schalkhaft. »Vierzig junge Mädchen scharen sich um deinen Mann. Da bleibt ihm keine Zeit, an dich zu denken.«

Die Witwe blieb mit offenem Mund sitzen. Dann begann sie, das Geschirr abzutragen.

»Ich danke dir für deine großzügige Gastfreundschaft. Allah möge dich für deine guten Taten belohnen!«, verabschiedete sich der Heilige.

Einige Wochen waren ins Land gezogen, als der Imam nach dem Freitagsgebet auf den Heiligen zutrat. »Heute Abend bist du mein Gast!«

Harun war einverstanden.

Nach einem köstlichen Mahl, das sich bis in die späten Abendstunden hinzog, zog der Imam den Gast ins Vertrauen.

»Alle schlummern tief, wir sind allein!«, begann er.

Harun blickte seinen Gastgeber an.

Der Imam sprach stockend weiter: »Ich möchte dir ein Geheimnis anvertrauen. Wo wirst du das Geheimnis verbergen?«

»Indem ich sein Grab bin!«, entgegnete der Heilige.

Der Vorbeter ergriff Haruns Hand. »Der Mensch ist fehlbar, nur Allah allein ist unfehlbar!« Er war verlegen.

»Hast du was gestohlen?«, wollte Harun ihm auf die Sprünge helfen.

Der Imam schüttelte den Kopf.

»Du hast doch niemanden umgebracht?«

»Nein!«, schwor der Imam.

»Ich verspreche dir, das Geheimnis bleibt unter uns!«, versicherte ihm der Heilige.

Nach einem kurzen Räuspern begann der Vorbeter zu erzählen: »Es geschah an einem warmen Frühlingstag. Ich hatte ein Bad genommen, ein frisches Gewand angezogen und meinen Turban aufgesetzt. Ich fühlte mich wohl. Auf dem Weg zur Moschee begegnete ich einer Frau, die einen Korb voll grüner Mandeln auf dem Kopf trug. Der Satan ergriff Besitz von mir!« Der Imam zog seine Hand zurück.

»Ist die Frau verheiratet?«

»Ja!«

»Ein schweres Vergehen«, stellte der Heilige fest. »Unkeuschheit und dazu noch Ehebruch!«

Der Vorbeter zitterte. »Sag mir, bist du auf deiner Reise solchen Sündern begegnet?«

Der Heilige nickte. »Ich habe die Sünder im Höllenfeuer schmoren sehen. Noch von Weitem hat mir die Hitze den Schweiß auf die Stirn getrieben!« Er wiegte seinen Kopf hin und her. »Dein Verbrechen wiegt schwer!«

»Ich weiß! Ich weiß!«, jammerte der Imam.

»Als Vorbeter, der die Heiligen Schriften kennt, hast du keine Entschuldigung!«

»O Heiliger, gibt es kein Entrinnen?«

»Du weißt, gute Taten zählen bei Allah. Noch bist du am Leben! Noch hast du Zeit …«

Der Vorbeter blickte den Gast hilflos an. »Was ist zu tun?«

»Du hast einen Beutel voll Goldmünzen. Wenn du die Münzen an die Armen verteilst … Vielleicht wird dir dann Allah verzeihen!«

Der Vorbeter seufzte tief auf. »Die Früchte eines ganzen Lebens für einen Augenblick des Genusses!«

»Die Wahl liegt bei dir!«, beschied ihm der Heilige und machte sich auf den Heimweg.

Mit den Jahren war Harun in vielen Häusern zu Gast. Man öffnete ihm das Herz und bat ihn um Rat. Und als der Heilige hochbetagt starb, nahm er einen Schatz voller Geheimnisse mit ins Grab.

Im Garten des Sultans

Eines Nachts wandte sich Zahra an den Sultan: »Ich habe mit vielen Geschichten dein Herz erfreut, und du hast dich an den köstlichen Äpfeln von Damaskus gelabt!«

Der Herrscher lächelte. »Ich bin dir zu Dank verpflichtet!«

»Ich rate dir, mein Gebieter, lass dir einen Sommerpalast errichten. Der Palast soll nur wenige Gemächer haben, doch soll er in einem prächtigen und weitläufigen Garten stehen, der alle Pflanzenarten dieser Welt beherbergt. Achte darauf, dass keine Pflanze fehlt, sei sie auch noch so klein.«

Der Sultan war mit dem Vorschlag einverstanden. Am darauffolgenden Tag ließ er den Großwesir kommen.

»Höre, was ich dir sage! Rufe die berühmtesten Baumeister des Reiches zu dir und unterbreite ihnen meinen Befehl: Sie sollen einen Sommerpalast errichten, der prächtiger ist als der des sagenhaften Kaisers von China. Er soll von einem Garten umgeben sein, in dem alle Arten von Pflanzen dieser Welt vertreten sind!«

Der Großwesir verneigte sich. »Ich höre und gehorche. Palast und Garten mögen deiner Genesung dienlich sein!«

Und so geschah es. In alle Himmelsrichtungen sandte der Großwesir Kundschafter aus und ließ die namhaftesten Baumeister des Reiches kommen. Keiner konnte sich dem Befehl widersetzen.

Und die Baumeister machten sich ans Werk, entwarfen Pläne, verwarfen sie wieder, bis sie sich zu guter Letzt einigten.

Die Untertanen hatten alle Hände voll zu tun. Die einen meißelten Steine aus dem Steinbruch, die die Maulesel zur Baustelle schleppten, andere hoben die Erde aus, wieder andere mauerten das Mauerwerk. Als das Bauwerk stand, schmückten Kalligrafen die Gemächer mit Versen berühmter Dichter.

Der Großwesir stand strahlend vor dem Prachtbau. »Der Wunsch des Sultans ist erfüllt! Ein so prächtiges Bauwerk hat die Welt noch nicht gesehen!«

»Mein Dank ist dir gewiss!«, sagte der Sultan zum Großwesir. »Doch sage, wie steht es um den Garten?«

»Die Gärtner des Reiches sind am Werk. Stunde für Stunde treffen Bäume, Sträucher und Blumen aus den entferntesten Winkeln der Welt ein. Dein Garten wird den legendären Garten Eden übertreffen!«

Nach drei Vollmonden war der Garten angelegt. Der Sultan war glücklich, als er Zahra durch den Sommerpalast führen konnte. Der Großwesir hatte nicht übertrieben. Der Palast war so prächtig, dass er seinesgleichen suchte. Goldene Kuppeln ruhten auf marmornem Mauerwerk, das in allen Farben des Regenbogens schimmerte. Durch bunte Glasfenster, umrahmt von orientalischen Bögen, fiel die Morgensonne und malte ein buntes Mosaik auf den weißen Marmorboden. Goldene Schriftbänder zierten die Wände des Palastes.

Die mächtige Nacht ist besser als tausend Monate, stand über dem Eingangsportal geschrieben.

Trink den Becher leer, o Schenke, füll ihn der Geliebten voll mit Wein!, stand im Empfangssaal.

Bunte Teppiche, brokatene Kissen und seidene Stoffe in schillernden Farben verliehen dem Innern des Palastes Glanz und Schönheit. Von den Fenstern aus blickte man auf den Fluss, der sich schlangengleich wand und in dem sich nachts die Sterne spiegelten.

Zahra bedankte sich bei den Baumeistern: »Ihr habt eure Aufgabe zu unserer vollsten Zufriedenheit gemeistert. Dieses Bauwerk wird eurem Namen ein Denkmal setzen!«

Dann wandte sie sich dem Sultan zu: »Doch nun lass uns in den Garten gehen. Der Anblick und der Duft der Pflanzen wird dir Heilung bringen!« Zahra nahm den Sultan bei der Hand.

Der Herrscher war überwältigt von der Fülle der Pflanzen. Er, der sein ganzes Leben im Palast zugebracht hatte, kannte kaum eine Pflanze. Die Düfte, die auf ihn einströmten, verwirrten ihn.

Der Sultan musste niesen.

»Mein Gebieter, ich werde dich mit der Welt der Pflanzen vertraut machen!« Zahra kannte alle Pflanzen beim Namen.

Der Sultan kam aus dem Staunen nicht mehr heraus. Er bewunderte das Wissen seiner Gemahlin. Doch allmählich wurde ihm seine Unwissenheit peinlich.

Als die beiden die Gartenmitte erreichten, hellte sich die Miene des Sultans auf: »Das ist eine Palme, das ist ein Olivenbaum, und zwischen den beiden rankt sich ein Weinstock!«, rief er und wiederholte: »Palme, Weinstock, Olivenbaum!«

Zahra pflückte eine Rose und sog ihren Duft ein. »Der größte Herrscher aller Zeiten hat recht!«, bemerkte sie, doch dann brach sie in Lachen aus.

»Was gibt es da zu lachen?« Der Sultan musterte Zahra misstrauisch. »Sag mir, warum du lachst, sonst werde ich dich, bei Allah, verstoßen!« Die Augen des Herrschers funkelten.

»Du hast die drei Pflanzen auf den ersten Blick erkannt!«, erwiderte die Frau und fuhr fort: »Doch hast du auch verstanden, was die Palme zum Olivenbaum gesagt hat?«

Die Augen des Sultans wurden immer größer, und er schüttelte vor Verwunderung sein Haupt. »Du verstehst die Sprachen der Pflanzen?«

Zahra nickte.

»Warum hast du mir davon nicht früher erzählt?«

»Dein Augenmerk galt nur den Wachteln. Den Tag verbringst du im Diwan, und nachts geisterst du durch den Harem. Seit wann interessierst du dich für die Welt der Pflanzen?«

»Du bist nicht nur klug, du bist auch mutig!«, staunte der Sultan. »Ich habe das Reich von meinem Vater übernommen und sein Erbe vergrößert!«

»Das weiß ich wohl!«, gab Zahra zurück.

»Wie hast du die Sprache der Pflanzen erlernt?«, wollte der Sultan wissen.

»Das erzähle ich dir ein andermal«, schlug Zahra vor, »doch nun lass uns zuhören, was die Pflanzen zu erzählen haben!«

Die beiden ließen sich am Fuß der Palme nieder, und Zahra lauschte aufmerksam. Neugierig wie ein Kind suchte der Sultan sie zum Sprechen zu bringen: »Was erzählen sie?«

Doch Zahra bedeutete ihm zu warten.

»Es ist mir zu eng in diesem Garten«, hörte Zahra die Palme sprechen. »Dieser verfluchte Wesir hat so viele Pflanzen herangeschleppt, dass es kaum noch Luft zum Atmen gibt!«

Der Olivenbaum nickte mit seiner Krone.

»Hast du nicht gemerkt, wie der Weinstock mir das Wasser abgräbt?«, fuhr die Palme fort.

»Der Weinstock ist sehr verwöhnt«, stimmte der Olivenbaum zu, »er braucht Unmengen von Wasser!«

Aufgebracht schüttelte die Palme ihre Krone im Wind. »Recht muss Recht bleiben. Der Weinstock bekommt den Anteil an Wasser, der ihm zusteht. Ich warne ihn!«

Der Weinstock, der mit seinem weiten Wurzelwerk Wasser einsog, duckte sich ein wenig.

»Du bist doch nicht allein hier, was glaubst du denn?«, fuhr ihn die Palme an. »Du klaust mein Wasser!«

Der Weinstock stellte sich dumm: »Wieso dein Wasser?«

»Zieh deine Wurzeln zurück!«, zürnte die Palme, und der Olivenbaum fügte hinzu: »Du wilderst an unseren Füßen!«

»Ihr seid nicht dicht in der Krone!«, entgegnete der Weinstock keck.

»Plustere dich nicht so auf, du Mickerling!«, schimpfte die Palme und schüttelte ihre Krone, sodass ihre Datteln den Weinstock trafen.

»Pass doch auf! Deine Früchte beschädigen mein Blattwerk!«, jammerte der Weinstock.

Doch die Palme ließ weitere Datteln auf den Weinstock prasseln.

Der Weinstock schielte zum Olivenbaum hinüber, dann blickte er zur Palme hoch. »Ich bin ein Unglücksrabe!«, klagte er. »Warum hat mich der Gärtner ausgerechnet zwischen die große Palme und den knorrigen Olivenbaum gesetzt? Ich bin doch ein zartes Gewächs! Und was kann ich dafür, dass ich mehr Wasser brauche als ihr?«

»Du bekommst keinen Tropfen mehr, als dir zusteht!«, beharrte die Palme. »Wenn du deine Wurzeln nicht zurückziehst, breche ich dir die jungen Triebe!«

Und der Olivenbaum bekräftigte: »Nimm unsere Warnungen ernst!«

Der Weinstock seufzte tief. »Habt Nachsehen mit mir, ich bin doch euer Nachbar. Wenn im Spätsommer meine Früchte reifen, bekommt ihr süße Weintrauben!«, säuselte er.

»Behalte deine Trauben für dich!«, herrschte ihn die Palme an. »Meine Datteln sind süßer als alles auf der Welt!«

Der Weinstock dachte einen Augenblick nach. »Ich kam nicht freiwillig in diesen Garten. Man hat mich entwurzelt. Geht es euch nicht genauso?«

Eine Weile herrschte Stille. Dann hörte der Weinstock die Palme klagen: »Ich bin eine Fremde in diesem seltsamen Garten!«

Der Weinstock war erfreut über die Wendung des Gesprächs. »Wir sollten uns das Leben nicht noch schwerer machen. Statt uns zu streiten, könnten wir uns die Zeit auf angenehme Weise vertreiben!«

Der Olivenbaum stimmte zu.

Der Weinstock wandte sich an die Palme: »Ich möchte dich kennenlernen, ich möchte etwas von dir erfahren! Woher stammst du? Erzähl uns deine Geschichte!«

Die Palme

Während der Wind ihre Krone bewegte, begann die hohe, schlanke Palme ihre Geschichte zu erzählen: »Ich bin die heilige Palme. Meine Geschichte reicht weit, weit zurück. Ich stamme vom Palmenhain von Nadjran auf der arabischen Halbinsel. Seit alters hat dieser Palmenhain einen besonderen Platz im Herzen der Araber. Lange vor dem Islam kamen die Beduinen zu uns Palmen, um uns zu ehren. Sie schmückten uns mit bunten Stoffen, genossen unsere süßen Datteln und feierten tage- und nächtelang in unserem Hain. Auch Handelskarawanen rasteten in unserem Schatten, und Vögel suchten Schutz bei uns.

Wie heißt es bei den Arabern? Drei Dinge machen die Wüste bewohnbar: der Beduine, das Kamel und die Palme!

Unsere Datteln ernähren die Menschen, und mit unseren Palmenwedeln errichten sie ihre heiligen Stätten!«

Die Palme betrachtete den Weinstock und den Olivenbaum, die aufmerksam lauschten. Dann fuhr sie fort: »Eines Tages, als die Sonne die Sanddünen in flirrendes Licht tauchte, suchte mich ein Beduine auf. Schon von Weitem erblickte ich die zerlumpte Gestalt, die barfuß mit zerfetztem Umhang auf mich zuritt. Von Nahem bezeugte jedoch sein Antlitz, dass er bessere Zeiten gekannt hatte. Mit Adleraugen musterte er mich, als er von seinem Reitkamel stieg.

Mit beiden Armen umschlang er meinen Stamm: ›O heilige Palme, ich bin dein Schutzbefohlener! Du bist stark und hast eine mächtige Krone! An dich wende ich mich in meiner Not!‹

Der Beduine schöpfte Luft und fuhr fort: ›O heilige Palme, seit zwei Vollmonden bin ich unterwegs zu dir. Die Reise war lang und beschwerlich, mein Reittier hat Schluchten durchquert und ist über Sanddünen gestapft. Mein Rücken schmerzt vom langen Ritt.

Ein großes Anliegen treibt mich zu dir. Seit fünf Jahren bin ich verheiratet. Ich bin glücklich mit meiner Frau. Sie hat mir drei Töchter geboren, doch ich wünsche mir einen Sohn, der meinen Namen weiterträgt.

Bei Derwischen an heiligen Stätten suchte ich Hilfe, doch vergeblich. Eine Wahrsagerin las in meiner Hand: ›Mein Sohn‹, riet sie mir, ›suche die heiligen Palmen von Nadjran und erzähle ihnen deine Geschichte. Sie sind mächtig!‹

Ich gehöre zum Stamm der Nemmer, der Tiger. Es ist ein großer und bedeutender Stamm mit zahlreichen Sippen. Das Stammesgebiet liegt im Herzen der arabischen Halbinsel.

Abseits des Stammeslagers liegt das Scheichzelt, das offen ist für Gast und Wanderer. Von Kindesbeinen an galt meine Leidenschaft dem Kamelreiten, das mir mein Vater beigebracht hat. Drei Dinge soll man die Kinder lehren, hat schon unser Prophet gesagt: Schwimmen, Reiten und Bogenschießen.

Ich habe es zu einer solchen Meisterschaft gebracht, dass ich auf ein rennendes Kamel aufsitzen kann.

Als glänzender Reiter, der ich bin, habe ich kein Hochzeitsfest ausgelassen. Tagsüber nahm ich an den Kamelrennen teil, und nachts tanzte ich mit den Männern vor dem großen Festzelt.

Eines Nachts, bei einem fremden Stamm, erblickte ich eine Frauengestalt. Sie tanzte im Mondlicht. Ich konnte nur ihre Umrisse erkennen, doch faszinierten mich ihre anmutigen, wellengleichen Bewegungen. Sie hat mir den Verstand geraubt. Ich muss meinem Großvater recht geben, der sagte, zum Verliebtsein gehöre ein Hauch von Verrücktheit!

Sieben Nächte lang tanzte ich, bis ich vor Erschöpfung in den Sand sank.

Nach dem großen Abschlussfest machte ich mich

schweren Herzens auf den Heimweg. Ich lenkte mein Reittier zum Brunnen, um es zu tränken. Dort zügelte ich das Kamel und schöpfte Wasser. Während es in tiefen Zügen Wasser schlürfte und ich erneut den schweren Wassersack aus dem Brunnen zog, ging mir die Gestalt der Tänzerin nicht aus dem Sinn. Ich sah ihr Spiegelbild auf der Wasseroberfläche. Es zog mich magisch an, und hätte mein Kamel nicht nach Wasser gebrüllt, wäre ich bestimmt in den Brunnen gestürzt.

Obgleich ich stark bin, hatte ich große Mühe mit dem Wassersack. Eine unsichtbare Kraft schien ihn nach unten zu ziehen. Ich ruhte mich am Brunnenrand aus, und was machte das verdammte Kamel? Es rannte davon! Ein Rennkamel einholen zu wollen ist, als ob man den Wolken im Himmel nachjagte!

›Ein Unglück kommt selten allein‹, stöhnte ich. Einen Vormittag lang folgte ich den Spuren meines Kamels. Meine Füße waren schwer wie Salzsäcke. Schließlich verloren sich seine Fußabdrücke in einer Vielzahl von Spuren: Mein Kamel hatte sich einer Kamelherde angeschlossen.

Als ich schließlich den Ausreißer erspähte, griff ich wütend nach meinem Stock. Ich stürzte mich auf mein Kamel, doch nach dem ersten Hieb hörte ich eine Frauenstimme: ›Aufhören! Aufhören! Man schlägt ein edles Kamel nicht!‹

Ich drehte mich um, und zu meinem Erstaunen erblickte ich die Gestalt, die mich vor Liebe blind gemacht hatte.

›O heilige Palme!‹, rief der Erzähler verzückt. ›Ich kann meine Freude nicht in Worte fassen. Die schweren Füße wurden leicht wie Federn, mein Zorn über das Kamel war verflogen!

›Du bist unbarmherzig!‹, schimpfte die Frau. Trotz der harschen Worte klang ihre Stimme in meinen Ohren wie Lautenmusik.

Die Gestalt lüftete ihren Schleier. Ein Augenpaar, schwarz wie die Nacht, blickte mich an.

›Ich habe dich beim Mondschein tanzen sehen!‹, sagte ich zu ihr.

›Und ich habe dich beim Kamelrennen bewundert!‹, gab sie zurück. ›Der Bräutigam ist mein Bruder.‹

›Dann bist du die Tochter des Scheichs?‹

Das Mädchen nickte.

Mir wurde Angst und Bange, denn ihr Vater war ein mächtiger Stammesführer, und ich fürchtete, jemand könnte uns belauschen. Schnell bestieg ich mein Reittier.

›Kommst du zum nächsten Hochzeitsfest?‹, wollte sie wissen.

Ich nickte. Sie reichte mir ein Fladenbrot und eine Handvoll Datteln zum Abschied.

Siehst du, heilige Palme, es war eine Fügung des Schicksals, dass das Kamel davongerannt ist. Als ob das Tier meine Gefühle geahnt hätte.

Meiner Familie blieb nicht verborgen, dass eine Veränderung mit mir vorgegangen war.

›Mein Sohn, die vielen Feste ermüden dich!‹, mahnte mich meine Mutter, als ich erschöpft auf dem Teppich lag und vor mich hinträumte.

Und auch mein Vater zeigte sich besorgt: ›Du solltest dich bei den Kamelrennen zurückhalten!‹, riet er mir. ›Ein Kamel, das viele Rennen gewinnt, zieht den bösen Blick an oder erregt die Aufmerksamkeit von Dieben!‹

Und meine Schwester stichelte: ›Statt auf fremden Hochzeiten zu tanzen, solltest du lieber an deine Brautgabe denken.‹

Doch ich ließ mich von den Warnungen nicht beeindrucken. Voller Ungeduld zählte ich die Nächte bis zum nächsten Hochzeitsfest.

Für das kommende Fest packte ich genügend Proviant in meine Satteltaschen, zog ein frisches Gewand an und machte mich auf den Weg.

Doch dieses Mal suchte ich vergeblich nach dem Mädchen. So weit ich meine Blicke auch schweifen ließ, die Gestalt war nirgendwo zu sehen. Gedanken schossen durch meinen Kopf: Wollte sie mit mir scherzen, oder wollte sie mich nur auf die Probe stellen?

Als der Mond über dem Rücken des Festzeltes stand, verließ ich mit hängendem Kopf die Tanzenden und suchte mein Kamel auf, das ich unweit des Brunnens angepflockt hatte. Ich begann mein Schlaflager zu richten. Neben dem Kamel breitete ich die Satteltaschen aus, und der Reitsattel diente mir als Kopfkissen.

An mein Kamel geschmiegt und von meinem Umhang bedeckt, legte ich mich zur Ruhe. Doch so erschöpft ich auch war, ich konnte keinen Schlaf finden.

Am nächsten Morgen taten mir alle Glieder weh, das Sonnenlicht blendete meine Augen, und obendrein war das Kamel bockig. Ich hätte mich am liebsten in meinem Schlaflager verkrochen, doch der Stammesscheich auf seiner Stute rief alle Reiter zu sich. Sie sammelten sich bei ihm.

Ich zögerte noch, aber der Scheich winkte mir zu. Ich konnte mich dem Rennen nicht entziehen.

Nachdem sich die Reiter in einer Reihe aufgestellt hatten, gab der Scheich mit einem weißen Tuch das Startzeichen, und die Kamele galoppierten los.

Und was machte mein Kamel? Es drehte sich um und lief in die entgegengesetzte Richtung. Als ich es zu lenken versuchte, hätte es mich beinahe abgeworfen. Ich wurde zum Gespött der Schaulustigen.

›Hier ist das Ziel!‹, hallte es in meinen Ohren wider. Ich gab auf und führte mein Kamel am Zügel zum Festzelt.

›Du hattest das letzte Rennen gewonnen!‹, empfing mich der Scheich. ›Heute war das Glück nicht auf deiner Seite!‹

›Ich gönne dem Gewinner seinen Triumph!‹, erwiderte ich. ›Euer Stamm hat edle Kamele!‹

›O Reiter, es war nicht das letzte Rennen, du hast noch viel Zeit vor dir!‹, tröstete mich ein Greis.

An diesem Abend stand mir der Sinn nicht nach Tanzen. Nach meinem Missgeschick zog ich mich früh zurück. Wie üblich bereitete ich mein Schlaflager neben meinem Tier.

In der Mitte der Nacht, als der Mond über dem Kamelrücken stand, wurde mein Reittier unruhig. Es reckte seinen Hals, warf den Kopf hin und her und brüllte. Ich dachte an eine Schlange und griff nach dem Dolch. Noch bevor ich auf den Beinen war, griff eine

Hand nach dem Kamelzügel. Ich hob den Dolch zum Stoß!

›Der Dieb gibt auf!‹, hörte ich eine Frauenstimme.

›Du bist es?‹ Ich steckte meinen Dolch in die Scheide zurück.

›Ich sehe, du bist wachsam!‹, sagte das Mädchen, ließ sich neben mir nieder und fuhr fort: ›Ich habe dich beim Tanzen vermisst!‹

›Und wo warst du gestern?‹, wollte ich wissen.

›Ich hatte alle Hände voll zu tun. Die Braut ist eine enge Freundin von mir. Ich war bei ihr, um sie zu schmücken!‹

›Deinetwegen habe ich heute das Rennen verloren.‹

›Das war gut so!‹, bemerkte sie spitz.

›Was soll das heißen?‹

›Heute hat mein Vetter das Rennen gewonnen. Er ist eifersüchtig auf dich. Dein letzter Sieg missfiel ihm, doch nun ist er besänftigt.‹

Wir plauderten eine Weile, doch ich wurde zunehmend unruhig. ›Wenn uns jemand sieht …‹

Das Mädchen legte ihre Hand auf die meine. ›Sei unbesorgt, die Zeltbewohner berauschen sich an Gesang und Tanz. Und bevor das Fest zu Ende geht, bin ich wieder im Zeltlager!‹

Ich umschlang das Mädchen mit beiden Armen und drückte es fest an mein Herz.

O heilige Palme, ihre Küsse brannten wie Feuer, sie hat mein Leben beglückt!

Doch das Glück war nicht von langer Dauer. Die Festlichkeiten gingen zu Ende, und der Abschied nahte. Fieberhaft suchte ich nach einem Vorwand, noch länger im Zeltlager verweilen zu können. Da ich erschöpft war und nur mit Mühe meine Augen offenhalten konnte, hätte mir ein Blinder geglaubt, dass ich krank sei.

Ich spielte meine Rolle gut. Der Scheich nötigte mich dazubleiben, bis ich wieder gesund sei. Man brachte mir Kräutertee und eine kräftige Lammbrühe.

Und immer wieder erkundigte sich der Gastgeber nach meinem Befinden. Er bereitete für mich ein Nachtlager im Männerzelt. Am späten Abend wünschte er mir eine angenehme Nachtruhe und zog sich nach nebenan in das Frauenabteil zurück.

Mit klopfendem Herzen lag ich auf dem Schlaflager. Von den Zeltbewohnern war nichts zu sehen und zu hören, alle waren ermattet vom langen Feiern. Ich lauschte dem Heulen der Schakale und dem Blöken der Schafe.

Plötzlich bewegte sich der Vorhang, der das Männerzelt vom Frauenzelt trennte.

Und was sah ich? Es war weder eine Ziege noch ein verirrtes Huhn – es war das Mädchen, das unter dem Vorhang durchschlüpfte, und bevor ich mich besann, kroch es unter meine Decke.

Ich erstarrte vor Furcht.

›Bist du von Sinnen?‹, flüsterte ich. ›Ich bin zu Gast im Zelt deines Vaters!‹

Sie legte ihren Finger auf meinen Mund. ›Weshalb bist du geblieben? Du hast dir gewünscht, dass ich zu dir komme!‹

Ich war berauscht. Ohne weiter an die Folgen zu denken, nahm ich das Mädchen in meine Arme.

O heilige Palme, die Zeit verrann wie im Fluge. Das Vergnügen hatte uns so ermattet, dass wir dem Schlaf nicht widerstehen konnten.

Am nächsten Morgen weckten uns Stimmen vor dem Zelt. Ich lugte unter der Decke hervor und sah den Scheich mit einer Schar von Männern den Morgenkaffee trinken. Die Flammen der Feuerstelle loderten hell, und Rauch drang ins Zelt.

›O Erde, öffne deinen Bauch und verschlucke uns!‹, murmelte ich. Ich war verloren! Ich hatte die Ehre des Scheichs und seines Stammes beschmutzt und das heilige Gastrecht gebrochen.

Der Vetter des Mädchens setzte sich an die Feuerstelle. ›Wie geht es dem Gast? Schläft er noch?‹

›Er schläft tief und fest, das ist ein Zeichen von Genesung‹, erwiderte der Scheich.

›Ich habe eine Schale Kamelmilch mitgebracht‹, vernahm ich die Stimme des Vetters. ›Sie wird ihm guttun!‹ Ich schickte ein Stoßgebet zu Allah.

Der Vetter trat auf uns zu. Behutsam lüpfte er die Decke. Unsere Blicke trafen sich, doch zu meinem großen Erstaunen zückte er nicht seinen Dolch, sondern deckte uns wieder zu.

›Der Gast schläft noch. Ich will ihn nicht wecken!‹, hörte ich ihn sagen.

Er gesellte sich zur Männerrunde, trank Kaffee und aß Fladenbrot. Dann klagte er: ›Gestern habe ich auf der Suche nach einem Zicklein eine Höhle betreten. Im Dämmerlicht schlug mein Kopf gegen eine Steinplatte. Seitdem plagen mich rasende Kopfschmerzen!‹

›Höhlen und Brunnen werden von Dämonen bewohnt. Hast du beim Eintritt in die Höhle nicht Allahs Namen gerufen?‹, wollte der Scheich wissen.

Der Vetter riss die Augen auf. Mit einem lauten Schrei sprang er auf, stieß mit seinem Fuß die Kaffeekanne um und zückte sein Schwert. Wie von Sinnen hieb er auf das Zelt ein und durchtrennte die Zeltseile.

›Haltet ihn! Haltet ihn!‹ Doch bevor die Männer ihn überwältigen konnten, brach das Zelt krachend zusammen.

Wir nutzten die Gunst des Augenblicks. Während das Mädchen unbemerkt in das Frauengemach schlüpfte, mischte ich mich unter die Männer.

Mittlerweile hatten die Zeltbewohner den Vetter gefesselt. Immer wieder bäumte sich der am Boden Liegende auf.

›Was ist los?‹, erkundigte ich mich bei meinem Gastgeber.

Der Scheich fuchtelte wild mit den Armen. ›Ein Unglück am frühen Morgen! Mein Neffe hat den Verstand verloren! Er betrat gestern eine Höhle. Nun hat der Dschinn von ihm Besitz ergriffen!‹

›Klagen macht die Toten nicht wieder lebendig. Wir hatten Glück, dass er nur die Zeltseile durchtrennt und nicht unsere Köpfe abgeschlagen hat!‹, sagte der Stammesrichter. ›Lasst uns das Zelt wieder aufbauen!‹

Alle machten sich an die Arbeit. Währenddessen hatte ich Zeit nachzudenken. Bei allen Heiligen, der Vetter war ein kluger Mann. Er hatte unser aller Ehre gerettet und Schmach und Schande von seinem Stamm abgewendet.

Um die Mittagszeit kehrte wieder Ruhe ein. Das Zelt

stand an seinem angestammten Platz, und die Männer labten sich an frischer Milch.

›Männer! Ich habe noch nie erlebt, dass ein Mensch so wild wird‹, staunte der Scheich und strich sich über die Stirn.

›Krankheiten kommen und gehen!‹, mischte ich mich in das Gespräch ein. ›Gestern war ich krank, heute bin ich gesund. Der Vetter war gestern gesund, und heute ist er krank. Für jede Krankheit gibt es ein Heilmittel!‹

›Besessenheit ist schwer zu heilen!‹, gab der Scheich zu bedenken.

›Lasst mich einen Versuch wagen. Mein Großvater war ein berühmter Derwisch. Er hat mir viel beigebracht!‹

›Es ist einen Versuch wert‹, erwiderte der Scheich. Die Runde stimmte zu.

Ich trat auf den Kranken zu. Unter Murmeln von Zaubersprüchen rieb ich ihm die Stirn mit einer Salbe ein. Die Gesichtszüge des Kranken entspannten sich, seine Atemzüge wurden ruhiger.

Ich wandte mich an den Scheich: ›Man soll am Höhleneingang eine weiße Taube schlachten, das Opferblut verstreichen und den Kadaver vergraben. Dann wird der Dämon den Kranken verlassen. In drei Tagen wird, so Allah will, der Vetter wieder munter sein.‹

Meine Behandlung zeigte Erfolg. Wie ich vorgeschlagen hatte, wurde das Opfertier geschlachtet, und der Patient genas zusehends.

Am dritten Tag befreite man den Vetter von den Fesseln.

›Du bist deines Großvaters würdig!‹, lobte mich der

Scheich. ›Welch ein Glück, dass wir dich zu Gast hatten!‹

›Ich habe meine Aufgabe erfüllt, nun will ich zu meinem Zeltlager zurückkehren.‹

›Warte!‹, hielt mich der Vetter zurück. ›Du hast mir das Leben wieder geschenkt. Dafür danke ich dir. Ich werde dich nicht mit leeren Händen ziehen lassen. Du hast eine große Belohnung verdient. Dir zuliebe will ich auf das Vorrecht auf meine Cousine verzichten!‹

Der Vetter wandte sich an den Scheich: ›Wenn du bereit bist, ihm deine Tochter zur Frau zu geben, werde ich für die Brautgabe aufkommen!‹

Wie das Schicksal sich wendet! Erst schien unser Leben in Gefahr zu sein, und nun sollte unserem Glück nichts mehr im Wege stehen.

Und so kam es. Ich bekam das Mädchen zur Frau. Der Scheich richtete ein Hochzeitsfest aus, von dem man noch lange sprach.‹«

Die Palme hielt kurz inne. »Dieser Beduine, der sich so sehnlichst einen Sohn wünschte, blieb den ganzen Tag in meinem Schatten. Flehend schaute er zu meiner Krone hoch. Dann ritt er auf seinem Kamel von dannen.

Genau nach einem Jahr erschien er wieder und zeigte mir voller Stolz seinen neugeborenen Sohn.

›Dank sei dir, o heilige Palme. Du hast mir einen kleinen Löwen geschenkt! Dir zu Ehren soll er deinen Namen tragen. Ich werde ihn Nakhleh, Palme, nennen!‹

Jahr für Jahr besuchte mich die Familie. Sie schmückte meine Krone mit bunten Stoffen und verzehrte ein Festmahl bei mir. Der Sohn wuchs heran, er spielte und hüpfte um meinen Stamm und spuckte die Dattelkerne in hohem Bogen in die Luft.«

Die Palme seufzte tief. »Ich mache die Wüste bewohnbar, was wäre die Wüste ohne Palmen? Und was wird der Beduine sagen, wenn er beim nächsten Fest nur eine Grube vorfindet? Sein Herz wird brechen. Seine Seele wird keine Ruhe finden, er wird sich auf die Suche nach mir begeben.

Doch wer soll ihm sagen, dass ich im Garten des Sultans gefangen bin? Ich sehne mich nach den Hainen von Nadjaran, nach der Weite der Wüste!«

Die Palme fuhr fort zu erzählen: »Meine Krone ist voller Geschichten. Kurz nachdem der Beduine mit seiner Familie hinter den Sanddünen verschwunden war, kam eine Frau auf mich zu. Die Strapazen des langen Weges standen ihr ins Gesicht geschrieben. Die Frau musterte mich vom Fuß bis zur Krone, dann ließ sie ihre rauen, von harter Arbeit gezeichneten Hände über meinen Stamm gleiten und sprach zu mir: ›O mächtige Palme! Deine Krone reicht bis zum Himmel. Stolz trotzt du allen Widrigkeiten der Wüste, Trockenheit und Sandstürme vermögen dich nicht zu erschüttern. Bei dir suche ich Hilfe!‹

Die Frau seufzte tief auf. ›Kummer drückt mein Herz. Meine Kinder machen mir Sorgen. Ich will dir meine Geschichte vortragen.

Ich war die zweitgeborene Tochter meiner Eltern. In unserem Stamm gibt es die Sitte der Genussehe. Nach diesem Brauch entscheiden Frau und Mann im Voraus über die Länge ihrer Ehe. Die kürzeste Ehe währt drei

Nächte. Wenn die beiden nicht miteinander auskommen, können sie sich trennen.

Mir war in der Liebe kein Glück beschieden.

Als junges Mädchen entschied ich mich für einen schönen jungen Mann. Er war schlank wie eine Palme, seine lockigen Haare reichten ihm bis zu den Schultern, und er hatte das Profil eines Adlers. Sein Aussehen hat mich geblendet.

Der Stammesahn segnete unsere Ehe mit einem Sohn. Doch die Schönheit meines Mannes war trügerisch: Er redete schlecht über andere und konnte kein Versprechen halten. Ich hielt es für das Beste, mich von ihm scheiden zu lassen.

Bei der zweiten Ehe sollte mich Schönheit nicht mehr täuschen. Ich heiratete einen hässlichen Mann. Er war gut zu mir, war ein fleißiger Hirte und wurde von allen geschätzt. Ich hatte mich an seine Hässlichkeit gewöhnt.

Sein breites Gesicht mit einer Plattnase und seine gespaltene Lippe störten mich wenig. Was mir jedoch zu schaffen machte, waren seine faulen Zahnstümpfe. Sobald er sich mir näherte, umfing mich ein Geruch von faulen Eiern. Mir wurde übel.

Nach drei Monaten sprach ich die Scheidungsformel aus.

Von ihm bekam ich eine Tochter.

O mächtige Palme, ich hatte genug von den Männern! Ich blieb im Zelt meines Vaters und zog meine Kinder groß. Und selbst wenn mich ein Mann reizte, ging ich keine Ehe mehr ein, die länger als drei Nächte währte.

Ich hatte nicht nur Pech mit meinen Ehemännern, auch mit den Kindern war mir kein Glück beschieden.

Aus meinem Sohn wurde ein notorischer Betrüger. Erst betrog er die Mitglieder unseres Stammes. Er lieh sich Münzen, ohne sie zurückzuzahlen. Als ihm keiner mehr etwas lieh, versuchte er sein Glück bei fremden Stämmen.

Eines Tages suchte er einen angesehenen Stammesführer auf und sprach zu ihm: ›Der Scheich meines Stammes schickt mich mit einer großen Bitte zu dir. Er ist in Not geraten und braucht vierzig Goldmünzen. Beim nächsten Vollmond schickt er dir das Gold zurück. Er wünscht dir und deinen Stammesbewohnern Gesundheit und Frieden!‹

Der Scheich war gutgläubig und gab ihm die Münzen. Und was machte mein Sohn mit den Münzen, o heilige Palme?

Er brachte sie auf dem Bazar durch!

Als die Frist verstrichen war, schickte der Scheich seinen Sohn als Boten zu unserem Zeltlager. ›O würdiger Scheich! Mein Vater lässt dir Grüße bestellen. Gern hat er dir in der Not ausgeholfen, doch nun bittet er dich, die Goldmünzen zurückzuzahlen.‹

Der Scheich verzog das Gesicht. ›Welche Münzen? Seit wann habe ich es nötig, Münzen zu borgen? Mein Beutel ist voll, meine Herde ist die größte weit und breit!‹

›Vor einem Vollmond hast du vierzig Goldmünzen geborgt!‹, beharrte der Junge.

›Dein Vater träumt!‹, versetzte der Scheich. Unverrichteter Dinge kehrte der Sohn zurück.

Der Vater war empört: ›Was für Zeiten, selbst die Scheichs drücken sich davor, ihre Schulden zu zahlen! Reite zurück und richte ihm aus: Wenn er dir die Goldmünzen nicht zurückzahlt, werde ich persönlich erscheinen und seine edle Stute als Pfand nehmen!‹

Der Junge sattelte sein Pferd und machte sich auf. Die Wachhunde empfingen ihn mit lautem Gebell, als er sich unserem Zeltlager näherte.

›Mein Vater wird deine Stute als Pfand nehmen, wenn du mir die Münzen nicht aushändigst!‹, richtete er dem Scheich aus.

Dieser war empört: ›Dein Vater soll kommen!‹

Als am nächsten Tag die Herden zur Weide geführt wurden, erschien am Horizont eine Reiterschar. Da man einen Raubzug vermutete, ergriffen die Männer ihre Schwerter und sattelten ihre Pferde. Die Reiterschar kam näher. Als sie noch drei Steinwürfe vom Scheichzelt entfernt war, erkannte man den Scheich des benachbarten Stammes.

›Ich fordere meine Münzen zurück!‹, rief er mit lauter Stimme vom Sattel seiner Stute.

Unser Scheich ritt auf ihn zu.

›Nie und nimmer habe ich von dir Münzen bekommen!‹

›Hast du nicht vor einem Vollmond einen Botschafter zu mir gesandt? Und habe ich ihm nicht vierzig Goldmünzen ausgehändigt?‹

Unser Scheich stutzte. ›Wie soll dieser Botschafter ausgesehen haben?‹

›Er war mittelgroß, hatte lockige Haare und schielte auf dem linken Auge!‹

Der Scheich begriff. ›Steigt ab! Seid meine Gäste!‹, lud er die Reiter ein.

Im Scheichzelt reichte er den Männern Kaffee. Dann übergab er dem Stammesführer vierzig Goldmünzen. ›Der, den du meinen Botschafter nennst, ist ein Betrüger!‹, klärte er den Scheich auf. ›Du bist nicht der Erste, von dem er Münzen geborgt hat. Er missbraucht unseren Namen und schadet unserem Ruf!‹

Der Gast nickte zufrieden. ›Wie gut, dass er nicht mehr verlangt hat, ich hätte ihm den ganzen Beutel gegeben!‹

O heilige Palme! Fast hätte mein Sohn einen Krieg zwischen den beiden Stämmen angezettelt!

Als alle Ermahnungen nichts fruchteten, beschloss unser Stamm, ihn aus dem Stammesverband auszuschließen. Seitdem ist er vogelfrei und irrt schutzlos durch die Wüste!‹

Die Frau nahm einen Schluck aus ihrem Wassersack und benetzte ihr Gesicht.

›O heilige Palme, mein Unglück reißt nicht ab! Ich habe dir erzählt, dass der Ehe mit dem Hässlichen eine Tochter entstammt. Sie war ein kluges und wohlerzogenes Mädchen, das mir bei der Zeltarbeit zur Hand ging.

Wie es das Schicksal wollte, geschah eines Nachts ein Mordfall auf unserem Stammesgebiet. Ein Händler von einem benachbarten Stamm durchquerte bei der Rückkehr von seiner Handelsreise unser Gebiet. Er führte eine kleine Karawane von drei Kamelen und einem Esel mit sich. Um sich die Einsamkeit in der mondlosen Nacht zu vertreiben, sang er Lieder. Angestachelt von seinen Gesängen, beschleunigten die Tiere ihre Schritte. Nach monatelanger Abwesenheit würde er nun bald seine Familie wiedersehen.

Als die kleine Karawane den Wadi durchquert hatte, geschah es. Aus dem Hinterhalt hörte der Händler eine Stimme: ›Halt an!‹

Der Händler zückte seinen Dolch, doch der Räuber war schneller. Mit einem Hieb streckte er den Händler nieder. Und so verlor der arme Händler nicht nur seinen Beutel mit den Münzen, sondern auch sein Leben.

Am nächsten Morgen auf dem Weg zum Weideplatz entdeckten unsere Hirten den Leichnam. Einer der Hirten brachte die schlimme Nachricht ins Zeltlager: ›Im Wadi liegt blutüberströmt eine Leiche. Es ist der Händler Tarik vom Nachbarstamm!‹

Der Scheich schickte zwei seiner Söhne als Botschafter zum Stamm des Toten. Er selbst, begleitet von den Spurensuchern und einer Schar von Zeltbewohnern, eilte zum Ort des Geschehens.

›Ein scharfer Dolch traf ihn ins Herz!‹, stellte einer der Spurensucher fest, nachdem er den Toten untersucht hatte.

›Ein solches Schicksal hat der Händler nicht verdient! Welch herzloser Räuber hat diese Tat begangen?‹, klagte der Stammesälteste.

›Ausgerechnet auf unserem Stammesgebiet.‹ Der Scheich schüttelte den Kopf.

Mittlerweile erschienen die Söhne des Scheichs mit einem Dutzend Verwandter des Ermordeten.

Der Onkel des Händlers betrachtete fassungslos seinen getöteten Neffen. ›Ich bin der Bruder deines Vaters.

Bei Allah, wer dein Blut vergossen hat, wird unserer Rache nicht entgehen!‹

›Der Beutel ist weg!‹, stellte einer der Verwandten fest, der den Leichnam durchsuchte. ›Doch merkwürdig, der Räuber hat die Kamele und den Esel nicht geraubt!‹

Der Onkel dachte nach, dann sagte er: ›Der Mörder stammt aus der näheren Umgebung. Münzen lassen sich leicht verstecken, doch die Tiere sind gebrandmarkt. Wäre der Täter von weit her gekommen, hätte er die Tiere samt dem Beutel mitgenommen!‹

›Wir teilen eure Trauer‹, sprach unser Scheich. ›Wir schätzten Tarik. Es bedrückt uns, dass er auf unserem Stammesgebiet sein Leben verloren hat. Wir werden alles tun, um den Fall aufzuklären!‹

Die Verwandten luden den Leichnam auf eines ihrer Kamele, während der Onkel und unser Scheich die Spurensucher begleiteten.

Anfangs waren die Fußabdrücke des Räubers leicht zu erkennen. Doch dann wechselte er oft die Richtung, und die Spur führte über steiniges Gelände. In der Nähe von Tariks Zeltlager verlor sich die Spur endgültig.

›Der Räuber will uns täuschen!‹, stellte der Onkel fest. ›Wer von unserem Stamm könnte den Händler ausgeraubt und ermordet haben?‹

Nach langem Hin und Her stellte man die Suche ein. Ohne genaue Hinweise verdächtigt man keinen anderen Stamm, denn Anschuldigungen schaffen Feindschaft. Die Sippe des Ermordeten tröstete sich damit, die Zeit werde die Wahrheit an den Tag bringen. Heißt es nicht bei uns: ›Nach vierzig Jahren übte der Beduine Rache und sagte: Ich habe mich beeilt‹?

Der Mordfall hat das Verhältnis zwischen unseren Stämmen getrübt. Obgleich es keinen Beweis gab, dass der Täter aus unseren Reihen kam, war der Verdacht nicht aus der Welt zu schaffen.

Zuerst mutmaßte man, mein Sohn, der Betrüger, könnte der Täter gewesen sein, doch zu seinem Glück hatte er die Mordnacht im Männerzelt verbracht, um den Gesängen und Versen des Stammesdichters zu lauschen. Aber die Seele eines Ermordeten findet so lange keine Ruhe, bis die Mordtat gesühnt ist. Sie ruft nach Rache.

Sieben Jahre nach der besagten Nacht kam die Wahrheit ans Licht.

Es geschah in der Abenddämmerung, als die Sonne zur Hälfte am Horizont stand und zur Hälfte in der Erde versunken war, zu einer Zeit also, wo Dämonen und Geister umherwandern. Ein Mädchen aus unserem Zeltlager sammelte Brennmaterial neben dem Zelt, um Brot zu backen. Sie stolperte über ein Zeltseil und schlug mit ihrem Kopf auf den Boden auf. Auf dem Boden liegend vernahm sie die Stimme des Ermordeten: ›Jussuf ist der Mörder! Jussuf hat mich getötet!‹

Wie besessen sprang das Mädchen auf und schrie: ›Jussuf, Mörder! Jussuf, Mörder!‹

Die Frauen packten das Mädchen, das am ganzen Leib zitterte.

›Die Seele des Ermordeten hat zu mir gesprochen!‹, stammelte sie.

Erst dachten wir, das Mädchen sei von einem bösen

Dämon besessen, doch dann wurden wir nachdenklich. Ein Mann aus der Sippe des Ermordeten, der zufällig in unserem Zeltlager weilte, weil er seine Stute von einem unserer Kamelhengste bespringen lassen wollte, hatte die Schreie des Mädchens gehört. Und so blieb uns nichts anderes übrig, als Jussuf zu befragen.

Er bestritt, mit dem Mord etwas zu tun zu haben. ›Was gebt ihr auf die Worte einer Verrückten?‹, schimpfte er.

Doch der Mann aus dem Nachbarstamm schilderte seiner Sippe den Vorfall, und diese drängte darauf, die Angelegenheit zu klären.

Am nächsten Tag schickte sie eine Abordnung. Unser Scheich empfing die Gäste in seinem Zelt und bewirtete sie. Nach dem Essen erkundigte sich der Onkel des Ermordeten: ›Was macht das Mädchen, das die Rufe unseres Ermordeten vernommen hat?‹

›Wir haben den Beschuldigten befragt, und er schwor bei allen Heiligen, dass er mit dem Fall nichts zu tun habe!‹, erwiderte unser Scheich.

›Wir wollen ihn zum Kadi bringen!‹, beharrte der Onkel.

Und so geschah es. Der Mordfall kam vor den Blutrichter.

Abordnungen beider Stämme suchten den Richter auf, und nach langen und zähen Vorverhandlungen einigten sich beide Parteien, den Schiedsspruch des Richters anzunehmen.

Der Blutrichter ordnete an, dass Jussuf, der Verdächtige, am Grabe des Stammesahns seine Unschuld durch einen Eidschwur beweisen sollte. Fünf weitere Angehörige von Jussuf sollten anwesend sein und seinen Eidschwur bezeugen.

Am vereinbarten Ort versammelten sich der Blutrichter, Angehörige beider Sippen und der Verdächtige. Jussuf stand am Kopf der Grabplatte, die fünf Zeugen reihten sich wenige Schritte hinter ihm auf. Gespannte Blicke hefteten sich auf den Verdächtigen.

Als er den Eid aussprechen sollte, versagte ihm die Stimme. Ein Raunen ging durch die Reihen der Anwesenden.

›Sprich!‹, forderte ihn der Richter auf.

Der Verdächtige blieb stumm.

›Hast du den Händler Tarik getötet?‹

Jussuf blieb stumm.

Der Blutrichter fragte ihn ein drittes Mal.

Jussuf nickte.

Ein Murmeln erhob sich. Unser Scheich griff sich an sein Herz.

Der Blutrichter erhob seine Stimme und mahnte die Parteien: ›Mäßigt euch! Das heilige Grab ist kein Ort der Rache!‹ Er blickte zu der Partei des Ermordeten. ›Die nächsten drei Tage steht die Sippe des Mörders unter meinem Schutz. Danach mögt ihr gemäß den Sitten verfahren.‹

Wortlos trennten sich die Parteien.

O heilige Palme! Als die Männer mit dieser Nachricht im Zeltlager eintrafen, war die Bestürzung groß. Furcht vor Rache lähmte uns. Befreundete Sippen aus den benachbarten Stämmen suchten uns auf, um ihre Hilfe anzubieten.

Die Zeit drängte. Drei angesehene Stammesführer

vermittelten zwischen uns und der Sippe des Ermordeten. Erst bestand der andere Stamm auf der Blutrache, doch dank geschickter Vermittlungen ließen sie sich überzeugen, stattdessen Wergeld anzunehmen.

Mir fiel ein Stein vom Herzen. Noch ahnte ich nicht, was mir diese Wendung unseres Geschicks abverlangen würde!

Das Vergehen von Jussuf war groß. Er hatte nicht nur einen Mord begangen, der Mord war auch auf unserem Stammesgebiet geschehen, und der Getötete war dazu ein Nachbar.

Die Summe, die wir als Wergeld entrichten mussten, war so hoch, dass unser Stamm verarmte. Und nicht nur das! Die Sippe des Ermordeten verlangte ein Mädchen von uns, das so lange beim Bruder des Ermordeten weilen sollte, bis sie ihm einen Sohn gebären würde.

O heilige Palme, zu jener Zeit war einzig meine Tochter im heiratsfähigen Alter. So fiel die Wahl auf sie.

Beim letzten Neumond holte das Kamel meine Tochter ab. Mich drückt nicht nur das Schicksal meines Sohnes, ich habe auch das Los meiner Tochter zu beklagen.

O mächtige Palme, schütze meinen Sohn und stehe meiner Tochter bei!‹«

Die Palme seufzte tief. »Wenn ich nur wüsste, was mit dieser Frau geschehen ist! Doch ich habe euch eine weitere Geschichte zu erzählen. Ich hörte sie wenige Tage, bevor die Soldaten des Sultans in den Palmenhain eindrangen, mich entwurzelten und hierher verschleppten.

Es war kurz vor Sonnenuntergang. Die Sonne warf ihre letzten Strahlen auf die Kronen der Palmen. Der Tag verabschiedete sich von der Nacht, als drei Beduinen in der Oase eintrafen.

Der eine war groß und schlank, der Zweite eher klein und hatte eine Narbe auf der rechten Wange, und der Dritte war mittelgroß, und es fehlte ihm ein Vorderzahn.

Die Männer gingen von Palme zu Palme; schließlich lagerten sie an meinem Stamm. Sie aßen sich an meinen Datteln satt. ›Süßer als Honig schmecken deine Früchte!‹, lobte der Kleine.

Allmählich wurde es dunkel. Die ersten Sterne am Himmel funkelten in der Einsamkeit der Wüste, und die Mondsichel stand weit am Horizont.

Der Große eröffnete die Unterhaltung: ›Die verdammte Dürre will dieses Jahr kein Ende nehmen, unsere Vorräte sind aufgebraucht, wir leiden bittere Not. Am Fuß der heiligen Palme versammeln wir uns, um unser Schicksal in die Hand zu nehmen. Einen Raubzug zu unternehmen, ist unser Stamm nicht stark genug. Was bleibt uns also anderes übrig, als einen reicheren Stamm zu bestehlen?‹

Der Redner hielt kurz inne. ›Die Beute eines Diebstahls ist etwas anderes als die Beute eines Raubzugs. Der Räuber gilt als ehrenhaft, während man den Dieb verachtet. Ein Raubzug nutzt allen Stammesbewohnern, während der Dieb für sich allein stiehlt. Doch bei Allah, was sollen wir tun? Heute Nacht noch dringen wir bei fremden Stämmen ein und versuchen unser Glück!‹

Die beiden anderen Männer nickten.

›Dann lasst uns bei der heiligen Palme schwören, einander nicht im Stich zu lassen und einander in der Not zu helfen!‹

Die Männer legten ihre rechten Hände aufeinander und schworen: ›Beim Leben der heiligen Palme werden wir einander in der Not beistehen!‹ Nachdem sie den Eid abgelegt hatten, strichen ihre Hände über meinen Stamm.

Die Männer trafen die Abmachung, dass derjenige, der etwas gestohlen hatte, mit seiner Beute in den Palmenhain zurückkehren sollte. Dann verschwanden die drei Gestalten in der Dunkelheit.

In der zweiten Nachthälfte trafen die drei Beduinen kurz nacheinander wieder ein.

Der eine führte drei Kamele mit sich, der Zweite trug einen Beutel unter dem Arm, und der Dritte trieb einen Maulesel, beladen mit einem Sack, vor sich her.

Erschöpft von den Strapazen der Nacht, ließen sie sich im kühlen Sand nieder. Nachdem sie Wasser getrunken und sich ein wenig ausgeruht hatten, erzählten sie einander von ihren Erlebnissen.

Der Große berichtete: ›Als ich nach langem Marsch das Zeltlager eines fremden Stammes erreicht hatte, herrschte Stille. Nicht einmal die Hunde hörte ich bellen. Ich fragte mich, ob die Zelte verlassen wären. Doch ich blieb auf der Hut, vielleicht war die Ruhe nur trügerisch.

Geduckt und fast lautlos, tastend einen Schritt vor den anderen setzend, näherte ich mich dem großen Scheichzelt. Ich legte mich auf den Boden und horchte.

Kein Laut unterbrach die Stille. Mir war unheimlich. Vielleicht hatten mich Zeltbewohner belauert und ließen mich nun in eine Falle laufen? Mein Herz pochte. Doch unverrichteter Dinge wollte ich nicht zurückkehren, und so fasste ich allen Mut zusammen und schlich mich an die Herde heran.

Drei Kamelstuten suchte ich mir aus und trieb sie, so schnell ich konnte, vor mir her. Selbst in der Dunkelheit könnt ihr die prächtigen Euter erkennen. Bis jetzt weiß ich nicht, ob das Lager verlassen war oder ob nur alle tief und fest schliefen. Meine Kinder werden sich an der Milch laben!‹

›Nicht nur deine Kinder!‹, schaltete sich der Kleine ein. ›Auch meine Kinder warten schon lange auf Milch!‹

›Deine Kinder sollen Kamelmilch bekommen, das ist abgemacht‹, entgegnete der Große. ›Doch ich bin neugierig, was sich in deinem Sack verbirgt?‹

›Hört meine Geschichte!‹, brüstete sich der Kleine. Am Rande des Palmenhains habe ich mich von euch getrennt. Wie ein Pfeil schoss ich auf mein Ziel los, und bald stieß ich auf das erste Zelt. Im Schutz der Dunkelheit schlich ich auf das Zelt zu, doch der Wachhund empfing mich mit lautem Gebell.

Der Bewohner, den das Gebell geweckt hatte, trat vor das Zelt. ›Ist hier jemand?‹

Ich rührte mich nicht. Verborgen hinter einem Felsbrocken, warf ich dem Hund so lange Fladenbrotstücke zu, bis er satt war. Die Bestechung wirkte. Der Hund zog seinen Schwanz ein und trollte sich. Und auch der Zeltherr zog sich wieder zurück.

Ich blieb noch eine Weile in meinem Versteck. Erst als es mucksmäuschenstill war, kroch ich zum Zelt. Und was sah ich?

Die Familie schlief in einer langen Reihe. Sieben Köpfe zählte ich: Vater, Mutter und fünf Kinder.

Die Frau hielt ihren Mann fest umschlungen. Ein Kind warf im Schlaf die Decke ab und legte seine Beine über den Bauch seiner Schwester.

Abwechselnd hörte ich die regelmäßigen Atemzüge der Schlafenden. Die Familie schlief, doch was war mit dem Hund? Meine Angst verflog jedoch, als ich den Wachhund in einem Zeltwinkel schnarchen hörte.

Ich gestehe, dass mich der Anblick der schlafenden Zeltbewohner um ein Haar von meinem Vorhaben abgebracht hätte. Was sie wohl träumen mochten?

Ich dachte an meine eigene Familie, stellte mir vor, dass wir schliefen und ein Dieb dränge in unser Zelt ein! Mit diesem Dolch würde ich jedem Dieb die Kehle durchschneiden!

In diesem Moment bemerkte ich, dass mein Halfter leer war. Ich musste meinen Dolch beim Kriechen verloren haben!

Beinahe wollte ich meinen Plan aufgeben, doch dann dachte ich an meine hungrigen Kinder und an unsere Abmachung. Vorsichtig durchsuchte ich das Zelt. Schließlich stieß ich auf einen Mehlsack. Er war randvoll, und als ich meine Hand in den Sack tauchte, spürte ich die Wärme des Mehls. Mein Magen knurrte, als ich an dem frischen Mehl roch. Der Zeltinhaber musste einen langen, beschwerlichen Tag in der Mühle hinter sich haben. Kein Wunder, dass er sich nicht mehr rührte.

Ich versuchte, den Sack hochzuheben, doch er war zu schwer. Verlegen stand ich vor der Beute.

Doch dann kam mir der Ausspruch meines Großvaters in den Sinn: Ein Dieb dürfe nicht herzlos sein, er müsse immer etwas von der Beute zurücklassen. Wie recht mein Großvater hatte! Was sollte die Frau von mir denken, wenn sie am nächsten Morgen keinen Krümel Mehl mehr vorfand?

In der Kochecke fand ich einen riesigen Topf, der ein Lamm fassen konnte. Ich füllte den Topf mit Mehl, schulterte den halb vollen Sack und schlich mich so leise, wie ich konnte, aus dem Zelt.

Einen Steinwurf vom Zelt entfernt stieß ich auf den Esel, der dort weidete. Das kam mir sehr gelegen. Ich lud meine Beute auf und ritt mit dem Esel davon.‹

›Recht getan!‹, lobte ihn der Große. ›Nun haben unsere Kinder Milch und Fladenbrot. Doch was verbirgt sich in deinem Beutel?‹, wandte er sich an den dritten Dieb.

Dieser lachte. ›Mein Unternehmen war aufregend. Ich erzähle euch, was ich erlebt habe!

Ich schlug eine andere Richtung ein und folgte dem Abendstern. Mein Weg führte mich in ein großes Zeltlager. Das Trällern und die Gesänge der Frauen, die ich von Weitem vernahm, kündeten von einem Fest.

In angemessenem Abstand suchte ich mir ein Versteck und wartete ab. Die tanzenden Männer vor dem Festzelt ließen auf eine Hochzeit schließen. Ich lauschte den Lobgesängen auf die Braut. Zugegeben, am liebsten hätte ich mich zu den tanzenden Männern gesellt, doch mein knurrender Magen hielt mich davon ab.

Was bietet sich bei einem Hochzeitsfest Besseres an, als im Brautzelt nach Beute zu suchen? Ich legte mich auf die Lauer und wartete einen günstigen Moment ab. Inmitten der Tanzenden würde ein fremder Gast nicht auffallen, doch um zum Brautzelt zu gelangen, musste ich einen Umweg machen und vorsichtig zu Werke gehen.

Mit viel Geschick gelang es mir, unbemerkt das Brautzelt zu erreichen. Ich verbarg mich in einem Zeltwinkel. Und was sah ich im fahlen Licht der Öllampe?

Die Braut thronte, behängt mit Schmuck, auf dem Hochzeitslager. Ich hatte nur Augen für den glitzernden Schmuck. Eine ihrer drei Goldketten trug sie am Hals, die Zweite zierte den Kleidausschnitt, und die dritte Kette war so lang, dass sie gar bis zum Gürtel reichte. Schwere Ohrgehänge aus Gold und Edelsteinen fesselten meinen Blick. Mein Herz begann zu klopfen, als ich die schweren Silberarmreifen und die edelsteinbesetzten Ringe sah.

Welche Beute winkte mir! Da ich eine große Leidenschaft für Schmuck hege, kam mir dieser wie ein Geschenk Allahs vor.

Die Braut legte behutsam ihren Brautschmuck ab, ließ die wertvollen Stücke in einen Beutel gleiten und übergab diesen dem Bräutigam. Und der Bräutigam versteckte den Beutel, wie es Brauch ist, unter seinem Kopfkissen.

Es dauerte nicht lange, bis ich ein leises Stöhnen vernahm und die Bettdecke sich bewegte. Das Stöhnen wurde lauter, und die Bettdecke begann zu tanzen. Vor Scham senkte ich meine Blicke. Langsam spürte ich, wie das Verlangen von mir Besitz ergriff. Ich erinnerte mich an meine eigene Hochzeitsnacht, doch dann dämpfte die Aussicht auf große Beute mein Verlangen.

Ich wartete auf eine günstige Gelegenheit. Der Bräutigam schien ein kräftiger Bursche zu sein, denn das Tanzen der Decke wollte kein Ende nehmen. Ich wurde langsam ungeduldig.

Endlich, nach langem Auf und Ab, kam die Decke zur Ruhe. Die Braut erhob sich und schritt auf den Zeltwinkel zu, in dem ich mich versteckt hatte. Sie griff nach dem Wassersack, kniete sich nieder und wusch sich. Das Wasser benetzte meine Füße. Ich zitterte davor, entdeckt zu werden – jetzt, da ich so nahe am Ziel war!

Doch das Glück war auf meiner Seite, die Braut schien mich nicht zu bemerken. Sie kroch wieder unter die Decke – und was geschah? Das Spiel begann von Neuem! Wieder tanzte die Decke. Ich sage euch, ich war hin- und hergerissen zwischen Wut und Verlangen. Hatte der Bräutigam ein ganzes Lamm allein verzehrt? Es blieb mir nichts anderes übrig, als mich in Geduld zu üben.

Endlich kehrte Ruhe ein. Langsam und gleichmäßig wurden die Atemzüge, und ich traute mich aus meinem Versteck. Lautlos wie eine Katze schlich ich zum Hochzeitslager. Ich versuchte, den Kopf des Bräutigams zur Seite zu schieben.

›Ich bin müde!‹, hörte ich ihn murmeln.

Ich fasste mir ein Herz und griff unter das Kopfkissen. Doch obgleich ich vorsichtig zu Werke ging, weckte das Klimpern des Schmucks den Bräutigam. Geistesgegenwärtig schnappte ich den Beutel, warf das Kissen gegen den Kopf des Erwachenden und suchte das Weite.

Pfeilschnell rannte ich in die Dunkelheit. Ich schöpfte einen Moment Atem und schaute mich um. Und was sah ich? Eine Gestalt, so groß wie die mittlere Zeltstange, folgte mir.

Ich lief, so schnell mich die Füße trugen, doch der Abstand zwischen mir und meinem Verfolger wurde kürzer. Fast wollte ich die Beute hinter mich werfen, doch dann nahm ich wahr, dass der Bräutigam splitternackt war.

Ich zog meinen Dolch. ›Wenn du näher kommst, werde ich mit diesem Dolch deine Kehle durchtrennen!‹, drohte ich ihm.

Den Bräutigam schienen meine Worte nicht zu beeindrucken. ›Nur über meine Leiche wird der Brautschmuck dir gehören!‹

Ich suchte nach einem Ausweg. Ich konnte mich durchaus in seine Lage versetzen. Seine Ehre stand auf dem Spiel. Was sollte die Braut von ihrem Bräutigam halten, der nicht einmal in der Hochzeitsnacht ihren Schmuck beschützen konnte? Man würde ihn einen Feigling nennen.

›Höre!‹, rief ich ihm zu. ›Unser beider Ehre steht auf dem Spiel. Du willst nicht mit leeren Händen in das Brautzelt zurückkehren, und auch ich will nicht unverrichteter Dinge von dannen ziehen!‹

Der Verfolger zögerte.

Mein Dolch blitzte im Mondlicht. ›Du bist unbewaffnet! Mein Dolch hat schon manche Kamelkehle durchtrennt!‹

›Ein hundsgemeiner Dieb bist du!‹, beschimpfte mich der Bräutigam. ›Kannst du nicht ein Kamel stehlen, muss es der Brautschmuck sein?‹

›Gelegenheit macht Diebe!‹, versetzte ich. ›Doch ich bin nicht so herzlos, wie du denkst! Die Not treibt mich zu solchem Tun. Höre, wir teilen die Beute, das ist ein fairer Handel! Im Zeltlager kannst du erzählen, du habest nach schwerem Kampf dem Dieb die Hälfte der Beute wieder abgejagt. Sie werden dich für deine Tapferkeit loben!‹

Notgedrungen ging der Bräutigam auf meinen Vorschlag ein. ›Hätte ich einen Dolch wie du, würde ich dich zu deinen Ahnen schicken!‹, fluchte er, als ich ihm die Hälfte der Beute zuwarf.‹

Der dritte Dieb öffnete stolz den Beutel. ›Ich bekomme Mehl und Milch für meine Kinder, und eure Frauen bekommen Schmuck!‹«

Die Palme verstummte. Eine ganze Weile war es still im Garten. Ein sanfter Abendwind kam auf und brachte leichte Kühlung. Nur das Rascheln der Blätter war zu vernehmen.

»Ich könnte euch noch viele Geschichten erzählen!«, nahm die Palme den Faden wieder auf. »Doch für heute soll es genug sein!«

»Die Zeit verging wie im Fluge. Deine Geschichten haben uns die Langeweile vertrieben!«, sagte der Olivenbaum, und der Weinstock pflichtete ihm bei:

»Deine Erzählungen ließen mich vergessen, dass wir in einem fremden Garten stehen!«

»Ich habe euch von meiner Welt, der Welt der Wüste, berichtet, nun bin ich neugierig, was ihr zu erzählen habt!«

Zahra zupfte den Sultan, der verträumt unter der Palme saß, am Gewand.

»Lass uns in den neuen Palast gehen, dann erzähle ich dir alles, was ich erlauscht habe!«

Der Olivenbaum

Am nächsten Tag begaben sich der Sultan und seine Frau wieder in den Garten, ließen sich am Fuß des Olivenbaums nieder, und Zahra lauschte den Geschichten.

Der Olivenbaum mit seinem mächtigen, knorrigen Stamm bewegte seine Krone. Er blickte zur Palme hoch. »Deine Geschichten haben mich sehr berührt. Ich verstehe deine tiefe Sehnsucht nach dem Palmenhain. Auch ich bin in diesem Garten fehl am Platze. Was habe ich hier zu suchen? Ist der Platz eines Olivenbaums nicht der Hain? Im Hain stehen wir Olivenbäume stolz und mächtig, Wind und Wetter trotzend.

Vom Berghang haben wir eine weite Sicht, von dort aus blicken wir über Hügel und Ebene, über Dörfer und Felder. Mein Bauerndorf steht am Rande der Ebene, die von Hügeln gesäumt ist. Dicht bei dicht schmiegen sich die Bauernhäuser aneinander. Nur das Minarett der Moschee ragt hoch über die engen Gassen. Mein Dorf ist weit und breit bekannt für seine Oliven, deshalb heißt es Zaheituna, die Olive.«

Der Olivenbaum wandte sich an die Palme: »Mir ist das gleiche Schicksal widerfahren wie dir. Die Soldaten des Sultans drangen bei Nacht und Nebel in den Olivenhain ein und entwurzelten mich. Was wird der Bauer sagen, wenn er statt seines geliebten Olivenbaums eine Grube vorfindet? Ich bin sein Lieblingsbaum, denn mit mir hat es eine besondere Bewandtnis. Ich will euch erzählen, weshalb.

Wie ihr wisst, erreichen wir Olivenbäume ein hohes Alter. Wir werden sehr viel älter als ihr Palmen, von euch Weinstöcken ganz zu schweigen. Jahrhundertelang stehen wir in unserem Hain und begleiten das Leben der Bauern über Generationen hinweg.

An meiner Stelle, inmitten des Olivenhains, stand einstmals ein Olivenbaum. Es war der älteste Baum des Hains, so alt, dass seine Äste verkümmerten und er nur noch spärlich Oliven trug. Und eines Tages ging er ein.

Als der Bauer ihn abhackte und die kräftigen Wurzeln aus dem Boden grub, bemerkte er zu seiner Frau: ›Dieser Baum ist älter als die Geschichte unserer Sippe. Wie viele Jahrhunderte mögen in das Land gezogen sein, seit er gepflanzt wurde?‹

Anstelle des abgestorbenen Baumes setzte Mahmud,

der Bauer, mich. Und so bin ich der jüngste Baum des Hains. Ich stand windgeschützt in einer Mulde in fruchtbarer Erde. Mahmud mochte mich besonders, denn ich war der einzige Olivenbaum, den er in seinem langen Leben gepflanzt hatte.

Wie gesagt, wir Olivenbäume werden ungleich älter als die Menschen. Seit Menschengedenken war dieser Hain im Besitz der Bauernfamilie. Der Bauer hatte ihn von seinem Vater geerbt, und der wiederum hatte ihn von seinem Vater übernommen. Und so begleiten wir Olivenbäume das Geschick der Dorfbewohner über Generationen hinweg.

Mahmud, der Bauer, hegte und pflegte mich. Am frühen Morgen bereits brachte er mir frische Kuhfladen und verteilte sie um meinen jungen Stamm. Und so kam es, dass ich schon bald dicke, pralle Früchte trug.

Noch eine Erinnerung verband uns beide. Ich war etwa sieben Jahre alt, und es war um die Zeit der Olivenernte. Mahmud war ein fleißiger Bauer. Bereits vor Sonnenaufgang stapfte er durch den Olivenhain und begann mit der Arbeit. Olive für Olive pflückte er vom Baum, und bis zum Sonnenaufgang hatte er bereits einen halben Sack Oliven geerntet.

Er setzte sich auf eine Steinplatte, betrachtete genussvoll, wie die ersten Sonnenstrahlen auf die Olivenzweige fielen, und horchte auf die Geräusche des erwachenden Dorfes. Die ersten Hähne krähten, die Fensterläden der geduckten Häuser öffneten sich, und es dauerte nicht mehr lange, bis in den Dorfgassen ein geschäftiges Treiben einsetzte.

Kühe und Schafe wurden durch die engen Gassen auf die Weide getrieben, Bauersleute schulterten Hacken und Säcke und machten sich auf zu den Olivenhainen.

Mahmud ließ seine kräftigen Hände, die breit wie Schaufeln waren, über meinen Stamm gleiten.

Mittlerweile belebten sich die Olivenhaine. Bauern, Bäuerinnen und Kinder ernteten die reifen Oliven. Eine Bäuerin hörte ich singen:

›O Olivenbaum, o Olivenbaum!
Dein Öl schenkt uns das Leben.
Und dein Holz wärmt uns die Häuser!
Deine Früchte geben uns Kraft
für die harte Arbeit!‹

Als die Sonne über meiner Krone stand und die Hitze am größten war, traf die Frau des Bauern Mahmud im Hain ein. Auf dem Kopf balancierte sie ein Tablett mit frisch gebackenem Bauernbrot, eingelegten Oliven, Käse, Olivenöl, Kräutern und Zwiebeln. ›Mahmud! Mahmud! Wo bist du?‹, rief sie.

›Hier oben auf dem Baum!‹, schallte es zurück.

›Ich habe das Essen gebracht!‹ Die Frau stellte das Tablett neben meinen Stamm in die Mulde, und der Bauer kletterte vom Baum.

Die Frau trug ein Bauernkleid, bestickt mit Fasanen, Pfauen und bunten Blumen. Ihr feiner weißer Schleier war mit Lochstickereien und Fransen verziert. Ihre Schritte waren leicht, und sie hatte gute Laune.

Die Bauersfrau breitete ein Tuch aus und teilte das

Brot. Der Bauer wischte sich den Schweiß von der Stirn.

›Was für eine Hitze!‹, stöhnte er. ›Wie gut, dass ich schon vor Sonnenaufgang bei der Arbeit war!‹

Hungrig griff er nach dem Brot, tunkte es in Olivenöl und schob es in seinen breiten Mund. Das Olivenöl triefte von seinem Schnurrbart. Er schälte Zwiebeln, und mit wenigen Bissen waren sie in seinem Schlund verschwunden.

›Du hast einen Appetit wie ein Ochse!‹, lachte die Frau. Der Mann deutete auf die vollen Olivensäcke. ›Ich habe heute früh für zwei gearbeitet!‹

In einem Zug leerte er die Schale mit Sauermilch. Dann wischte er sich mit der Hand über den Schnurrbart, lockerte seinen Gürtel und streckte die Beine aus.

›Jetzt gönne ich mir ein wenig Ruhe!‹, freute er sich. Versonnen ließ er seinen Blick über die Ebene schweifen.

›Dieses Jahr haben wir eine reiche Ernte!‹, bemerkte die Frau.

›Das war auch nötig nach der Missernte im vorigen Jahr!‹, kommentierte der Bauer.

Die Augen der Frau ruhten auf den breiten Schultern des Mannes. Im Augenwinkel nahm dieser die Blicke wahr.

›Für heute hast du genug geschuftet!‹, sagte die Frau und legte ihre Hand auf seinen Nacken.

Der Bauer schloss die Augen. ›Leg dich zu mir, wir halten Mittagsschlaf!‹

Die Frau löste ihren Gürtel und legte sich nieder. Mahmud umschlang sie mit seinen Armen.

›Wir sind nicht allein!‹, sagte die Frau verschmitzt.

›Hier in der Mulde sind wir sicher!‹, erwiderte der Mann. ›Die meisten Dorfbewohner sind bereits vor der Mittagshitze in das Dorf aufgebrochen!‹

Die Frau nickte.

›Das Essen war reichhaltig!‹, scherzte der Bauer und löste seine Pluderhose. Die beiden lagen beieinander und vergnügten sich.

Nachdem sie sich ausgeruht hatten, luden sie die schweren Säcke auf den Maulesel und folgten dem Schlangenweg ins Dorf.

Einige Vollmonde später kam die Frau in den Hain, um die dürren Zweige einzusammeln. Sie keuchte schwer, und das Bücken machte ihr sichtlich Mühe, denn ihr Leib hatte sich gewölbt.

›Du hast mir Glück gebracht‹, strahlte sie, als sie sich an meinen Stamm anlehnte. ›An deinem Fuße habe ich ein Kind empfangen! O Olivenbaum, bekomme ich einen Sohn oder eine Tochter?‹

Zur Zeit, als die Feigen reiften, kam die Frau nieder. Sie gebar einen Sohn.

Und seitdem habe ich einen besonderen Platz im Herzen des Bauern. Mit seinen Händen jätete er das Unkraut um meinen Stamm und düngte mich mit Kuhfladen. Und immer, wenn die Familie in den Olivenhain kam, rastete sie in meinem Schatten.

Eines Tages saß die Familie unter meinen Zweigen. Der Vater schaukelte seinen erstgeborenen Sohn auf den Armen: ›Letztes Jahr um diese Zeit waren wir alleine, und jetzt haben wir einen Sprössling!‹ Er reichte das Bündel seiner Frau. ›Trink, damit du groß und kräftig wirst und mir bald bei der Feldarbeit zur Hand gehen kannst!‹

Während die Frau den Säugling stillte, griff der Bauer nach einem leeren Sack, befestigte an beiden Enden ein Seil und band die Enden an meine Äste.

›Jetzt hast du eine Wiege!‹, sagte der stolze Vater.

Nachdem der Kleine beide Brüste leergetrunken hatte, legte ihn die Mutter in die Wiege und sang ihn in den Schlaf:

›Schlaf mein Augenschein!
Schlaf ein!
Schlaf im Schatten des Hains!
Schlaf ein!
Mein Augenschein!‹

Die Bäuerin breitete ihren Schleier über die Wiege, um die Fliegen fernzuhalten. ›Machen wir uns an die Arbeit!‹, sagte sie, als der Kleine eingeschlummert war.

Der Bauer kletterte auf den Olivenbaum, der mir am nächsten stand, und die Bäuerin begann die tiefer hängenden Zweige abzuernten. Immer wieder schaute sie nach dem Kind.

›Der Kleine schläft tief und fest!‹, bemerkte sie zufrieden.

›Die Wiege scheint ihm zu gefallen!‹, freute sich der Vater.

Während die beiden den Baum aberntenten, kroch unbemerkt eine Schlange aus ihrem Versteck. Sie umkreiste ein paarmal meinen Stamm, kroch an mir hoch und schlängelte sich von Ast zu Ast. Über das Seil balancierend, mit dem die Wiege in meinem Geäst befestigt war, gelangte sie schließlich zu dem Kind. Sie schlüpfte in die Wiege, ringelte sich am Kopfende des Bündels zusammen und blieb reglos liegen.

Ihr könnt euch den Schrecken der Bäuerin ausmalen, als sie die Schlange in der Wiege entdeckte. Das Herz wollte ihr stillstehen. Wie wild fuchtelte sie ihrem Mann zu. Er solle kommen, bedeutete sie ihm.

›Die Wiege! Die Wiege!‹, stotterte die Frau.

›Was ist mit der Wiege?‹, wollte der Bauer wissen.

Die Bäuerin legte ihre Hand auf den Mund. Mit einem Olivenzweig hob sie vorsichtig den Schleier.

Die Augen des Bauern wurden starr. ›Verflucht sei die Wiege!‹, murmelte er. ›Bei Allah, ich hätte die Wiege nicht machen dürfen!‹ Der Bauer machte sich Vorwürfe.

›Das hilft uns auch nicht weiter!‹, mahnte die Frau.

›Ich packe das Vieh am Hals und schleudere es weg!‹, schlug Mahmud vor.

›Bist du von Sinnen! Du gefährdest dich und unseren Sohn!‹, hielt ihn die Frau zurück. ›Eine Schlange kann sich viel schneller bewegen als ein Mensch!‹

›Wenn das Kind aufwacht und schreit, so erschrickt die Schlange und beißt zu. Ein Ochse überlebt so einen Biss nicht!‹, klagte der Vater, den Tränen nahe.

›Noch bleibt uns ein wenig Zeit!‹, schöpfte die Frau Hoffnung. ›Das Kind hat viel Milch getrunken. Im Schatten des Olivenbaums an der frischen Luft wird es lange schlafen!‹

Der Bauer fasste seine Frau an der Hand. ›Bleib du hier, während ich den Schlangenbeschwörer aufsuche!‹

Die Frau zog an ihrem Haarzopf. ›Allah möge Unheil von uns fernhalten!‹

Der Bauer rannte, so schnell ihn die Beine trugen, in das benachbarte Dorf. Außer Atem erreichte er das Haus des Schlangenbeschwörers und klopfte mit letzter Kraft gegen die Tür. ›Eine Schlange! Eine Schlange!‹, schrie er verzweifelt. ›Schnell! Schnell! Wo ist der Schlangenbeschwörer?‹

Die Tür öffnete sich, und eine verschlafene Gestalt erschien im Türrahmen. ›Bei deinem Geschrei ergreift jede Schlange die Flucht!‹

›Lass die Scherze!‹, ereiferte sich der Bauer. ›Komm lieber mit. In der Wiege meines Kindes hat sich eine Schlange eingenistet!‹

Der Schlangenbeschwörer griff nach seinem Ledersack und seiner Flöte und folgte ihm. ›Mit meinem Maulesel sind wir schneller!‹, beruhigte er den Bauern und band das Tier los.

›Wir haben keine Zeit zu verlieren!‹, drängte der Bauer. Den ganzen Weg über trieb er den Maulesel unbarmherzig an.

Die Bäuerin im Olivenhain erwartete die beiden sehnlichst. ›Rette meinen Sohn!‹, flehte sie den Schlangenbeschwörer an. ›Noch schläft das Kind!‹ Sie deutete in Richtung der Wiege.

›Ruhe bewahren!‹, mahnte der Schlangenbeschwörer. ›Eine Schlange darf man nicht erschrecken!‹

Er setzte sich an den Rand der Mulde, nahm seine Flöte zur Hand und begann zu spielen. Die zarten, lockenden Töne des Instrumentes klangen durch den Olivenhain.

Der Bauer und die Bäuerin hielten den Atem an. Gebannt blickten sie auf die Wiege. Es dauerte nicht lange, bis sich der Schleier bewegte und die Schlange ihren Kopf aufrichtete. Züngelnd drehte sie sich in die Richtung, aus der die Töne kamen.

Der Schlangenbeschwörer hielt einen Moment inne, bevor er erneut auf seinem Instrument zu spielen begann. Die Schlange züngelte kurz, dann verschwand der Schlangenkopf unter dem Schleier. Mahmud wollte das Herz in die Pluderhose sinken.

Der Schlangenbeschwörer murmelte unverständliche Sprüche, und als er zum dritten Mal die Flöte an seinen Mund setzte, lockten ihre Töne die Schlange aus ihrem Versteck. Lautlos glitt sie aus der Wiege, schlängelte sich über das Seil und hängte sich an einen Ast.

Die Bäuerin, die ihre Augen hinter den Händen verborgen hatte, lugte durch ihre Finger. ›Eine Kobra!‹

Der Schlangenbeschwörer zischelte wie eine Schlange. Die Schlange ließ sich zu Boden fallen. Die Bauersleute wollten ihren Augen nicht trauen, als die Kobra auf den Schlangenbeschwörer zukroch.

Beherzt packte dieser sie am Hals und steckte sie in seinen Ledersack, den er mit einer Schnur zuband.

Könnt ihr euch vorstellen, wie die Eltern auf die Wiege zusprangen? Der Vater packte das Bündel und drückte es an seine Brust. Die Mutter schluchzte laut. Der Säugling öffnete seine Augen und begann aus Leibeskräften zu schreien.

Die Mutter griff nach dem Bündel. ›Mein Augenschein, du bist gerettet!‹ Sie küsste und herzte ihr Kind.

Der Schlangenbeschwörer betrachtete amüsiert, wie das Kind zwischen den Eltern hin und her gereicht wurde.

Der Bauer war voller Komplimente für den Schlangenbeschwörer: ›O Vater der Schlangen! Du bist ein wahrer Meister!‹

›Wir sind dir zu großem Dank verpflichtet!‹, setzte die Frau hinzu. ›Für deine Hilfe ist jede Belohnung zu gering, doch was ich habe, will ich dir geben. Nach der Ernte bekommst du einen Ziegenschlauch voll frischem Olivenöl und einen Krug mit eingelegten Oliven!‹

›Mhhm …‹, schmatzte der Schlangenbeschwörer. ›Der Ritt auf dem Maulesel hat sich gelohnt. Meine Frau wird sich über die Wintervorräte freuen!‹ Er schulterte seinen Ledersack und griff nach dem Zügel des Maulesels.

›Warte!‹, hielt ihn der Bauer zurück. ›So einfach lassen wir dich nicht ziehen. Gib mir die Ehre und sei heute mein Gast!‹

Gern nahm der Schlangenbeschwörer die Einladung an, und so verließen sie gemeinsam den Hain.

Mahmud besorgte bei seinem Nachbarn ein Lamm und schlachtete das Tier vor seinem Haus. ›O Allah, empfange das Opfer für die Rettung meines Sohnes!‹, sprach er, als sein scharfes Messer die Kehle des Opfertieres durchtrennte.

Während das Festmahl zubereitet wurde, trafen neugierige Dorfbewohner ein. Immer wieder ließen sie sich den Vorfall von Anfang bis Ende erzählen.

Einer der Nachbarn wandte sich an den Schlangenbeschwörer: ›Neben meinem Stall finde ich jeden Morgen die Spur einer Schlange. Wir haben mit dicken Stöcken alles abgesucht, aber vergeblich. Kannst du uns helfen?‹ Der Nachbar sah den Gast bittend an: ›Ich wohne nur einen Steinwurf von hier entfernt!‹

›Mal sehen, was ich für dich tun kann!‹, erwiderte der Schlangenbeschwörer. ›Spuren können täuschen. Manchmal finden sich an einem Ort Spuren, doch das Versteck der Schlange ist weit entfernt! Mein Großvater pflegte zu sagen: Wo du die Spuren der Schlange findest, dort breite dein Schlaflager aus!‹

Der Nachbar hakte den Besucher unter und führte ihn zu seinem Stall.

Der Schlangenbeschwörer begutachtete die Spuren. Er ging eine Weile auf und ab, dann setzte er sich im Hof nieder.

›Es sollte mich wundern, wenn diese Schlange im Stall wohnen würde!‹ Er nahm einen Stock zur Hand, schlug rhythmisch auf den Boden und wartete. Dann zischelte er ein paarmal. Und richtig, eine Schlange, gut eine Elle lang, schlängelte sich über die Hausschwelle.

Der Schlangenbeschwörer trat auf das Vieh zu, packte es am Hals und ließ es in seinen Sack verschwinden.

Dem Nachbarn stand der Schweiß auf der Stirn. ›Die Schlange wohnte nicht im Stall, sie wohnte bei uns im Haus!‹

›Und? Du kannst dich nicht beklagen, sie hat euch nicht belästigt!‹

›Willst du nicht einen Tee trinken?‹, lud der Hausherr den Schlangenbeschwörer ein.

›Ein andermal!‹, entgegnete dieser. ›Das Festmahl wartet auf uns!‹

›Ich begleite dich!‹, sagte der Nachbar.

Mahmuds Haus erfüllte schon der Duft des gekochten Lamms. Die hungrigen Mägen freuten sich über das zarte Lammfleisch.

Nachdem die Tabletts mit den abgenagten Knochen abgetragen waren und während die Runde Tee schlürfte, bedankte sich der Gast für das Mahl.

›Ihr habt viele Schlangen in der Gegend‹, fuhr er fort. ›Mahmud hatte Glück, dass ich zu Hause war, als er mich brauchte!‹ Er schaute in die Runde. ›Ich bin viel unterwegs, deshalb mache ich euch einen Vorschlag: Einer von euch soll die Kunst des Schlangenbeschwörens lernen!‹

Die Anwesenden erschauerten. Der Vorschlag kam unerwartet.

›Wer hat Mut?‹

Es herrschte Stille. Keiner wagte, den Schlangenbeschwörer anzublicken.

Mahmud dachte nach. Trotz seiner starken Muskeln war er heute angesichts der Schlange machtlos gewesen. Er fühlte den Blick des Schlangenbeschwörers auf sich ruhen.

Mahmud erhob sich.

Der Schlangenbeschwörer winkte ihn zu sich. ›Kannst du Flöte spielen?‹

Mahmud nickte.

›Setz dich vor mich!‹, forderte ihn der Gast auf. ›Wer Schlangenbeschwörer werden will, muss einen Eidschwur ablegen, nie eine Schlange zu töten. Wer gegen dieses Gebot verstößt, verliert nicht nur die Kraft, Schlangen zu beschwören, sondern schwebt auch in höchster Gefahr. Schlangen rächen sich bitter, und eines Tages wird er von einer Schlange gebissen! Wer Schlangenbeschwörer werden will, muss Mut haben!‹

Mahmud schluckte.

Der Schlangenbeschwörer nahm ihm den Eidschwur ab. Dann schnürte er seinen Sack auf und ließ zwei Schlangen herauskriechen, eine braune und eine schwarze.

Die Besucher verließen fluchtartig den Raum. Mahmud linste zur Tür, während er unruhig hin und her rutschte.

Der Schlangenbeschwörer grinste. ›Muskeln wie Ochsen und den Mut von Spatzen!‹

Die Schlangen kamen auf Mahmud zu. Er erstarrte. Als die schwarze Schlange über sein Bein kroch und die braune sich gar an seinem Rücken hochschlängelte, hielt er den Atem an.

›Du kannst ruhig Luft holen, diesen beiden habe ich die Giftzähne gezogen!‹, hörte er den Schlangenbeschwörer sagen.

Die braune Schlange züngelte an Mahmuds Ohr. ›Mach dich mit den Schlangen vertraut!‹, forderte ihn der Schlangenbeschwörer auf. ›Nur zu!‹

Mahmuds Hand zitterte.

›Fass sie an!‹

Mahmud zog die braune Schlange über seinen Nacken und hielt sie hoch.

›Gut!‹, lobte der Schlangenbeschwörer.

Der Bauer nahm die zweite Schlange in die Hand und ließ beide Tiere wieder über sich kriechen.

›Du bist begabt! Bei so viel Mut braucht ihr mich bald nicht mehr!‹, sagte der Gast lachend. ›Die Schlangen mögen dich!‹ Der Schlangenbeschwörer zischelte ein paarmal, worauf die Schlangen auf ihn zukrochen, und ließ sie in seinem Sack verschwinden.

Mahmud fiel ein Stein vom Herzen. ›Wie kommt es, dass sie dir aufs Wort folgen?‹, staunte er.

›Dazu gehört viel Erfahrung. Seit Kindesbeinen bin ich mit den Schlangen vertraut‹, versetzte der Schlangenbeschwörer. ›O Mahmud, bei deinem Talent wirst du es auch so weit bringen!‹ Und er fuhr fort: ›Das Flötenspiel lockt die Schlangen aus ihrem Versteck. Nicht nur uns Menschen gefällt Musik.‹

Der Gast erhob sich. ›Noch etwas, Mahmud: Wird jemand in deinem Dorf von einer Schlange gebissen, so ritze die Stelle mit einem Messer auf und sauge das Gift aus. Dann spucke das Gift aus. Doch achte darauf, dass du keine Wunde im Mund hast! So kannst du manchem das Leben retten!‹

Mahmud drückte dem Schlangenbeschwörer die Hand. ›Ich kann nicht ausdrücken, wie dankbar ich dir bin!‹

Der Schlangenbeschwörer schnappte seinen Ledersack, nahm Abschied von dem Gastgeber und seiner Frau und ritt auf seinem Maulesel davon.

Nach und nach lernte der Bauer Mahmud die Kunst, und so kam es, dass das Dorf einen Schlangenbeschwörer erhielt.

Mit den Jahren wuchs Mahmuds Familie. In dem Jahr, als Mahmuds Frau ihr viertes Kind zur Welt brachte, herrschte eine große Dürre. Der Regen war den Winter über ausgeblieben, nur ab und zu benetzten ein paar Tropfen den ausgedörrten Boden. Stattdessen herrschte klirrende Kälte. Die Holzvorräte wurden knapp, und die Dorfbewohner hüllten sich in ihre Lammfellmäntel ein. Die Plätze am Kamin waren begehrt, nur ab und zu ließ man sich auf den Gassen blicken.

Die Dorfältesten kamen zusammen, um einen Ausweg zu suchen. Nach langen Beratungen entschlossen sie sich, mit einer Zeremonie Allahs Hilfe zu erbitten.

Die Dorfbewohner, groß und klein, versammelten sich auf dem Dorfplatz. Mahmud stellte seinen Maulesel für die Regenzeremonie zur Verfügung. Eine alte, verhutzelte Bäuerin, die nur noch zwei Zähne im Mund hatte, wurde auf den Maulesel gesetzt.

›Wo ist der Hahn?‹, rief der Dorfvorsteher.

›Hier!‹, schrie ein junger Mann und hielt das flügelschlagende Tier hoch. Er reichte es der Reiterin.

›Halt den Hahn fest!‹, feuerte Mahmud die Alte an.

Die alte Bäuerin packte den Hahn am Hals und drückte ihn gegen die Brust.

Als der Hahn zu krähen anfing, setzte sich die Karawane in Bewegung. Die Dorfbewohner begleiteten den Maulesel durch die engen Gassen, und immer wenn die Bäuerin den Hals des Hahns zudrückte und dieser zu krähen begann, hob die Menge ihre Hände, richtete die Blicke gen Himmel und rief: ›O Allah, spende uns Regen, vergiss uns nicht!‹

Die Zeremonie dauerte so lange, bis der Hahn heiser war und keinen Ton mehr herausbrachte.

Kaum hatte der Dorfvorsteher das Ende der Zeremonie verkündet, als die Dorfbewohner eilig in ihre Häuser verschwanden und sich hinter ihren Ofen verkrochen.

Mahmuds Familie verzehrte eine heiße Linsensuppe. ›So Allah will, werden wir bald Regen bekommen!‹, hoffte der Bauer. Der erstgeborene Sohn, der sich an seinen Vater schmiegte, fragte neugierig: ›Warum ist auf unserem Maulesel heute eine Frau geritten und nicht ein Mann?‹

Der Vater strich dem Sohn über den Kopf. ›Du bist ein aufgewecktes Kind, ich will es dir erklären. Die Regenzeremonie ist eine uralte Bauernsitte. Ohne Regen gibt es keine Ernte, die Pflanzen verdorren, und die Tiere finden keine Weide. Regen spendet uns allen Leben. Und wenn er ausbleibt, müssen wir Allahs Beistand erbitten!‹

›Warum eine Frau und kein Mann?‹, beharrte der Kleine.

›Eine Frau kann Kinder gebären, und Pflanzen tragen Früchte. Die Frau und der Baum, beide sind fruchtbar. Oder hast du schon einmal einen schwangeren Mann gesehen?‹

Der Sohn lachte.

›In unserer Sprache‹, fuhr der Bauer fort, ›ist der Baum weiblichen Geschlechts wie die Frau!‹

›Der Lehrer in der Schule hat erzählt, dass es Sprachen gibt, in denen der Baum männlich ist‹, warf der Junge ein.

›Das kann ich mir nicht vorstellen!‹, wunderte sich der Bauer. ›Entweder hast du nicht aufgepasst, oder die vielen Bücher haben dem Lehrer den Kopf verdreht.‹ Er nahm einen Schluck Kräutertee. ›Frag mal deinen Lehrer, ob bei diesen Völkern die Olivenbäume Schnurrbärte tragen!‹

Der Junge dachte eine Weile nach. ›Aber diese alte Frau auf dem Maulesel kann auch keine Kinder mehr kriegen.‹

›Du bist schlau!‹, lobte der Vater. ›Du weißt, dass die Frauen einmal im Monat ihre Tage bekommen. Für die Regenzeremonie brauchen wir aber eine Frau, die keine Blutung mehr bekommt, weil das Blut die Fruchtbarkeit behindert.‹

›Und, was hat es mit dem Hahn auf sich?‹

›In der Morgendämmerung weckt der Hahn die Gläubigen mit seinem Krähen. Dann gehen sie in die Moschee zum Beten. Der Hahn wird hoch geschätzt, ohne sein Krähen würden viele das Morgengebet verpassen. Wenn bei der Regenzeremonie der Hahn kräht, rufen wir Allah um Regen an. In seiner Macht allein steht es, Regen zu spenden.‹

›Und was geschieht mit dem Hahn, wird er geschlachtet?‹

›Nein‹, lachte der Vater, ›wir brauchen den Hahn, damit er die Hennen bespringt!‹

Mahmud klopfte dem Jungen auf die Schulter. ›Wir haben uns jetzt aufgewärmt, lass uns in den Olivenhain gehen, um unsere Holzvorräte aufzufüllen.«‹

Der Olivenbaum hielt inne in seiner Erzählung.

»Ich lausche gerne deinen Geschichten!«, ließ sich der Weinstock vernehmen. »Erzähle weiter!«

Die Palme wiegte nachdenklich ihre Krone. »Ich kann dir deine Sehnsucht nachfühlen!«

»Ich habe euch mit dem Bauern Mahmud bekannt gemacht«, setzte der Olivenbaum seine Erzählung fort, »nun will ich euch noch vom Dorf berichten.«

»Im Dorf der Olive sind die Bauernhäuser klein und die Familien groß. Bisweilen wird es eng in der Stube, wenn sich Menschen und Tiere um den Ofen drängen. Wie ich euch erzählt habe, leben die Bauern von den Olivenhainen. Die Bäume spenden ihnen Holz, Oliven und Öl. Aus dem Olivenöl wird Seife und auch Kajal bereitet. Und haben die Bauern Überschüsse, so tauschen sie ihre Früchte auf den Märkten gegen Waren. Werden im Dorf die Ölpressen in Gang gesetzt, so sind alle auf den Beinen. Jede Hand wird gebraucht.

Man kann einem Bauern nichts Schlimmeres antun, als einen Olivenbaum zu fällen. Ich möchte euch von einem Vorfall berichten.

Eines Tages spielten Kinder unseres Dorfes in den Gassen. Sie versteckten sich hinter Gemäuer, bewarfen einander unter lautem Johlen mit frischen Kuhfladen und rannten durch die Gassen.

Zwei Dorfjungen, die besonders wild waren, balgten sich auf dem Dorfplatz. Der eine, der etwas stärker war, rang den jüngeren zu Boden. Beim Aufprall auf die Pflastersteine verletzte sich dieser am Kopf. Aufgeschreckt durch das mörderische Geschrei, rannte seine

Mutter herbei. Die Mutter trennte die Streithähne. Als sie die dicke Beule erblickte, verpasste sie dem großen Jungen eine klatschende Ohrfeige. Dieser wiederum ergriff laut schreiend die Flucht.

Es dauerte nicht lange, bis seine Mutter auf dem Dorfplatz erschien und sich vor der anderen Frau aufpflanzte. ›Was fällt dir ein, meinen Jungen zu schlagen?‹, brüllte sie.

›Siehst du die Beule?‹, versetzte die andere.

›Eine Kinderei, das kommt vor!‹, erwiderte die Erste.

Unterdessen griff der Kleine nach einem Stein und schleuderte ihn dem Großen an die Stirn. Dieser fiel zu Boden, das Blut rann ihm über das Gesicht.

›Bist du von Sinnen?‹, schrie die Mutter des Großen. Und anstatt sich um ihren verletzten Sohn zu kümmern, ging sie wie eine Furie auf den kleinen Übeltäter los und versetzte ihm Schläge.

Das wiederum brachte die Mutter des Kleinen in Rage. Sie packte die andere Frau am Haarzopf, und im Nu wälzten sich die beiden Frauen auf dem Pflaster.

Von beiden Sippen eilten nun Angehörige zu Hilfe, und ihr könnt euch vorstellen, wie schnell der Dorfplatz zum Schlachtfeld wurde. Schläge erschallten, Kopftücher wurden durch die Luft geschleudert, Steine flogen, Blut floss.

›Aufhören! Aufhören! Habt ihr alle den Verstand verloren?‹, rief der Vorbeter vom Minarett. ›Wo ist der Dorfvorsteher?‹

Die Schlägerei nahm erst ein Ende, als die Kräfte der Beteiligten zu schwinden begannen.

Die Mutter des Kleinen hatte ein verkratztes Gesicht, ausgerissene Haarbüschel klebten an ihrem Kleid. ›Der Tag fängt gut an‹, sagte sie bei sich, als sie ihr Gesicht am Dorfbrunnen wusch.

Wild herumfuchtelnd, befahl der Dorfvorsteher allen, in ihre Häuser zurückzukehren. Unwillig folgten sie seiner Aufforderung, doch keiner wagte sich zu widersetzen.

Die Mutter des Großen nahm ihren Sohn an die Hand und ging in ihr Haus zurück. Dort behandelte sie die Wunde ihres Sohnes. Sie nahm ein scharfes Messer zur Hand, schabte damit an einem alten Ledergürtel und bedeckte mit dem Lederstaub die Wunde. ›Beruhige dich, die Blutung wird bald zum Stillstand kommen.‹

Bei diesen Worten öffnete sich die Tür, und ihr Mann stand auf der Türschwelle. Er erschrak beim Anblick seiner Frau; ihr Haar war zerzaust, geronnenes Blut klebte an ihren Händen. ›Was geht hier vor?‹

›Wo hast du gesteckt? Wir hätten dich gebraucht!‹, polterte die Frau los.

›Ich war bei der Mühle im Nachbardorf.‹

›Schau mal, dein Sohn! Er liegt hier mit einer klaffenden Wunde!‹

Ein Stöhnen des Verletzten bekräftigte ihre Worte. Die Frau berichtete ihrem Mann, was vorgefallen war.

›Ausgerechnet heute hatte ich in der Mühle zu tun!‹ Der Vater ergriff die Hand des Sohnes. ›Das war nicht die letzte Schlägerei im Dorf, bei Allah! Keiner soll ungestraft meinen Sohn verletzen!‹

Am Abend wurde es still im Dorf. Die Familien hockten beieinander. Jeder leckte seine Wunden und berichtete von seinen Heldentaten.

In dieser Nacht wälzte sich der Vater des verletzten Jungen unruhig auf seinem Schlaflager hin und her. Mit leeren Augen starrte er an die Decke. ›Wer meinem Sohn eine Wunde zufügt, dessen Herz soll bluten!‹, schwor sich der Bauer.

Nachdem er sich versichert hatte, dass alle schliefen, verstaute er Beil und Säge in seinem Sack und verschwand in die Dunkelheit. In der Morgendämmerung kehrte er wieder, schlüpfte unter die Decke und schlief ein.

Die Frau wunderte sich am Morgen, dass ihr Mann auf ihre Zurufe nicht reagierte und nur heftiges Schütteln ihn wecken konnte.

Das Dorfleben schien seinen normalen Gang zu gehen.

Zwei Tage danach suchte der Vater des kleineren Jungen seinen Olivenhain auf. Sein Herz erstarrte: Einer seiner Olivenbäume lag abgeschlagen auf dem Boden!

Er pflückte eine unreife Olive von der gefällten Krone und ließ sie durch seine Hand gleiten. ›Die Hand, die dich abgehackt hat, möge verdorren! Ein solcher Frevel darf nicht ungesühnt bleiben!‹

Unverzüglich kehrte der Mann in das Dorf zurück und berichtete seiner Frau von dem Vorfall.

›Du kennst den Täter‹, entgegnete diese.

Der Bauer nickte.

In der folgenden Nacht suchte er den Hain des anderen auf und sägte dort einen Stamm um. ›Auge um

Auge, Zahn um Zahn!‹, murmelte er, als er den knorrigen Stamm kurz über dem Boden absägte.«

Der Olivenbaum seufzte tief. »Wir hatten gehofft, dass damit der Streit zu Ende sei. Doch weit gefehlt! Am Ende dieser Sippenfehde lagen zwölf Olivenkronen auf der Erde!

Vier davon fielen anderen Sippen zum Opfer, die den Streit anzuheizen trachteten.

Als der Sippenstreit endlich beigelegt war, besuchte ein Gurkenhändler unser Dorf. Nachdem ihm die Geschichte erzählt worden war, berichtete er von einer Fehde aus seiner Gegend.

›Die Dorfbewohner meines Ortes rissen sich bei Streitigkeiten gegenseitig die Gurkenpflanzen aus der Erde. Um den Streit beizulegen, schworen die Familienoberhäupter der verfeindeten Sippen, keinen Fuß mehr auf die Felder des anderen zu setzen.

Und was passierte? Die schlauen Bauern umgingen den Eidschwur. Einer der Beschuldigten stellte sich auf die Hände und ließ sich von seinem Sohn wie eine Schubkarre in das Feld der Gegner führen.

Während der Sohn die Beine des Vaters festhielt, kroch dieser auf seinen Händen über das Feld und setzte sein Werk fort: Furche für Furche entwurzelte er die Gurkenpflanzen. Am Ende jeder Furche musste er am Feldrand eine Pause einlegen, da ihm das Blut in den Kopf schoss!

Und so hatte er die Pflanzen entwurzelt, ohne den Eidschwur zu brechen.‹«

Der Olivenbaum beendete seine Erzählungen: »Ich könnte euch Tage und Wochen mit Geschichten über Leben und Sitten der Bauern im Dorf der Olive unterhalten!«

Er schaute zur Palme hoch. »Der arme Bauer Mahmud! Wenn er auf seinem Maulesel in den Hain reitet und mich nicht findet, wird sein Herz bluten. Erst wird er denken, jemand wolle Rache an ihm üben. Doch er hat keine Feinde, und zur Rache gehört, dass der gefällte Baum im Feld verbleibt. Der Besitzer soll beim Anblick des Baumes Schmerz empfinden.

Mahmud wird den Hain auf und ab laufen und mich suchen. Tränen werden wie Perlen aus seinen großen schwarzen Augen rollen und seinen Schnurrbart benetzen. Ich kenne Mahmud und sein Herz! Er weinte wie ein Kind, als die Steuereintreiber des Sultans die Vorräte der Bauern beschlagnahmten.

Der Bauer braucht meine Oliven, und die Erinnerung, die uns verbindet, wird ihm keine Ruhe lassen. Er wird sich aufmachen und mich suchen.«

Ein sanfter Windhauch strich über den Olivenbaum. »O Wind!«, bat der Olivenbaum. »Wenn du Mahmuds Olivenhain streifst, so flüstere ihm zu, dass ich im Garten des Sultans bin!«

Und so beendete der Olivenbaum seine Geschichten. Zahra nickte dem Sultan zu, und dieser erhob sich, um den Palast aufzusuchen.

Während der Nacht gab Zahra dem Herrscher wieder, was der Olivenbaum erzählt hatte. Der Sultan lauschte aufmerksam.

»Ich habe Dinge erfahren, von denen ich noch nie gehört hatte«, sagte er. »Ich bin voller Neugier, was morgen der Weinstock zu sagen hat.«

Der Weinstock

Am folgenden Tag gingen der Sultan und Zahra in den Garten. Sie unternahmen einen Spaziergang, sogen den Duft der Blüten ein und lauschten dem Gezwitscher der Vögel.

»Dieser Garten ist eine wahre Wohltat!«, sagte der Sultan. »Ich fühle mich von Tag zu Tag besser!«

Zahra lächelte.

Im Schatten des Weinlaubs setzten sie sich nieder. Zahra musste sich nicht lange in Geduld üben. Kaum hatte sie ihre Beine ausgestreckt, da hörte sie auch schon die Palme: »O Weinstock, heute bist du mit Erzählen an der Reihe!«

»Ich weiß, ich weiß!«, ließ sich der Weinstock vernehmen. »Doch bevor ich beginne, möchte ich euch beiden danken.

Ich wusste wenig über das Leben der Beduinen und der Bauern, bevor ich euch traf. Das Schicksal hat es gefügt, dass wir hier zusammentreffen, und so ist es nur recht und billig, dass wir die Gelegenheit wahrnehmen, voneinander zu lernen.

Ich komme weder aus der Wüste noch aus dem Dorf.

Meine Heimat ist die Stadt. Die Stadt, an einem breiten Strom gelegen, ist umgeben von einer steinernen Mauer mit sieben Toren. Sie beherbergt sieben mal sieben Moscheen und zahllose Häuser und Paläste. Rufen die Vorbeter von den Minaretten zum Abendgebet, so hallen ihre Rufe in allen Straßen und Gassen wider.

Im Herzen der Stadt befindet sich der Bazar. In einem Gewirr von Gassen drängen sich Laden an Laden und Werkstatt an Werkstatt. Ihr könnt euch nicht vorstellen, wie lebhaft dieser Bazar wird, wenn die Händler am Morgen ihre Geschäfte öffnen. Ein Lärm und Getöse brodelt durch die Gassen.

Die Rufe der Händler, die ihre Waren feilbieten, werden noch übertönt von dem Krach, der aus den engen, dunklen Werkstätten dringt. In der einen Gasse feilen und schleifen die Goldschmiede, in der zweiten hämmern und pochen die Schuster, und in der dritten hallt das Schlagen der Waffenschmiede wider.

Gerüche und Düfte durchziehen die Gassen. Am einen Ende der Gasse bietet der Düfteverkäufer seine Waren feil, am anderen Ende brät der Schlachter ein Lamm am Spieß, und um die Ecke türmen sich die Säcke und Tonnen des Gewürzverkäufers. Auf dem freien Platz vor der großen Moschee sammeln sich die Sklavenverkäufer.

›Eine schwarze Sklavin aus Abessinien, jung und schön wie die Morgensonne!‹, hörte man einen Sklavenverkäufer schreien. ›Für Tausend Dinar ist sie dein! Bei Allah, wer diese Sklavin erwirbt, wird im nächsten Winter nicht frieren!‹

Ein lautstarkes Gefeilsche setzte ein, das vom Stoffhändler an der Ecke noch übertönt wurde: ›Seidenstoffe aus dem Land der Inder!‹

›Wo sind die Bräute dieser Stadt? Perlen aus Damaskus, Gold aus Afrika!‹, verkündete ein Juwelier lautstark. Es herrscht ein Geschiebe und Gedränge in den engen Gassen.«

Der Weinstock schaute seine Nachbarn an.

»Ich stand im Garten eines wohlhabenden Händlers, der unweit des siebten Stadttors einen großen Laden hatte, in dem er Weihrauch und andere Spezereien feilbot. Seine Geschäfte liefen gut, sodass er sich mit den Jahren ein prachtvolles Stadthaus mit Garten leisten konnte.

Inmitten dieses Gartens stand ich, umgeben von duftenden Jasminsträuchern und Rosenranken. Der Weihrauchhändler hegte und pflegte seinen Garten wie ein Kleinod.

›Ein Garten verrät viel über das Haus und seine Bewohner!‹, pflegte er zu sagen. Er schnitt sorgfältig meine trockenen Äste ab und begoß mich reichlich mit Wasser. Ich führte ein fürstliches Dasein.

Der Weihrauchhändler war ein gebildeter Mann. Seine Bibliothek umfasste zahlreiche Bände. Oft zog er sich abends hierher zurück und las. Sein Herz schlug für die Poesie und den Wein.

›Ich weiß deine Trauben zu schätzen!‹, lobte er mich. Er ging regelmäßig in die Moschee, was ihn aber nicht davon abhielt, den Daumen auf die Waage zu legen.«

Der Weinstock schmunzelte.

»Und der Weihrauchhändler liebte gute Gesellschaft. Einmal im Monat lud er seine Freunde zu sich ein, bewirtete sie mit allen Köstlichkeiten, die der Bazar bot, und führte sie dann in seinen Garten. Die Runde saß unter meinem Weinlaub und ließ es sich wohlergehen. Umgeben von den Düften des Jasmins und der Rosen, lauschten sie den Klängen der Lautenspielerin. Die Weinbecher kreisten.

›Heute Wein, morgen Taten!‹, sagte der Gastgeber, als er Wein nachschenkte. ›Wie der berühmte arabische Dichter Umr'u el-Kais gesagt haben soll, als er inmitten des Weingenusses von der Ermordung seines Vaters erfuhr.‹

Er wandte sich an den Kalligrafen: ›Ich bin stolz, dich zum Kreis meiner Freunde zählen zu dürfen. Berichte uns ein wenig von deiner Kunst!‹

Die Freunde lagen, auf Kopfkissen gestützt, in einer Runde und genossen nach der Hitze des Tages die kühle Abendbrise. ›Dein Wein ist köstlich!‹, lobte der Kalligraf den Gastgeber. ›Die Araber haben vor dem Islam den Wein genossen, und manche Weinliebhaber konnten sich auch später trotz des Verbots durch das Heilige Buch nicht trennen vom köstlichen Rebensaft!

Der Koran hat den Genuss des Weines zu Anfang nicht verboten, sondern nur eingeschränkt. Wie heißt es im Heiligen Buch? Ihr sollt nicht zum Gebet erscheinen, wenn ihr betrunken seid.‹

›Ganz recht! Ganz recht!‹, pflichtete ihm der Bibliothekar bei. ›Erst später wurde das Verbot erlassen! Doch weshalb sollten wir dem Genuss entsagen? Haben nicht berühmte Dichter den Wein gelobt? Hat nicht der Hofdichter des Khalifen Harun el-Raschid Abu Nuowas über den Wein geschrieben:

Gelb, keine Traurigkeit kommt in ihre Nähe.

Wenn ein Stein sie berührt, streift ihn das Glück!

Hat nicht der große persische Dichter Ummar el-Khayyam angesichts des Weines ausgerufen:

O Allah, wie sollte ich vor Durst sterben,

und das Wasser fließt?‹

Der Bibliothekar nahm einen Schluck und reichte den Becher weiter.

Der Kalligraf setzte den Becher an den Mund und leerte ihn. ›Ich möchte euch von der Kunst der Schönschrift erzählen.

Wie alle wissen, war das Arabische seit alters eine reiche Sprache. Bereits lange vor der Zeit des Propheten gab es auf den Märkten Arabiens Wettstreite unter den Stammesdichtern. Der Dichter war die Stimme seines Zeltlagers, seine Wortgewalt vermochte nicht weniger als die klirrenden Schwerter. Jeder Stamm war stolz auf seine Dichter. Sie genossen höchste Anerkennung.

Die besten Gedichte dieser zahllosen Wettbewerbe wurden später in goldenen Lettern auf dem Heiligtum Kaaba verewigt.

Die Sprache unseres Heiligen Buches ist Arabisch, und mit der Verbreitung unseres Glaubens trat auch das Arabische seinen Siegeszug an.

Mit seinen achtundzwanzig Buchstaben, die in der Mitte oder am Ende eines Wortes anders geschrieben werden als am Anfang, eignet sich unsere Schrift besonders gut für die Kalligrafie.‹

Der Gastgeber nickte zustimmend. Er reichte seinen Gästen eine Schale mit Pistazien, eine andere mit trockenen Datteln und Feigen und bat sie zuzugreifen.

Nachdem der Kalligraf sich gestärkt hatte, fuhr er fort: ›Nicht nur die Kämpfer, auch wir Kalligrafen haben die heilige Botschaft verbreitet. Auf wie vielen Moscheen und Palästen prangen die Verse des Korans?

Ein Kämpfer stirbt, doch das Werk des Kalligrafen überdauert. Auch wir Kalligrafen liegen im Wettstreit miteinander, und dieser Wettstreit spornte uns an.

Im Laufe der Jahrhunderte verfeinerte sich unsere Kunst. Es gehört Erfahrung und Geschick dazu, die Buchstaben einer Kalligrafie zu entziffern.

Auf den ersten Blick glauben wir, einen Löwen oder eine Karaffe zu sehen, doch bei genauerem Betrachten entziffern wir hinter diesem Bild einen Vers aus dem Koran!‹

Der Weihrauchhändler unterbrach den Redefluss des Kalligrafen: ›Ihr Kalligrafen seid wahre Künstler. Eure Kunst ist dem Worte Allahs am nächsten. Einstmals ließ der Stadthalter von Basra einen prächtigen Palast errichten. Der berühmteste Baumeister seiner Zeit entwarf den Plan.

Als das Werk vollendet war, feierte der Statthalter ein großes Fest, zu dem er zahlreiche Ehrengäste einlud. Der Kalligraf war geladen, den Baumeister jedoch hatte man vergessen.‹

Der Gastgeber bedeutete der Lautenspielerin, sie möge die Runde mit Musik erfreuen. Das Lautenspiel, das die Musikerin hin und wieder mit Gesang begleitete, verzauberte die Freunde.

Hingerissen lauschten sie in der Stille der Nacht den zarten Tönen. Und als sich die Runde bei Anbruch der

Morgenröte auflöste, leerten die Freunde zum Abschied ihre Becher über meinen Wurzeln.«

Der Weinstock jammerte: »Im Garten meines Herrn bekam ich Wasser und Wein im Überfluss, und hier muss ich um jeden Tropfen bangen! Ich sehne mich nach meinem Garten, wie sich der Weihrauchhändler nach meinem Saft sehnt!«

Der Weinstock linste zu der Krone des Olivenbaumes, dann blickte er zur Palme hoch. »Wenn der Händler in den Garten kommt und mich nicht findet, so wird er seinen Augen nicht trauen. Er wird denken, der Wein habe seine Sinne verwirrt. Er wird sich auf die Suche begeben, denn was ist ein Weingenießer ohne seine Rebe?«

Der Weinstock wandte sich an die Sonne: »O Sonne, die du uns wachsen und gedeihen lässt, die du meinen Trauben Süße schenkst! Deine Morgenstrahlen mögen meinem Herrn verkünden, dass ich Unglücklicher im Garten des Sultans bin!«

»Kein Wunder, dass du deinen Garten vermisst!« spöttelte die Palme. »Du kennst den Mangel nicht!«

»Wir sind aus anderem Holz geschnitzt!«, pflichtete ihr der Olivenbaum bei. »Doch fahre fort, wir sind neugierig!«

Der Weinstock nickte.

»Drei Vollmonde, bevor die Soldaten des Sultans mich entführten, saß die Runde der Freunde wie gewöhnlich unter meinem Laub. Der Gastgeber wandte sich an den Bibliothekar: ›Wir haben von der Kunst der Schönschrift erfahren, nun ist es an dir, uns von der Welt der Bücher zu berichten. Du weißt, wie teuer mir dein Rat ist. Viele Bücher meiner Bibliothek habe ich auf deinen Vorschlag hin erworben.‹

›Du bist ein verständiger Sammler, mein Herz schlägt für Menschen, die eine Vorliebe für Bücher haben!‹ Der Bibliothekar räusperte sich. ›Vor langer, langer Zeit haben wir Araber, wie andere Völker auch, unsere Zeichen in Felsen geritzt und auf Tierhäute geschrieben. Nun, die Zeiten haben sich geändert.

Nach dem Siegeszug des Propheten und seiner Nachfolger wurde die Lehre des Korans in alle Himmelsrichtungen verbreitet. Wir Araber kamen mit Ländern und Völkern in Berührung, von denen wir nur wenig oder überhaupt nichts gehört hatten. Begierig, nicht nur zu herrschen, sondern auch zu lernen, sogen wir das fremde Wissen auf.‹

›Eine reiche Sprache hatten wir bereits!‹, warf der Kalligraf ein.

›Reich und blumig! Auf unseren Eroberungszügen fanden wir sie verbreitet!‹, erwiderte der Bibliothekar. ›Doch ein Narr wäre, wer von anderen nichts lernen wollte. Hat unser Prophet nicht gesagt: Suche das Wissen, und sei es im fernen China?‹

›Das haben wir getan!‹, kommentierte der Gastgeber.

›Von den Indern haben wir die Zahlen gelernt, doch wir stellten fest, dass etwas fehlte: die Null. Wir haben sie hinzugefügt und damit die Grundlage für die Wissenschaft gelegt. Von den Griechen stammt unser Wissen über Heilkunst und Philosophie, die Byzantiner lehrten uns die Baukunst, und von den Persern lernten wir die Kunst der Staatsführung.‹

›Wir haben Völker und Kulturen miteinander verbunden und das vielfältige Erbe zu einem großen Ganzen verschmolzen!‹, fügte der Bibliothekar hinzu und sprach weiter: ›Wer kennt nicht das Reich des Khalifen Harun al-Raschid? Um seinen Wissensdrang zu befriedigen, errichtete er in Bagdad, der Hauptstadt seines Reiches, das Haus der Weisheit. Es wurde zu einem Pilgerort für Übersetzer. Das Erbe vieler Völker wurde in die arabische Sprache übersetzt.

Großzügig entlohnte der Khalif die Übersetzer. Er ließ die Manuskripte in Gold aufwiegen. Und was machten die Übersetzer? Sie waren auch großzügig, sie schrieben in großen Lettern, ließen einen breiten Rand, und der Zeilenabstand war groß!‹

Der Weihrauchhändler schmunzelte. ›Das hätte ich auch getan!‹

›Es war eine Blütezeit des Buches!‹, fuhr der Bibliothekar fort. ›Heißt es nicht bei dem berühmten arabischen Dichter Al-Mutnabi: Der schönste Platz auf der Erde ist ein schaukelnder Reitsattel, und der beste Freund auf der Welt ist ein Buch?‹

Der Bibliothekar nahm einen Schluck Wein. ›Die Araber haben sogar Gefangene gegen Bücher ausgetauscht! Doch den größten Fang haben wir mit den Chinesen gemacht: Zu Zeiten des Propheten wurde der Koran auf Gazellenhaut und auf Palmblätter geschrieben. Dass diese Methode der Verbreitung unseres Glaubens nicht zuträglich war, brauche ich nicht zu sagen! Doch dann kam uns der Zufall zu Hilfe: Während einer Schlacht im fernen Samarkand gerieten die Chinesen in arabische Gefangenschaft. Da wir neugierig waren, über dieses fremde Reich etwas in Erfahrung zu bringen, verhörte der Befehlshaber unserer Kämpfer die Gefangenen. Doch sie waren bockig. Entweder schwiegen sie, oder sie machten falsche Angaben.

›Wenn ihr weiter so verstockt seid, lasse ich euch in der arabischen Wüste verdorren!‹, drohte der Befehlshaber. ›Bestimmt habt ihr Familien und Freunde in eurem Land, die ihr wiedersehen wollt!‹

Die drei Chinesen vor ihm zuckten zusammen.

Der Befehlshaber ließ ihnen Wasser reichen. ›Byzantiner, Griechen, Inder und viele mehr haben uns ihr Wissen nicht vorenthalten. Es ist ein weites Land, so hat man mir erzählt!‹

›Wir Chinesen tragen Seide!‹, stotterte einer der Gefangenen.

›Seide ist uns bekannt!‹, erwiderte der Offizier schroff.

›Wir essen Reis aus Porzellanschalen!‹, sagte ein anderer.

In diesem Moment trat ein Soldat hinzu und übergab dem Befehlshaber eine Botschaft. Während dieser das Pergament entrollte, lächelte einer der Chinesen.

›Was gibt es hier zu lachen?‹, herrschte ihn der Offizier an.

Der Chinese blickte zu Boden.

Der Offizier griff nach seinem Schwert: ›Bei Allah und seinem Propheten, wenn du mir nicht den wahren Grund für dein Lächeln nennst, werde ich dir den Kopf abschlagen!‹

Der Chinese zitterte vor Furcht. ›Wenn ich euch ein großes Geheimnis anvertraue, bekomme ich dann meine Freiheit wieder?‹

Der Offizier nickte. ›Deine Freunde kannst du auch mitnehmen.‹ Er legte sein Schwert beiseite.

›Als ich die Tierhaut in deiner Hand sah, lächelte ich, denn wir Chinesen schreiben schon lange nicht mehr auf Tierhäute!‹

›Und worauf schreibt ihr?‹

›Auf Papier!‹

Und so kam es, dass die Chinesen den Arabern das Geheimnis der Papierherstellung verrieten. Und wir Araber machten regen Gebrauch von ihrem Wissen. Schon bald gründeten wir die ersten Papiermühlen, und das Heilige Buch, auf Papier geschrieben, konnte seinen Siegeszug antreten.‹

Der Bibliothekar griff nach dem Wasserkrug und ließ einen Strahl in seinen Schlund laufen. Er fuhr fort, von der Welt der Bücher zu berichten.

›Seit das Papier bekannt war, sind zahlreiche Bibliotheken entstanden. Die großen Städte wetteiferten darin, Universitäten zu gründen. Unser Reich war groß und mächtig, doch nur Allah allein bleibt immer mächtig. Eine unheilbare Krankheit befiel uns, und schließlich verfiel unser Reich. Wir wurden zur Beute anderer.‹

Der Bibliothekar seufzte. ›Schließlich haben die Mongolen Bagdad erobert. Diese wilden Reiter plünderten nicht nur Paläste und Häuser, sie wüteten auch in den Bibliotheken. Unbarmherzig warfen sie die Bücher in die Flüsse. Man erzählte, das Wasser von Euphrat und Tigris sei von der vielen Tinte tagelang dunkel gewesen!‹

Mit diesen Worten beendete der Bibliothekar seine Ausführungen.

›O Freund der Bücher, Allah möge deine Bibliothek vor Unheil schützen!‹, wünschte der Gastgeber.

Der Bibliothekar strich sich über den Bart. ›Ich habe für deine Bibliothek einige interessante Werke. Du kannst sie morgen nach dem Mittagsgebet abholen!‹

Der Weihrauchhändler nickte zufrieden.

Der Kalligraf wandte sich an den Gastgeber: ›Für den Rest der Nacht solltest du eine Geschichte zum Besten geben!‹

›Wie ihr wisst‹, begann der Weihrauchhändler zu erzählen, ›entstamme ich einer Händlerfamilie. Seit Generationen handeln wir mit Weihrauch. Der Großvater meines Großvaters hat sich in dieser Stadt niedergelassen und seine Waren auf einem Marktstand verkauft. Sein Sohn konnte einen Laden erwerben, der bis heute in Familienbesitz ist.

Schon als Junge begleitete ich meinen Großvater auf seine Handelsreisen nach Südarabien. Obgleich die Reisen lang und beschwerlich und auch nicht ganz ungefährlich waren, war ich stolz, wenn das Kamel mich hin und her schaukelte.

Mein Vater schickte mich in die Koranschule, damit ich Lesen, Schreiben und Rechnen lernen konnte.‹ Der Weihrauchhändler grinste. ›Vor allem das Rechnen lag ihm am Herzen, denn damit haperte es bei ihm!

Im Laufe der Zeit entwickelte ich eine Vorliebe für Bücher. Doch mein Vater bestand darauf, aus seinem Sohn einen Händler zu machen.

›Bücher machen dich nicht satt!‹, bemerkte er oft.

Und so blieb mir nichts anderes übrig, als Handel und Bücher zu versöhnen!‹

›Das ist dir gelungen!‹, warf der Kalligraf ein.

Der Weihrauchhändler lachte. ›Ein Glück, dass wir hier zusammen sein können! Um ein Haar hätte ich meinen Laden verloren!‹

›Das ist nicht möglich!‹, riefen die Freunde aus.

›Doch!‹, erwiderte der Händler. ›Ich erzähle euch auch, wie das kam.

Wie ihr wisst, gehören zu meinem Kundenkreis auch Derwische und Frauen. Die Derwische brauchen den Weihrauch für ihre Heilzeremonien, und auch die Frauen schätzen meine Ware: Sie nutzen den Weihrauch nicht nur bei Festen, sondern auch bei der Niederkunft. Naht die Stunde der Geburt, so wirft die Hebamme Weihrauch in die Glut, die Gebärende atmet den Duft ein, und so werden ihre Schmerzen gedämpft.

Vor einem Vollmond saß ich in meinem Laden und schmauchte eine Wasserpfeife, als eine Beduinin den Laden betrat. Sie bewegte sich schwerfällig, denn sie hatte einen großen Leibesumfang.

Ich bot ihr ein Sitzkissen an. Die Frau zog einen Beutel aus ihrem Kleiderausschnitt. ›Fülle ihn mit Weihrauch!‹, bat sie.

Ich griff in den Sack, holte eine Handvoll heraus und füllte den Beutel. Ich legte den Beutel auf die Waage und nannte den Preis: ›Zehn Dinar!‹

›Das ist teuer!‹, beschwerte sich die Frau.

›Dann nimm einen halben Beutel voll‹, schlug ich vor.

›Das reicht nicht!‹, entgegnete sie. ›Mich erwartet eine schwierige Geburt, ich bekomme Zwillinge!‹

›Allah allein weiß, was der Bauch einer Schwangeren birgt‹, versetzte ich.

Die Frau lächelte. ›Allah und der Spurensucher!‹

›Spurensucher?‹

›Wie du siehst, bin ich keine Städterin. Ich komme von einem Zeltlager unweit der Stadt‹, erzählte die Frau. ›In unserem Stamm gibt es einen Spurensucher, der Fußabdrücke erkennen kann. Sieht er eine Spur im Sand, so weiß er, ob eine Frau oder ein Mann vorbeigekommen ist!‹

›Die Spur eines Mannes ist größer und breiter als die einer Frau‹, warf ich ein.

›Richtig, doch nicht nur das! Der Mann hebt beim Laufen seine Beine höher als die Frau, und das lässt sich an dem Fußabdruck ablesen!‹ Und die Frau fuhr fort: ›Der Spurensucher erkennt sogar anhand der Spur, ob die Frau schwanger ist oder nicht. Die Schwangere hinterlässt tiefere Abdrücke im Sand.‹

›Könnte eine solche Spur nicht einfach von einer Frau stammen, die dick und schwer ist?‹, warf ich listig ein.

›Dann wären die Fußabdrücke breiter!‹, lachte die Frau und setzte hinzu: ›Ich war mit meiner Schwester auf dem Weg zu unserem Großvater, als der Spurensucher unseren Weg kreuzte. Er warf einen Blick auf unsere Fußabdrücke im Sand, dann deutete er auf meine Schwester: Du bist schwanger!, sagte er, und auf mich zeigend bemerkte er: Und du erwartest Zwillinge!

Wie kommst du darauf?, wollte ich wissen.

Deine Spur ist tiefer!, entgegnete er.‹

So etwas Befremdliches hatte ich noch nie gehört. ›Und du glaubst diesen Unsinn?‹, wollte ich von der Schwangeren wissen.

Und wie der Zufall so spielt, öffnete sich die Ladentür, und eine zerlumpte Gestalt stand auf der Schwelle.

›Das ist der Spurensucher, frag ihn!‹, hörte ich die Frau sagen.

Der Alte ließ seine Blicke durch den Laden streifen. Ich bot ihm ein Sitzkissen an. ›Kennst du diese Frau?‹, fragte ich ihn.

Der Beduine nickte. ›Sie stammt aus meinem Zeltlager.‹

›Wird sie Zwillinge zur Welt bringen?‹

›Mit Allahs Willen!‹, erwiderte er.

›Ich kann es nicht glauben!‹, entgegnete ich. ›Ich kenne Hellseher und Wahrsager, doch einer, der die Spuren zu deuten weiß …‹

Der Spurensucher lächelte verschmitzt: ›Ist es dir eine Wette wert?‹

Ich nickte.

›Bringt sie nur ein Kind auf die Welt, so ist mein Reitkamel dein! Und gebärt sie Zwillinge, so bekomme ich deinen Laden!‹

Ich war verdutzt.

Der Spurensucher schlug in meine Hand. ›Gilt die Wette?‹

Ich zögerte.

›Ein Händler hängt an seinem Laden‹, lenkte der Alte ein. ›Es reicht, wenn du mir meinen Tabaksbeutel mit Weihrauch füllst!‹

Ich war einverstanden.

Wie abgemacht, erschienen die beiden nach vierzig Tagen wieder. Die Frau trug zwei Bündel bei sich, eines auf dem Rücken und das andere vor der Brust.

›Du warst klug beraten, nur einen Tabaksbeutel voll Weihrauch zu wetten!‹, begrüßte mich der Spurensucher. Er lächelte schalkhaft: ›Fast wärest du deinen Laden losgeworden!‹

Ich füllte ihm seinen Beutel bis zum Rand und schenkte auch der Frau eine Handvoll Weihrauch.‹

›Du warst leichtsinnig, mein Freund!‹, kommentierte der Kalligraf. ›Ohne den Laden könntest du uns keinen Wein mehr ausschenken! Wir müssten uns mit Wasser begnügen!‹«

Der Weinstock beendete seine Erzählung. Durstig sogen seine Wurzeln Wasser aus dem Boden.

Und auch diese Geschichten enthielt Zahra dem Sultan nicht vor. Bis spät in die Nacht lauschte der Herrscher, was Zahra über die Städte seines großen Reiches zu berichten hatte. Und als er müde wurde, begann Zahra, Weingedichte zu rezitieren, bis dem Sultan die Augen zufielen.

Zahra betrachtete die fahle Mondsichel am Himmel und den Widerschein ihrer Strahlen. Die Nacht, in der der Sultan sie in ihrem Gemach aufgesucht hatte, kam ihr in den Sinn. Die Weinverse klangen in ihren Ohren nach, und ein zartes Sehnen ergriff ihr Herz. Sie konnte keinen Schlaf finden. Auf leisen Sohlen verließ sie den schnarchenden Sultan und suchte den Garten auf.

Alles war still. Die Vögel schliefen. Zahra berauschte

sich am Duft von Nelken und Minze, Rosen und Jasmin. Die kühle Nachtbrise tat ihr wohl.

Nach ihrem Streifzug durch den Garten setzte sie sich unter die Palme.

In diesem Augenblick begann die Palme zu sprechen: »Seid ihr auch noch wach?«, wandte sie sich an den Olivenbaum und an den Weinstock. Eine Rauschen ging durch deren Blätter.

»Ich habe lange nachgedacht!«, sagte die Palme. »Wohl oder übel werden wir noch eine Weile in diesem Garten zubringen müssen. Der Weinstock ist gut beraten, wenn er lernt, mit seiner Wasserration auszukommen.«

»Jeder bekommt, was ihm zusteht!«, setzte der Olivenbaum hinzu. »Nicht weniger, aber auch nicht mehr. Ich bin an das harte Leben im Dorf gewöhnt. Mit ihrer Hände Arbeit verdienen die Bauern ihr Brot. Wie viele Dürren habe ich schon hinter mich gebracht! Und noch etwas«, fügte er hinzu. »Der Weinstock muss auf eigenen Füßen stehen!«

»Bist du übergeschnappt?«, versetzte der Weinstock. »Erst wollt ihr mir das Wasser abgraben, dann soll ich auch noch aufrecht stehen, wo doch jedes Kind weiß, dass ein Weinstock eine Stütze braucht!«

»Keine faule Ausrede!«, erwiderte die Palme barsch. »Denk an meine Datteln!«

»In Zukunft stützt du dich nicht mehr auf unsere Stämme! Zieh deine Zweige zurück!«, drohte der Olivenbaum.

Der Weinstock zitterte vor Furcht, als er diese Worte vernahm. »Es stimmt, ich bin verwöhnt!«, gab er kleinlaut zu. »Doch was kann ich dafür, dass ich in diesem Garten gelandet bin?«

»Wer krumm ist, braucht nicht krumm zu bleiben!«, sagte die Palme.

»Auch der Sultan hat einen krummen Rücken!«, verteidigte sich der Weinstock.

»Das ist richtig!«, meldete sich der Olivenbaum zu Wort. »Er liegt den ganzen Tag auf seinem Diwan. Kein Wunder, dass sein Rücken verkrümmt ist!«

Zahra lächelte, als sie die Worte hörte.

»Ich werde dir Genügsamkeit beibringen!«, zürnte die Palme. »Von nun an bekommst du Tag für Tag weniger Wasser, bis du mit deinem Anteil auskommst. Im Fasten liegt die Heilung!«

»Ich flehe euch an, seid nicht so unbarmherzig!«, bettelte der Weinstock.

»Wir werden dich auf dem Pfad der Genügsamkeit begleiten«, versprach der Olivenbaum.

In Gedanken versunken kehrte Zahra in den Palast zurück. Sie nahm sich vor, beim nächsten Vollmond die Pflanzen wieder zu besuchen.

Als sie wieder im Garten eintraf, lehnte sie ihren Rücken gegen den Stamm des Olivenbaumes und wartete.

»Siehst du, du bist nicht verdorrt! Du hast gelernt, dich mit wenig Wasser zu begnügen!«, hörte sie die Stimme des Olivenbaumes.

»Es war eine harte Zeit!«, stöhnte der Weinstock. »Es kostete mich viele welke Blätter und Zweige!«

»Das schadet nicht«, sagte die Palme. »Das war erst der Anfang!«

»Was habt ihr vor?«, stammelte der Weinstock. »Wollt ihr mich vollends verdursten lassen?«

»Nein! Nein! Wir wollen dich nur nicht mehr stützen. Wie kommen wir dazu, dich zu tragen?«

Der Weinstock duckte sich.

»Wenn du es geschafft hast, dein Wasser einzuteilen, so wird es dir auch gelingen, aufrecht zu stehen! Es ist unwürdig, über den Boden zu kriechen«, sagte der Olivenbaum.

»Im Garten meines Herrn hatte ich ein Gitter, an dem ich mich hochrankte. Ihr verlangt Unmögliches von mir. Ein Weinstock braucht immer eine Stütze!«

»Dann wirst du der Erste sein, der ohne Stütze auskommt!«, ereiferte sich der Olivenbaum und schüttelte bedrohlich seine Äste. Oliven prasselten auf den Weinstock.

»Aufhören! Aufhören! Du brichst mir den Rücken!«, rief dieser verängstigt. »Ich will es ja versuchen!«

Tage und Nächte vergingen, und der Weinstock bemühte sich, sich aufzurichten. Sein Rücken schmerzte, doch er war tapfer. Wehte der Wind seinen Stamm zur Palme, schubste diese ihn zurück, und wenn er seine Zweige gegen den Olivenbaum lehnte, schüttelte dieser seine Äste. Dem Weinstock blieb nichts anderes übrig, als sich auf seine eigenen Wurzeln zu stützen und seinen Rücken aufzurichten.

Voll Bewunderung beobachtete Zahra die Entwicklung des Weinstocks. Von Woche zu Woche schoss er mehr in die Höhe.

»Siehst du nicht, wie der Weinstock in den Himmel steigt?«, fragte die Palme den Olivenbaum. »Jetzt können wir uns besser mit ihm unterhalten. Früher mussten wir uns tief zu ihm herunterbeugen.«

»Bald kannst du meine Krone kitzeln!«, scherzte der Olivenbaum und nickte dem Weinstock anerkennend zu.

Der Weinstock plusterte sich auf. »Jetzt atme ich frische Luft. Früher lag ich in eurem Schatten!« Genüsslich holte er Luft. »Wie gut die Abendbrise tut!«

Zahra war tief in Gedanken versunken. Was der Palme und dem Olivenbaum mit dem Weinstock gelungen war, sollte auch ihr mit dem Sultan gelingen. Auch sein krummer Rücken musste aufgerichtet werden.

Nachdenklich ging sie in den Palast zurück. Sie schaute lange durch das runde Fenster und betrachtete die funkelnden Sterne. Erst beim Anbruch der Morgenröte überkam sie der Schlaf.

Die drei Gäste

Am nächsten Morgen suchte der Sultan wie gewöhnlich den Diwan auf. Umschwirrt von Sklaven und Dienern, verschlang er gierig sein Frühstück.

»Die Wesire sollen warten!«, befahl er.

Als er ein Ei in den Mund schob, erschien die Wache mit einer tiefen Verbeugung: »O größter Herrscher aller Zeiten! Ein Wüstensohn, ein Beduine auf seinem Kamel, wollte in deinen Garten eindringen! Als er am Eingang sein Tier festband, haben wir ihn überwältigt. Er schreit wie ein wild gewordenes Kamel: ›Meine Palme!‹«

»Ausgerechnet beim Frühstück taucht dieser Eindringling auf!«, tobte der Sultan. Unwillig nagte er an einem gegrillten Hühnerbein.

»Was ist dein Befehl?«, erkundigte sich die Wache.

»Her mit dem Araber!«

Der Sultan ließ nach Zahra schicken, und kurze Zeit später erschien diese in Begleitung eines Eunuchen.

Die Wache führte den Eindringling vor. Er war groß und hager, sein Gesicht war von der Sonne gegerbt, und seine Augen funkelten. Die Fetzen seines Gewandes schleiften über den Marmorboden.

»Was hat der Wüstensohn in meinem Garten zu suchen?«, herrschte ihn der Sultan an. »Locken den Wüstenfuchs die süßen Trauben? Rede!«

»Allah möge dem Sultan ein langes Leben schenken!«, begann der Beduine. »Die Not trieb mich in deinen Garten. Seit Monaten reite ich auf meinem Kamel umher auf der Suche nach meiner Palme!«

»So viel Mühe wegen einer Palme?«, bemerkte der Sultan abschätzig.

»O gnädiger Herrscher, es ist keine gewöhnliche Palme. Es ist eine heilige Palme aus der Oase von Nadjran!«

Der Beduine fasste sich an das Herz. »Meine Kusine gebar mir nur Töchter. Durch den Beistand der heiligen Palme schenkte sie mir einen kleinen Löwen, der meinen Namen weiterträgt!«

Der Sultan blickte Zahra an.

»Erkennst du deine Palme wieder?«, fragte diese den Beduinen.

»Unter Hunderten von Palmen würde ich sie erkennen!«, versicherte der Beduine.

»Zu welchem Stamm gehörst du?«, wollte Zahra wissen.

»Ich gehöre zum Zeltlager der Banu Nimr, der Söhne des Tigers. Das karge Leben in der Wüste machte Tiger aus uns. Die Weide ist knapp, und die Kamele geben nur noch spärlich Milch. Nur die Palmen der Oasen schenken uns Datteln. Mein Zeltlager ist groß. Die schwarzen Zelte aus Ziegenhaar sind in einer Reihe aufgeschlagen. Das Scheichzelt steht immer offen für Gäste. Die Glut der Feuerstelle kommt nie zum Erlöschen, und die Schnabelkanne mit gewürztem Kaffee wird selten kalt! Wir schützen die Armen und achten das Gastrecht!«

»Was willst du tun, wenn du deine Palme im Garten des Sultans entdeckst?«, wollte Zahra wissen.

»Ich werde Gerechtigkeit verlangen! Ich habe den Schatz des Sultans nicht geraubt, weshalb sollte er mir meine Palme entreißen? Ich muss meinen Baum wiederhaben! Der richtige Platz einer Palme ist die Oase!«

»Begleite uns in den Garten«, schlug Zahra vor.

Der Beduine ließ sich nicht zweimal bitten. Auf den ersten Blick erspähten seine Adleraugen die Krone seiner Palme. Außer sich vor Freude, umarmte er den Stamm, küsste die borkige Rinde und warf seine Kopfbedeckung in die Luft.

»O heilige Palme! Kehre mit mir in die Oase zurück! Der Rücken meines Kamels soll dich tragen. Als wir unser Fest in deinem Schatten feiern wollten, fanden wir eine Grube! Wir vermissen dich, deine Abwesenheit schmerzt uns. Mein kleiner Löwe sehnt sich nach deinen süßen Früchten!«

Der Sultan bekam Mitleid mit der zerlumpten Gestalt. »Er soll bei seiner Palme bleiben!«, beschied er und drehte sich um.

Auf halbem Weg zum Diwan sagte er zu Zahra: »Du hast mir die Wahrheit erzählt. O Zahra, dein Wissen ist groß!«

Zahra blieb dem Sultan eine Antwort schuldig, denn

erneut erschien die Wache: »O gnädiger Sultan! Ein Bauer. Er schreit so laut wie ein Ochse: ›Mein Olivenbaum! Ich suche meinen Olivenbaum!‹ Er drängt in den Garten und ist kaum zu bändigen!«

»Führt ihn in den Diwan!«, befahl der Sultan.

Kurz danach betrat der Bauer den Diwan. Er war groß und kräftig, hatte breite Schultern und trug ein weites Gewand. Sein Gesicht war rund wie ein Fladenbrot, und seine Wangen waren rot wie Tomaten.

»Was treibt den Bruder des Ochsen in meinen Garten?«, fragte der Sultan barsch.

»O mächtiger Herrscher, ich suche meinen Olivenbaum. Als ich eines frühen Morgens meinen Olivenhain aufsuchte, um meinem Lieblingsbaum frische Kuhfladen zu bringen, fand ich den Platz leer. Ich wollte meinen Augen nicht trauen. Erst glaubte ich, ein neidischer Nachbar habe meinen Baum ausgegraben. Auch die Steuereintreiber hatte ich im Verdacht! Ich machte mich auf die Suche, doch ohne Erfolg. Schließlich führte mich mein Weg in diesen Garten. Ich muss meinen Olivenbaum wiederfinden!«

»Woher kommst du? Erzähle uns von deinem Dorf!«, forderte ihn Zahra auf.

»Mein Dorf heißt Dorf der Olive. Überall stehen Olivenbäume und spenden uns Nahrung. Unsere Häuser errichten wir am Rand der felsigen Hügel, um kein Stückchen fruchtbarer Erde zu vergeuden. Die Häuser unseres Dorfes sind eng. Im Winter drängen sich Mensch und Tier um den warmen Ofen. Wenn das Huhn flattert und die Kuh ärgert, lässt diese einen Furz los, und die Öllampe geht aus!«

Zahra lachte und fragte: »Würdest du deinen Olivenbaum wiedererkennen?«

»Bei Allah, selbst in einer mondlosen Nacht würde ich ihn erkennen!«

»Was willst du tun, wenn du deinen Baum im Garten des Sultans entdeckst?«

Der Bauer hob seine Hände. »Mit diesen Schaufeln würde ich ihn ausgraben!«

»Folge uns in den Garten!«, befahl der Sultan.

Kaum hatte der Bauer die Krone seines Olivenbaumes entdeckt, war er nicht mehr zu halten. Er stürzte auf den Olivenbaum zu, Tränen rannen über seine Wangen.

»Mein Olivenbaum! Mein Olivenbaum!« Der Bauer pflückte eine Handvoll Oliven und schob sie in den Mund.

Der Sultan starrte den seltsamen Eindringling an. »Hat er einen Mahlstein im Bauch?«

Der Bauer umfing den Baum mit seinen Armen. »Du bist mager geworden! Du hast die frischen Kuhfladen vermisst!«

Der Sultan fasste den Bauern an der Schulter. »Du kannst bei deinem Olivenbaum bleiben!«

Der Bauer schaute den Herrscher dankbar an.

Der Beduine, der sich in der Zwischenzeit an Datteln satt gegessen hatte, lag zusammengekauert am Fuß der Palme und schlief.

Zahra pflückte Jasminblüten und steckte sie an ihren Kleidausschnitt. Sie und der Sultan betraten den Palast, als die Wache zum dritten Mal auftauchte.

»O gnädiger Herrscher! Ein feiner Mann begehrt Einlass in den Garten. Er ruft: ›Mein Weinstock! Ich bin durstig und sehne mich nach deinem Saft!‹«

»Ihr Diebe, habt ihr alle Pflanzen geraubt?«, ereiferte sich der Sultan. »Führt ihn zu mir!«

Die Wache gehorchte.

Eine schlanke Gestalt betrat den Diwan. Der Städter trug ein Seidengewand, und seine Schnurrbartspitzen reichten fast bis zum Rand seines bestickten Turbans.

»Was sucht der edle Mann in meinem Garten?«, wandte sich der Sultan an den Eindringling.

»Ich suche meinen Weinstock. Als ich vom abendlichen Gebet in meinen Garten zurückkehrte, vermisste ich meinen Lieblingsweinstock. Er gab mir süße Trauben, und sein Saft erfreute mein Herz. Ich gehe von Garten zu Garten, einem Bettler gleich, und suche meine Rebe!«

»Erzähle uns, woher du kommst!«, sagte Zahra.

»Ich wohne in einer bedeutenden Stadt an der Weihrauchstraße. Aus allen Himmelsrichtungen treffen Karawanen ein. Der Bazar ist bunt wie ein Blumenteppich. In der Nähe des siebten Stadttores steht mein Laden, in dem ich Weihrauch feilbiete.«

»Ein Händler bist du!« Der Sultan schob sich eine Rosine in den Mund.

»Ja, ich treibe Handel, wie es unser Prophet getan hat!«

»Du bist ein Liebhaber des Weines, so scheint es!«, meldete sich Zahra zu Wort. »Kannst du uns mit einem Weingedicht erfreuen?«

»Sehr wohl!«, entgegnete der Händler.

»Lass deinen heimlichen Kummer entschweben!
Genieße die Zeit bei der Tochter der Reben.
Begegne dem Dasein in all seiner Frische!
Und wehre dich gegen die Sorgen im Leben!
Ergötz dich am Wein, den sein Alter verziert,
wie sich Greisinnen über die Zeit erheben!
Es bedeutet mir mehr, mich dem Wein zu vermählen,
als Ehen mit adligen Frau'n zu erstreben.«

Der Sultan klatschte Beifall.

»Was willst du tun, wenn du deine Pflanze im Garten des Sultans findest?«, wollte Zahra wissen.

»Ich sauge den Saft der süßen Trauben ein!«, frohlockte der Städter.

»Dann folge mir in den Garten!«, forderte ihn der Sultan auf. Sie traten aus dem Palast in den Garten. Sie hatten die Gartenmitte erreicht, doch der Händler erkannte seinen Weinstock nicht. Hilflos blickte er sich um. In diesem Augenblick bewegte der Wind das Weinlaub, und eine Traube fiel dem Händler vor die Füße. Er bückte sich und kostete die Beere. Ein Schmatzen war zu hören.

»Diese süßen, saftigen Beeren kenne ich! Wo bist du, mein geliebter Weinstock?« Der Händler sah sich um und gewahrte den Weinstock, der sich hoch in die Luft reckte.

Der Städter war verwundert. »Was ist mit dir geschehen, mein Weinstock? Ich komme schlecht an deine Trauben!«

Zahra lächelte. »Lass ihn bei seiner Pflanze. Wir ziehen uns in den Palast zurück!«

Der Beduine, der Bauer und der Städter blieben unterdessen bei ihren Pflanzen. Der Städter, der Mühe hatte, an die Trauben seines Weinstocks zu gelangen, schaute sich um.

Da sagte der Bauer: »Klettere zu mir auf den Olivenbaum hoch. Von hier oben kannst du Trauben pflücken!«

»Dein Vorschlag ist klug, doch ich habe noch nie einen Olivenbaum bestiegen!«

»Wir werden es dir schon beibringen! Wir haben viel Zeit!«, schmunzelte der Beduine.

Der Städter mühte sich, den knorrigen Stamm hochzuklettern, doch auf halbem Wege plumpste er wieder hinunter. Der Bauer und der Beduine schauten amüsiert zu.

»So helft mir doch!«, bat der Händler. Der Bauer reichte ihm die Hand, und der Beduine schob ihn von unten, bis sie den Städter endlich auf den Baum gehievt hatten.

»Die Mühe hat sich gelohnt!«, sagte der Städter zufrieden, als er sich zu seiner Rebe lehnte. Der Bauer schob Oliven in seinen Mund.

»Versuche meine köstlichen Trauben!«, bot der Städter dem Bauern an.

Der Bauer schmatzte. Im Gegenzug reichte er dem Städter eine Handvoll Oliven.

»Rohe Oliven sind bitter!«, lehnte dieser dankend ab. »Soll ich euch ein paar Datteln zuwerfen?«, rief der Beduine, der in der Krone seiner Palme hing.

»Hat dieser Wüstensohn Flügel?«, staunte der Städter.

Die beiden auf dem Olivenbaum suchten die Datteln zu erhaschen, die der Beduine ihnen zuwarf.

Die Abendsonne stand bereits am Horizont und warf ihre letzten Strahlen auf die Palmkrone. Die Männer stiegen hinab.

Der Beduine breitete seinen Umhang auf dem Boden aus, und der Bauer legte seinen Fellmantel daneben. »Setz dich zu uns!«, forderten sie den Städter auf.

Der Beduine

Als sich Dunkelheit über den Garten senkte, begann der Beduine trockene Zweige zu sammeln. »Ich werde ein Feuer anfachen«, sagte er. »Feuer vertreibt den Teufel!«

Bald züngelten die ersten Flammen, und die Männer genossen die aufströmende Wärme. Jeder hing seinen Gedanken nach.

»Ich werde noch heute Nacht meinen Olivenbaum auf den Maulesel packen und in mein Dorf zurückbringen!«, verriet der Bauer.

»Hast du den Verstand verloren?«, warnte der Städter. »Der Garten ist bewacht! Die Wachen werden dich schnappen und vor den Sultan zerren!«

»Der Städter hat recht!«, schaltete sich der Beduine ein. »Wenn du deinen Baum wiederhaben willst, so musst du dich in Geduld fassen!«

Nachdenklich betrachtete der Bauer die züngelnden Flammen. Nach einer Weile unterbrach der Beduine die Stille: »Das Schicksal hat uns in diesen Garten geführt. Was haltet ihr davon, wenn wir uns die Nacht mit Geschichten verkürzen?«

Die beiden anderen hatten keine Einwände, und so begann der Beduine zu erzählen: »Ich komme aus dem Stamm des Tigers!«, erhob er seine Stimme. »Wir sind bekannt für Kamelzucht, und ist ein Stamm reich an Kamelen, so zieht er leicht die Blicke anderer auf sich.

Es geschah in einem regenreichen Jahr. Die Weide war üppig, die Kamele vermehrten sich gut und gaben reichlich Milch. Während unsere Zelte kaum dem Regen standhielten, fiel in anderen Gegenden kein Tropfen.

Unsere Herden weideten wie üblich nahe des Wadi hinter den Hügeln, als sich eines Tages Räuber näherten. Sie waren so zahlreich, dass es ein Leichtes für sie war, unsere Hirten zu überwältigen. Gefesselt am Boden liegend, mussten sie hilflos zusehen, wie die Räuber die Kamelherden vor sich hertrieben.

Erst in der zweiten Tageshälfte gelang es einem Hirten, sich von seinen Fesseln zu befreien und das Zeltlager zu verständigen.

›Wie viele Reiter sind es?‹, wollte der Scheich wissen. ›Ich schätze, um die vierzig Reiter!‹, entgegnete der Hirte. ›Widerstand war sinnlos!‹

›Welcher Stamm hat diesen Raubzug ausgeführt?‹, forschte der Kadi nach.

›Ihre Gesichter waren verhüllt, doch als ein Kamel

aus der Herde ausscherte, hörte ich einen Reiter rufen: Söhne des Löwen!‹

›Lasst uns sofort losreiten!‹, rief ein junger Hitzkopf.

›Dann riskieren wir einen Krieg!‹, wies ihn der Scheich zurecht. ›Sie würden uns die Tiere nicht kampflos überlassen. Wir haben es mit einem mächtigen Stamm zu tun. Es gilt, eine günstige Gelegenheit abzupassen!‹

In diesem Moment trat eine Frau vor das Männerzelt. ›O ehrenhafter Scheich, wir sind deine Schutzbefohlenen! Wir gehören zu einer Sippe des Pariastammes der Sleib!‹

›Du und deine Sippe stehen unter meinem Schutz!‹, versicherte der Scheich.

›Die Kamele unserer Sippe wurden auch geraubt!‹, ließ sich die Frau vernehmen.

›Die Räuber haben sich an Kamelen von Schutzbefohlenen vergriffen! Das ist unehrenhaft. Auch ein Raubzug hat seine Regeln!‹, empörte sich der Kadi. ›Wo waren deine Kamele?‹

›Sie weideten mit euren Herden!‹

›Die Söhne des Löwen sind ein ehrenhafter Stamm. Vielleicht war es ein Versehen!‹, mutmaßte der Scheich und setzte hinzu: ›Noch heute sende ich Botschafter, die die Kamele zurückfordern sollen!‹

›Weigern sich die Räuber, so wird diese Schandtat auf ihrer Ehre lasten!‹, fügte der Kadi hinzu.

Unverzüglich schickte der Scheich drei Reiter zum Zeltlager der Banu Asad. Nach langem Ritt trafen sie dort ein. Sie zügelten ihre Tiere vor dem Scheichzelt.

›Die Gäste mögen absteigen!‹ begrüßte sie der Scheich.

›Wir sind keine Gäste!‹, erwiderte einer der Reiter. ›Wir sind Gesandte des Stammes der Tiger. Ihr habt unsere Kamele geraubt!‹

›Eure Kamele stehen gut im Futter, während bei uns die Trockenheit regiert!‹, sagte der Scheich.

›Unter den geraubten Kamelen befinden sich sieben Tiere, die unseren Schutzbefohlenen gehören. Unser Scheich fordert, dass ihr diese Kamele unverzüglich zurückgebt!‹

›Sieben Tiere tragen ein anderes Brandzeichen!‹, erwiderte der Scheich. ›Wir haben es bemerkt. Wir haben zwar einen Raubzug unternommen, doch wir achten die Ehre!‹

Der Scheich rief seinen Sohn zu sich. ›Hole die sieben Kamele!‹

Als die Botschafter nach zwei Tagen in unserem Zeltlager eintrafen, führten sie eine kleine Kamelkarawane an.

Der Scheich nahm die Kamele in Empfang und rief die Frau zu sich: ›O Schutzbefohlene, nimm deine Kamele zurück!‹

›Mögest du gesund und mächtig bleiben!‹, wünschte die Frau, als sie überglücklich ihre Tiere erblickte.«

Der Beduine schob trockene Zweige in die Glut und wärmte sich die Hände.

»Fahre fort, wir hören!«, ermunterte ihn der Bauer.

»Ich will euch eine Geschichte kundtun, die mir einstmals ein Karawanenführer erzählt hat. Er war ein älterer Mann, der viele Jahre als Karawanenführer tätig war und viel erlebt und gesehen hatte. Er führte seine

Karawanen auf der Seidenstraße in Richtung der aufgehenden Sonne. Oft war er Wochen oder sogar Monate unterwegs, bis er sein Zeltlager wiedersah.

Eines Tages machte die Kamelkarawane in der Nähe eines Dorfes Rast. Der Kamelführer, er trug den Namen Mas'ud, der Glückliche, zügelte sein Leittier und ließ es niederknien.

Nachdem er die Gegend ein wenig erkundet hatte, beschloss er, am Rande des Dorfes das Nachtlager aufzuschlagen.

›Am Dorfbrunnen versorgen wir unsere Kamele mit Wasser, und etwas Essbares wird sich auch auftreiben lassen.‹

Er wandte sich an einen seiner Begleiter: ›Du, Hassan, du bist ein erfahrener Mann. Unser Vorrat an Datteln ist nahezu aufgezehrt. Besorge uns etwas zu essen!‹

Der Angesprochene machte sich auf den Weg.

Es war kurz vor der Abenddämmerung, als Hassan die ersten Häuser erreichte. Um diese Zeit, so wusste er, buken die Bäuerinnen Fladenbrot und bereiteten das Abendessen zu.

›O Bäuerin‹, rief er einer Frau, die am Lehmofen stand, zu, ›ich bin ein Wanderer und bitte um Brot!‹

Die Frau verzog das Gesicht. ›Scher dich dahin, woher du gekommen bist, Beduine!‹

Hassans Magen knurrte. Er beschloss, sich nicht noch einmal abweisen zu lassen.

Beim zweiten Versuch war ihm mehr Glück beschieden. ›Ich habe viele hungrige Mäuler zu stopfen, doch ein Fladenbrot kann ich entbehren!‹, sagte eine alte Bäuerin, als sie ihm das Brot reichte.

Er verstaute es in seinem Beutel und zog weiter.

Als er in eine Gasse bog, stieg ihm Bratenduft in die Nase. Er erblickte ein stattliches Haus inmitten eines Gartens. ›Das Glück winkt!‹, dachte er.

Er klopfte an die Tür. Eine junge, gut gekleidete Frau erschien im Türrahmen.

›Ich sammle Brot für meine Karawane‹, sprach Hassan die Frau an.

›Hier gibt es kein Brot!‹, erwiderte die Frau barsch und schlug ihm die Tür vor der Nase zu.

Ratlos stand Hassan an der Gartenmauer und dachte nach. Da öffnete sich die Tür ein zweites Mal. Die Frau trat aus dem Haus und machte sich am Lehmofen zu schaffen.

Hassan sah, wie sie einen Bratentopf mit einem Huhn herausnahm und wieder im Haus verschwand.

Hassan lief das Wasser im Mund zusammen. ›Ein Brathuhn! Wann habe ich zum letzten Mal so einen Leckerbissen genossen?‹

In diesem Moment öffnete sich die Tür ein weiteres Mal, und die Frau steuerte wieder auf den Lehmofen zu. Als sie ihm den Rücken zukehrte, schlüpfte Hassan durch den Türspalt in das Haus.

Der Bratenduft führte ihn in die Küche. Er schnappte den tönernen Topf und wollte gerade verschwinden, als er die Frau wieder auf das Haus zukommen sah.

Er überlegte einen Augenblick, dann sah er sich um und entdeckte eine schmale Tür. Es war die Tür zur Feigenkammer. Da die Tür nicht verschlossen war, schlüpfte er samt dem Topf hindurch und versteckte sich in der Kammer.

Während er sich hungrig wie ein Wolf über das gebratene Huhn hermachte, hörte er die Frau schimpfen: ›Mein Braten! Mein Braten! Was soll ich nur meinem Gast vorsetzen? Zum Teufel mit dem Beduinen!‹

Hassan hörte kurz darauf ein Fenster knarren und lugte durch den Türspalt. Er sah eine Gestalt durch den Türrahmen steigen.

›Wie soll ich nur entkommen?‹, jammerte Hassan in seinem dunklen Verlies. ›Es werden immer mehr, die sich hier tummeln!‹

Die Gestalt entpuppte sich als ein junger Mann.

Die Frau umarmte den Ankömmling: ›Willkommen!‹

›Was ist denn passiert?‹, erkundigte sich dieser. ›Du machst ein Gesicht wie ein trockenes Fladenbrot!‹

›Mehr als trockenes Fladenbrot kann ich dir auch nicht auftischen!‹

›Es riecht aber nach Braten!‹, versetzte der Mann.

›Den Braten hat ein halbwilder Beduine geraubt! Er kam, um Brot zu erbetteln, und hat mich übertölpelt!‹

›Dieser verlauste Wüstenfuchs!‹, fluchte der Mann. ›Ich werde ihm den Braten wieder abjagen!‹

Die Frau hatte Mühe, den Mann zurückzuhalten. ›Verdirb uns nicht den Abend! Du bekommst etwas anderes zu essen.‹

Der Besucher lenkte ein. Nachdem er sich mit Käse, Oliven und sauren Gurken gestärkt hatte, streckte er sich auf dem Sofa aus.

Die Frau begann, den Mann zu liebkosen. Während Hassan sich zum Nachtisch getrocknete Feigen in den Mund schob und ab und an einen Blick durch den

Türspalt warf, vergnügte sich die Frau mit ihrem Liebhaber.

Es dauerte nicht lange, da vernahm Hassan ein Wiehern. Wie von einem Skorpion gestochen, sprang die Frau auf. ›Mein Mann! Mein Mann!‹

Der Liebhaber zitterte und wurde gelb wie eine Zitrone.

Sie deutete auf das Feigenkämmerchen. ›Schnell! Schnell!‹ Der Liebhaber griff hastig nach seinen Kleidern, und die Frau schob ihn in das Feigenkämmerchen.

Der Liebhaber erschrak, als er Hassan in seinem Versteck entdeckte. ›Bist du ein Mensch oder der Satan?‹

›Der verlauste Wüstenfuchs!‹, entgegnete der Beduine. ›Erst ein großes Maul und jetzt klein wie eine Maus!‹

›Wirst du wohl still sein!‹, fauchte ihn der Liebhaber an.

Mittlerweile trat der Mann ins Haus. ›Warum empfängst du mich nicht? Hast du nicht den Hengst wiehern hören?‹, polterte er.

›Ich habe geschlafen‹, erwiderte die Frau.

Der Mann war groß, er trug eine Offiziersuniform, und seine Schnurrbartspitzen waren so lang wie Peperonis. Er setzte sich an den Tisch. ›Wo ist das Essen?‹

›Frag den halbwilden Araber!‹, versetzte die Frau. ›Er hat das Brathuhn geraubt!‹

›Ein Araber?‹

Die Frau nickte.

›Der Abend fängt gut an!‹, brummte der Offizier.

›Gib mir etwas zu essen, nachher werde ich den Beduinen schon auftreiben!‹

In diesem Augenblick entdeckte er neben dem Sofa einen Schuh. ›Was ist das für ein Schuh?‹, stellte er seine Frau zur Rede.

›Mein Bruder war heute zu Besuch!‹

Der Hals des Mannes schwoll an. ›Du willst mir weismachen, dass er mit einem Schuh davongegangen ist? Du lügst!‹ Der Mann schnellte hoch. Er packte seine Frau an der Gurgel. ›Du hattest Besuch. Ich werde das Haus durchkämmen!‹

Der Liebhaber im Feigenkämmerchen schlotterte am ganzen Leib.

Jetzt oder nie, dachte Hassan bei sich und sprang in die Stube.

›Der Beduine! Der Beduine!‹, schrie die Frau.

Der Offizier packte Hassan am Kragen. ›Wo ist das Huhn?‹

›In meinem Bauch!‹, stotterte der Beduine.

Der Offizier musterte den Beduinen von oben bis unten und stellte fest, dass die Füße des Beduinen wohl noch nie Schuhe getragen hatten.

Hassan, der die Blicke des Offiziers wohl gemerkt hatte, sagte: ›Ich bin nicht der, nach dem du suchst!‹ Er deutete auf das Feigenkämmerchen.

Der Offizier ließ den Beduinen los, schritt zur Haustür und verriegelte sie. ›Erzähl mir, was vorgefallen ist!‹

›Ich bin mit der Karawane unterwegs. Da unsere Vorräte knapp waren, wollte ich im Dorf Brot betteln. Als der Bratenduft in meine Nase stieg, konnte ich nicht widerstehen!‹

›Ich glaube dir‹, unterbrach ihn der Offizier. Er schritt auf das Feigenkämmerchen zu. ›Das Vögelchen hätten wir gefangen!‹ Er öffnete die Tür und schleifte den Liebhaber an den Haaren heraus.

Der Liebhaber schlotterte am ganzen Leib und war schweißüberströmt.

›Ich hatte euch schon lange im Verdacht! Deshalb habe ich meine Reise verkürzt! Bei Allah, ihr betrügt mich nicht noch einmal!‹

Er griff nach einem Seil, band die Frau und den Liebhaber zusammen und stülpte einen Sack über sie.

Der Offizier trat auf den Beduinen zu und versetzte ihm eine schallende Ohrfeige. Hassan fiel zu Boden.

Mit funkelnden Augen herrschte ihn der Offizier an: ›Du vergisst, was du in meinem Haus gesehen und gehört hast. Kommt ein Wort über deine Lippen, werde ich dir diesen Dolch in das Herz stoßen!‹

Hassan, der beide Hände vor das Gesicht geschlagen hatte, nickte. Der Offizier holte zwei Sacktücher aus seiner Tasche und knebelte die Frau und den Liebhaber. ›Hilf mir!‹, herrschte er den Beduinen an. ›Wir schleifen sie in den Hof!‹

Der Offizier öffnete die Haustür. Von der Hausschwelle aus ließ er seine Blicke schweifen und horchte. Es war still. ›Los, schnell! Pack an!‹

Die beiden zogen die schwere Last über die Hausschwelle. Zwanzig Schritte vom Haus entfernt, erreichten sie den Brunnen.

›Hinein damit!‹, murmelte der Offizier.

Mit vereinten Kräften ließen sie die Last in den Brunnen fallen. Hassan hörte das Wasser klatschen.

Der Offizier packte Hassan am Arm und zog ihn ins Haus. ›Kein Wort!‹, drohte er ihm. ›Du hast dein Schicksal selbst in der Hand!‹ Dann fragte er den Beduinen: ›Kannst du Reis kochen?‹

›Ich habe noch nie im Leben Reis gekocht!‹

›Dann bringe ich es dir bei‹, erwiderte der Offizier. ›Fache Feuer im Kamin an!‹

Hassan begann Holz zu stapeln.

Mittlerweile hatte der Offizier einen großen Topf auf den Ofen gesetzt und einen halben Sack Reis hineingeschüttet. ›Hol den Wasserkrug!‹, befahl er dem Beduinen. ›Gieß Wasser über den Reis!‹

Das Feuer wollte nicht angehen. Der Offizier reichte Hassan einen Blasebalg. Hassan, der so etwas noch nie in der Hand gehabt hatte, begann wie wild den Blasebalg zu betätigen. Die Funken stoben in alle Richtungen.

›Nicht so heftig!‹, schimpfte der Offizier und wischte einen Funken von seinem Schnurrbart. ›Koche du den Reis, während ich die Gäste hole!‹, befahl er. ›Und wehe, du verlässt das Haus!‹

Der Offizier verschloss sorgfältig die Tür hinter sich.

Als der Reis gar war, kehrte der Offizier wieder. Er schaute in den Topf und war zufrieden. ›Gleich werden die Gäste eintreffen!‹

Ein gutes Dutzend Besucher erschien, und der Hausherr begrüßte sie freundlich. Er hieß sie, sich niederzusetzen.

›Was ist der Anlass für diese Einladung?‹, wollte einer der Gäste wissen.

Der Offizier richtete sich auf. ›Ihr könnt mir gratulieren, ich wurde zum Oberoffizier ernannt!‹

›Ein Freudenfest!‹, bemerkte ein anderer Gast und drückte dem Offizier die Hand. ›Mein Schwager wurde befördert!‹

›Ich werde in eine andere Gegend versetzt‹, gab der Offizier bekannt. ›Alles kam überraschend!‹

›Wo ist meine Schwester?‹, erkundigte sich der Schwager.

›Ich habe sie vorausgeschickt, um den schmerzvollen Abschied zu verkürzen. Beim nächsten Opferfest wollen wir eure Gäste sein!‹, versicherte der Offizier.

Der Schwager betrachtete den Beduinen. ›Ist das dein neuer Koch?‹, schmunzelte er.

›Not macht erfinderisch! Als ich die Frau ein Stück begleitete, lief er mir über den Weg. Ich brauchte Hilfe, und so geht er mir zur Hand.‹

›O Beduine, zeige uns deine Kochkunst!‹

Hassan füllte Reis auf die Tabletts und goss Joghurt darüber.

›Ein bescheidenes Mahl!‹, entschuldigte sich der Gastgeber. ›Die Zeit drängt!‹

›Und wann hast du vor aufzubrechen?‹

›Noch heute Nacht!‹, versetzte der Offizier. ›Mit meinem Rennpferd werde ich meine Frau, die von den Wachen begleitet wird, einholen!‹

Die Gäste machten sich über die Tabletts her. ›Der Beduine kann kochen!‹, lachte einer der Gäste. ›Der Reis ist weder zu hart noch zu weich!‹ Er fügte jedoch hinzu: ›Mit dem Salz ist der Koch allerdings großzügig umgegangen.‹

Nachdem die Gäste Kaffee zu sich genommen hatten, verabschiedeten sie sich.

›Wir sind stolz auf dich!‹, bekundete der Schwager. ›Du bist ein bedeutender Mann geworden!‹

Als die Gäste verschwunden waren, lobte der Offizier den Beduinen: ›Du bist klug!‹, sagte er.

Dann begann der Offizier die Schränke zu durchwühlen, die Kisten umzustülpen und türmte alles, was ihm wertvoll schien, auf den Teppich.

›Diese Kette schenkte ich ihr zu unserer Hochzeit!‹, murmelte er, als er die Goldglieder durch seine Finger gleiten ließ. Er wog einen Silberarmreif in seiner Hand. Nachdenklich ließ er die Schmuckstücke in einen Beutel gleiten. ›Fülle deinen Sack mit Brot!‹, sagte er zu dem Beduinen.

Der Offizier verstaute sein Gepäck mit den wertvollsten Dingen in den Satteltaschen seines Pferdes. ›Laufe neben mir her!‹, forderte er den Beduinen auf.

Hassan trottete neben dem Pferd her. Sein Herz klopfte. Er dachte an die Karawane, die ihn vielleicht schon aufgegeben hatte.

Weit, weit vom Dorf entfernt zügelte der Reiter seinen Hengst. Hassan konnte sich kaum noch auf den Beinen halten. Seine Füße schmerzten, sein Herz klopfte.

›Höre!‹, ließ sich der Offizier vernehmen. ›Sollte jemals ein Wort über deine Lippen kommen, so werde ich dich mit diesem Schwert richten!‹

Hassan atmete schneller.

›Ich bin kein Unmensch‹, lenkte der Offizier ein. ›Ich will dir die Freiheit schenken. Doch halte deine Zunge im Zaum und mache einen weiten Bogen um mein Dorf. Hast du verstanden?‹

›Das Geheimnis liegt im Bauch der Erde, und die Erde gibt ihr Geheimnis nicht frei!‹, antwortete Hassan.

Der Offizier griff in seine Satteltaschen und warf Hassan einen Beutel zu. ›Der Schmuck ist dein!‹ Mit diesen Worten gab er seinem Hengst die Sporen und verschwand in die Dunkelheit.

Hassan fiel ein Stein vom Herzen. Er machte sich auf, den Lagerplatz seiner Karawane zu suchen. Obgleich seine Füße geschunden waren, machte er einen Luftsprung. Er klimperte mit dem Beutel und knabberte an einem Fladenbrot. ›Diese Mahlzeit ist teuer verdient! Fast hätte sie mir das Leben gekostet!‹

Hassan war lange gelaufen, und allmählich dämmerte es. Mit letzter Kraft schleppte er sich zum Lagerplatz.

›Wo hast du denn gesteckt?‹, rief ihm der Karawanenführer entgegen. ›Wir haben dich nach Westen geschickt, und du kehrst aus dem Osten wieder?‹

›Ich habe viele Fladenbrote erbettelt. Seht her!‹ Er zeigte seinen prallen Sack. ›Ich habe mich bei der Rückkehr in der Dunkelheit verirrt!‹

›Du kannst dein Brot als Bettler verdienen, doch nicht als Karawanenführer!‹, kommentierte der Karawanenführer.

Hassan fühlte nach dem Beutel mit dem Schmuck, der in seiner Gewandtasche steckte.

Als die Karawane nach Wochen in das Zeltlager zurückkehrte, war die Freude groß.

Hassan lag am späten Abend bei seiner Frau und leerte den Beutel: Goldene Ketten, silberne Armreife und Perlenringe schimmerten im Mondlicht.

›Hassan, hast du den Schatz des Sultans geraubt?‹

›Nein! Ich habe mich auf der Suche nach Brot verirrt und stieß in der Abenddämmerung auf eine Höhle am Rande eines Dorfes. Erst war ich ängstlich, doch dann fasste ich Mut und kroch hinein. Dort fand ich diesen Schatz versteckt! Als ich nach dem Schatz griff, hörte ich eine Schlange zischeln. Ich packte den Beutel und machte mich, so schnell ich konnte, davon!‹

›Die Schlange hat den Schatz bewacht!‹, sagte die Frau. ›Du bist mutig!‹

Als Hassan hochbetagt auf dem Sterbebett lag und die Ketten am Hals seiner Frau sah, vertraute er ihr die wahre Geschichte an.«

Der Beduine schob sich eine Dattel in den Mund. »Ich hege eine Vorliebe für Karawanen. Deshalb erzähle ich euch noch eine Geschichte.

Eines Tages erreichte eine Karawane, die bereits einen Monat unterwegs war, eine Oase. Diese schien schon seit langer Zeit verlassen zu sein. Das Wasser im Brunnen roch so modrig, dass selbst die Kamele sich weigerten, davon zu trinken. Es wimmelte nur so von Fliegen und Mücken.

Doch die Karawane war so erschöpft, dass sie keine andere Wahl hatte, sie musste in dieser Oase die Nacht verbringen. Während sich Beduinen und Kamele ermattet niederlegten, schwirrten die Mücken umher und freuten sich über die Leckerbissen.

›Noch nie habe ich eine solche Plage erlebt!‹, sagte der Karawanenführer, als er sich mit seinem Umhang zudeckte.

Nach einer ruhelosen Nacht brach die Karawane beim Anbruch der Morgenröte auf. Als sie gegen Mittag eine kleine Oase erblickten, beschleunigten sich ihre Schritte. Im Schutz der Palmen ließen sie sich nieder und betrachteten gegenseitig ihre zerschundenen Gesichter. Die Lippe des Karawanenführers war so dick, dass sie seine Nase berührte.

›Wie gut, dass du keinen Spiegel bei dir hast!‹, sagte einer der Begleiter, und ein anderer feixte: ›Ob dich dein Kamel wohl noch wiedererkennt?‹

›Lass die Scherze!‹, wehrte der Karawanenführer ab. ›Mein Kopf brennt wie Feuer! Lasst uns im Schatten der Palmen ausruhen, die vergangene Nacht hat uns keine Erholung gebracht!‹

Sie breiteten ihre Umhänge aus und schliefen eine Runde.

Als die Sonne nicht weit über dem Horizont stand, erwachte der Karawanenführer. Sein Kopf glühte, und vor seinen Augen lag ein Schleier.

›Gibt es hier Nebel?‹, fragte er verwundert.

›Nebel?‹, erwiderte einer der Männer. ›Ich glaube, du träumst!‹

Der Karawanenführer schlug sich die Hände vor das Gesicht. ›Meine Augen! Meine Augen!‹

Einer der Männer, der in der Heilkunst bewandert war, zog aus seiner Tasche eine Wurzel, kochte einen Sud daraus und trat auf den Karawanenführer zu.

›Haltet ihn fest!‹, rief er den anderen Begleitern zu.

In jedes Auge träufelte er ein paar Tropfen des Suds. Der Karawanenführer krümmte sich vor Schmerzen.

›Wir werden uns hier eine Weile aufhalten müssen!‹, sagte der Heilkundige. ›In diesem Zustand kann der Karawanenführer den Weg durch die Wüste nicht finden.‹

Die anderen nickten betroffen.

›Man könnte ihm eine Schlange in die Hand geben und sagen, es wäre ein Seil. Er würde es glauben!‹, fügte der Heilkundige hinzu.

Die Schmerzen des Karawanenführers wurden immer größer, und am dritten Tag erblindete er und hörte auf zu sprechen.

Könnt ihr euch vorstellen, was eine Karawane ohne einen Karawanenführer ist? Wie ein blinder Taubstummer auf dem Fest! Die Begleiter waren verzweifelt.

›Wir müssen aufbrechen!‹, mahnte der Heilkundige. Die Kamele machten sich auf den Weg. Tagelang irrte die Karawane durch das Sandmeer. Die hungrigen Tiere hatten Mühe, die schweren Lasten zu tragen. Nach und nach warfen die Männer die Ladungen in den Sand. Langsam gingen die Wasservorräte zu Ende.

Ein Kamel sank erschöpft zu Boden und wälzte sich im Sand. Der Heilkundige griff nach seinem Dolch und schlachtete das verendende Tier. Er schlitzte den Bauch des Tieres auf, und die Begleiter schlürften gierig das Wasser im Kamelmagen.

Sie machten Rast und brieten das Kamelfleisch.

›Erst sind die Kamele an der Reihe und dann wir!‹, klagte einer der Begleiter. ›Gibt es denn kein Heilmittel für den Karawanenführer? Nie im Leben finden wir alleine den Weg aus der Wüste.‹

Sie gaben dem Karawanenführer einen Schluck zu trinken und fütterten ihn mit Fleisch.

›Fleisch! Fleisch!‹, murmelte der Karawanenführer.

›Was hat er gesagt?‹, fragte ein Begleiter.

Der Heilkundige fasste den Alten am Handgelenk. ›Wenn du sprechen kannst, dann sprich!‹, bat er. Der Alte begann zu stammeln.

Der Heilkundige betrachtete voll Mitleid die Augenlider des Karawanenführers, die geschwollen waren wie dicke Feigen.

Am nächsten Tag war das Fieber gesunken, und der Karawanenführer konnte wieder sprechen. ›Wo sind wir?‹, fragte er.

›Wenn wir das wüssten!‹ entgegnete der Heilkundige.

Der Karawanenführer dachte eine Weile nach. Dann sagte er: ›Ich habe mein Augenlicht verloren, doch mein Verstand ist klar. Mithilfe eurer Augen und meines Wissens können wir, so Allah will, den richtigen Weg finden.‹

Er hielt kurz inne. ›Berichtet mir, was habt ihr gesehen, seit wir die Oase verlassen haben?‹

›Sand, Sand und nochmals Sand und ab und zu Felsen!‹

›Heute haben wir zum ersten Mal eine Schlucht durchquert!‹, fügte ein anderer hinzu.

›Wie breit und wie lang war die Schlucht?‹, wollte der Alte wissen.

›Es war eine lange und enge Schlucht. Zwei Kamele hätten nicht nebeneinander gepasst. Am Ende der Schlucht stand ein Baum.‹

›Ein Tamariskenbaum?‹

›Ja‹, erwiderte der Heilkundige.

›Dann müssen wir umkehren! Der Tamariskenbaum muss in unserem Rücken sein!‹

Schweren Herzens machte die Karawane kehrt. Alle drei Tage schlachteten die Männer ein Kamel, tranken das Wasser und brieten das Fleisch.

Eines Tages um die Mittagszeit erreichte die Karawane eine Grabstätte. Die Grabsteine waren bereits verwittert.

›Ein böses Omen!‹, rief einer der Begleiter. ›An dieser Grabstätte könnten wir verenden!‹

›Gräber?‹, erhob der Karawanenführer seine Stimme. ›Beschreibt mir die Gräber!‹

›Auf einer großen Felsplatte türmen sich mächtige Grabsteine. Ich zähle sieben Stück.‹

›Liegt einer der Grabsteine abseits der anderen?‹

›Ja‹, erwiderte der Begleiter.

›Dann ist es eine Grabstätte aus der Römerzeit. Eine meiner vielen Reisen hat mich hier vorbeigeführt!‹ Der Karawanenführer atmete auf. ›Wir sind auf dem richtigen Weg! Wie viele Kamele sind uns noch verblieben?‹

›Noch fünf und von der Ladung kein einziger Sack mehr!‹

›Hauptsache, wir retten unsere Haut!‹, erwiderte der Alte und setzte hinzu: ›Wenn wir mit dem Wasser im Bauch der Kamele sparsam umgehen, so wird mit Allahs Hilfe mein Reitkamel verschont.‹ Er breitete seinen Umhang aus. ›Von hier aus liegt unser Zeltlager im Westen. Wir rasten, bis der Abendstern uns den Weg weist!‹

Und wie der Alte vorausgesagt hatte, geschah es.

Als die Männer mit letzter Kraft das Zeltlager erreichten, war der Karawanenführer der einzige Reiter. Sie erzählten den neugierigen Zeltbewohnern, was ihnen zugestoßen war.

Nachdem der Karawanenführer seine Erlebnisse geschildert hatte, schloss er mit den Worten: ›Dies war die letzte Karawane, die ich angeführt habe!‹«

Der Beduine beendete seine Erzählrunde. Er streckte seine Beine aus, stützte sich auf seinen Arm und schaute seine beiden Zuhörer an.

»Wir danken dir, o Wüstensohn, für deine Geschichten!«, sagte der Städter.

Der Bauer

Mittlerweile stand der Mond im Herzen des Himmels.

Der Bauer schob Holz in die Glut und setzte sich in den Schneidersitz. »Ich will die Erzählnacht fortsetzen«, begann er.

»Das Verschwinden meines geliebten Olivenbaumes ließ mir keine Ruhe. In seinem Schatten hatte ich meinen Erstgeborenen gezeugt, und es war an diesem Baum, wo der Schlangenbeschwörer ihn vor der Gefahr errettete. Ich bin nicht nur Bauer, sondern auch Schlangenbeschwörer. Doch das ist eine Geschichte, die ich euch ein andermal erzählen will.

Ich stieg auf meinen Maulesel und begab mich auf

die Suche nach meinem Baum. Die Suche führte mich in ein fernes Dorf. Da ich müde war und mich Durst und Hunger plagten, ritt ich auf die Moschee zu. Am Brunnen tränkte ich mein Maultier, nahm ein paar Schlucke Wasser und vollzog die rituelle Waschung.

Ich trat in die Moschee. Eine Handvoll Männer saßen im kühlen Schatten und lauschten den Koranversen, die der Vorbeter rezitierte. Wohl wissend, dass man niemanden beim Koranlesen unterbrechen darf, gesellte ich mich schweigend zu der Runde.

Als der Vorbeter seine Rezitation beendet hatte, legte er das Heilige Buch zur Seite. ›Der Fremde sei gegrüßt!‹

Ich erwiderte seinen Gruß.

›Bist du von weit her gekommen?‹, wollte der Vorbeter wissen.

›Seit sieben Tagen bin ich unterwegs‹, entgegnete ich.

›Eine lange Reise‹, bemerkte einer der Männer.

Und ich erzählte den Männern von meinem Geschick. Als ich die Geschichte mit meinem Olivenbaum beendet hatte, zeigten sie Mitleid.

›Allah möge dir bei der Suche gnädig sein!‹

Der Vorbeter räusperte sich. ›Deine Anwesenheit freut uns … sie kommt uns gelegen.‹

Ich schaute ihn fragend an.

›Du kannst uns helfen!‹, sagte er.

›Wie kann ich euch helfen? Ist jemand von einer Schlange gebissen worden? Ich bin Schlangenbeschwörer.‹

Der Vorbeter winkte ab. ›Nein! Nein! Wir haben ein anderes Anliegen!‹

›Ihr wisst, ich habe wenig Zeit‹, entgegnete ich. ›Doch lasst mich euer Anliegen hören.‹

Der Vorbeter begann zu erzählen: ›Dieser Mann‹, er deutete auf einen Mann in der Runde, ›war mit einer Frau aus unserem Dorf verheiratet. Die beiden Eheleute kamen gut miteinander aus und standen sich gegenseitig bei, die Last des Lebens zu ertragen.

Die Menschen lieben sich, und die Menschen streiten sich.

Eines Tages kam der Mann hungrig und müde von einer Reise zurück. Und was ist schlimmer als Hunger? Er betrat das Haus, doch seine Frau war nicht zu Hause. Der Mann fluchte. Er schickte seinen Sohn, die Mutter im Dorf zu suchen. Sein Magen knurrte, und er war aufgebracht.

Als die Frau schließlich eintraf, schwoll ihm der Hals. Es muss die Stunde des Teufels gewesen sein.

›Wo warst du?‹, herrschte er sie an.

›Ich war auf eine Tasse Kaffee bei der Frau meines Bruders.‹

›Ich habe Hunger!‹, schrie der Mann.

›Warte, ich backe ein Brot für dich.‹

›Ich kann nicht mehr warten!‹, schrie der Mann.‹

Der Vorbeter schaute mich an: ›Und was macht dieser Narr? Er spricht die Scheidungsformel aus: ›Ich verstoße dich! Ich verstoße dich! Ich verstoße dich!‹

Wohl oder übel kehrte die Frau in das Haus ihres Vaters zurück.

So blieb er hungrig, und obendrein war ihm die Frau anhanden gekommen! Sag selbst, ist er nicht ein Narr?‹

Ich nickte zustimmend.

Der Vorbeter fuhr fort: ›Die Geschichte ist noch nicht zu Ende.

Am folgenden Tag kam der Bauer heulend und zähneknirschend zu mir: ›Meine Frau! Meine Frau! Ich will meine Frau wiederhaben! Zorn und Wut hatten mir den Verstand geraubt!‹

Seit dem frühen Morgen hockt er nun bei mir und jammert: ›Ich flehe dich an, hilf mir!‹

Ich verlangte von ihm einen Eidschwur, dass er sich nie mehr vom Zorn mitreißen lassen würde. Und er schwor es bei Allah und dem Heiligen Buch. Doch nun ist guter Rat teuer. Ich kann ein Paar nicht ohne Weiteres trauen.‹ Der Imam blickte mir in die Augen. ›Hilf du uns!‹

Ich zuckte mit den Achseln.

›Du bist ein guter Mensch, das verrät mir dein Gesicht. Höre!‹, sagte der Imam. ›Wenn sich ein Mann von seiner Frau scheidet und diesen Schritt danach bereut, so können sie nicht einfach wieder verheiratet werden. Die Frau muss einen anderen Mann heiraten. Diese neue Ehe kann nach wenigen Tagen wieder geschieden werden, und erst nach dieser neuerlichen Scheidung kann die Frau ihren ersten Mann wieder heiraten!‹

Mir dämmerte es langsam.

›Dieser Narr macht mich verrückt mit seinem Geheul. Keiner der Männer, die in dieser Runde sitzen, kommt infrage, denn sie alle sind nahe Verwandte der Frau.‹ Der Vorbeter schaute mich bittend an. ›Du musst uns helfen! Die Fälle, die ein Vorbeter zu lösen hat, sind bisweilen verzwickt!‹ Er seufzte.

Mit verschlug es die Sprache.

Die lange Reise hatte mich erschöpft, ich dachte an meine Frau und meine Kinder. War ich nicht aufgebrochen, meinen Olivenbaum zu suchen? Stattdessen sollte ich ein Hochzeitsfest feiern?

Ich zögerte, doch der Imam drängte: ›Du kannst uns nicht im Stich lassen!‹

›Wie lange soll die Ehe denn dauern?‹, erkundigte ich mich.

›Drei Tage sind genug!‹, erwiderte der Imam.

Ich dachte nach. Vielleicht tat mir eine Pause gut? Und warum sollte ich mich nicht von der Schwiegermutter mit Brathühnchen verwöhnen lassen? Ein Blick auf den geschiedenen Mann, der dasaß, als hätte einer auf seine Nase geschissen, überzeugte mich. ›Ich bin bereit, ich heirate die Frau!‹

Die Gesichter entspannten sich. ›Dann lass uns in das Haus des Brautvaters gehen!‹, drängte der Vorbeter.

Wir machten uns auf den Weg. Im Haus, das unweit der Moschee stand, wurden wir freundlich empfangen. Erfrischendes Wasser und ein Tablett mit Süßigkeiten machten die Runde. Der Imam wandte sich an den Brautvater: ›Wir sind gekommen, um dich um die Hand deiner Tochter für diesen Mann zu bitten!‹

›Wie heißt du?‹

Der Vorbeter drehte sich zu mir um.

›Mahmud!‹

› … also für Mahmud!‹

›Ich kenne dich nicht!‹, wandte sich der Brautvater an mich. ›Doch dein Gesicht ist freundlich. Gesichter sagen vieles über Menschen aus. Ich freue mich, dich zum Schwiegersohn zu bekommen!‹

Mein Herz klopfte. Vielleicht wollten mich die Dorfbewohner reinlegen? Vielleicht war die Frau verrückt oder krank?

›Was willst du als Brautvater haben?‹, fragte der Imam.

Der Brautvater räusperte sich. ›Der Mann ist unterwegs. Viel kann ich nicht verlangen. Ich gebe mich mit dem Maulesel zufrieden!‹

›Verringere den Brautpreis!‹, bat der Vorbeter.

›O Vorbeter, wie sollte ich den Brautpreis verringern? Ich kann den Maulesel doch nicht zerlegen!‹ Dann beschied der Brautvater: ›Ich verzichte auf den Reitsattel! Den kann Mahmud behalten!‹

Mein Maulesel! Wie konnte ich ohne meinen Maulesel die Reise fortsetzen? Doch alles ging so schnell.

›Reich dem Schwiegervater die Hand!‹, feuerte mich der Vorbeter an.

Wir schlugen die Hände ineinander.

›Nimmst du die Tochter von Ibrahim, Sumeya, zur Frau?‹

›Ja‹, stammelte ich.

Die ersten Verse aus dem Koran wurden rezitiert. Dann kamen die Anwesenden auf mich zu und gratulierten mir.

Die Hochzeitsnacht stand vor der Tür, und da ich kein Haus hatte, stellte uns eine alte Frau für die kurze Ehe ihre Stube zur Verfügung.

Ich erinnerte mich, dass ich noch siebzig Dinar bei mir hatte. Für zwanzig Dinar kaufte ich einen Schafbock für das Hochzeitsfest.

Nach dem Festessen geleitete mich der Vorbeter zu meiner Braut. ›Du bist jetzt verheiratet. Die Frau gehört dir. Es liegt an dir, ob du von deinem Recht Gebrauch machst oder nicht!‹, flüsterte er mir ins Ohr.

Ich schüttelte den Kopf. Alles kam mir vor wie ein Traum.

Als ich die Stube betrat, thronte die Braut auf dem Lager. Ich begrüßte sie, und sie erwiderte meinen Gruß.

Sie gefiel mir auf den ersten Blick. Im Dämmerlicht sah ich ihr hübsches Gesicht und ihre wohlgeformte Gestalt. Ich war erleichtert, dass sie weder krank noch verrückt war.

Wir unterhielten uns. Sie wollte wissen, ob ich verheiratet sei oder nicht. Sie befragte mich über den Grund meiner Reise, und ich ließ mir von ihr erzählen.

Sie erzählte, ihr Vater sei gestorben, als sie noch im Säuglingsalter war. Sie und ihre Geschwister wurden bei ihrem Onkel groß. Einer aus ihrer Sippe heiratete sie.

Ich verstand immer weniger, warum eine so kluge Frau an so einen Narren geraten war.

Gegen Mitternacht gingen wir schlafen. Ich löste den Gürtel meiner Pluderhose und legte mich auf den Rücken. Die Frau schlüpfte unter die Decke.

Ihr könnt euch nicht vorstellen, in welchem Zustand ich war. Die Gedanken kreisten in meinem Kopf: mein Olivenbaum, mein Maulesel, der mir abhandengekommen war, meine Familie und dazu die Strapazen der Reise.

Und nun lag ich neben einer fremden Frau und sollte

die Rolle des Bräutigams spielen. Ich war verwirrt. Die Frau wälzte sich unruhig hin und her.

Als ich wieder einen Gedanken fassen konnte, sprach ich bei mir: Was bist du für ein Dummkopf! Deine Braut liegt neben dir. Was hindert dich daran zu nehmen, was dir zusteht?

In diesem Moment drehte sich die Frau zu mir um. Ich fasste die Gelegenheit beim Schopfe, und wir vergnügten uns.

Und auf diese Art und Weise habe ich eine zweite Hochzeitsnacht erlebt.

Wir erwachten erst, als die Schwiegermutter gegen die Tür klopfte. ›O Bräutigam, nimm das Frühstück entgegen!‹ Sie reichte mir durch die Tür ein Tablett voll mit Schüsseln und Schalen. Sie waren gefüllt mit gebratener Gänseleber, Hühnerbeinen, gefüllten Weinblättern, Teigtaschen und anderen Köstlichkeiten. Das Wasser lief mir im Mund zusammen.

Als ich am späten Vormittag vor das Haus trat, gratulierten mir die Dorfbewohner. Nur der frühere Bräutigam berührte kaum meine Hand und sah aus, als ob er gerade eine Beerdigung hinter sich gebracht hätte. Dabei habe ich ihm doch nur einen Gefallen getan!

Drei Tage speiste ich fürstlich und teilte mit der Frau das Lager.

Am dritten Tag ließ ich mich von der Frau scheiden. Reich bepackt mit Proviant wie ein Maulesel und unter guten Wünschen verließ ich das Dorf.

Im nächsten Dorf kaufte ich mir vom Rest der Münzen wieder einen Maulesel und setzte die Suche nach meinem Olivenbaum fort.«

Der Erzähler griff nach seinem Wassersack, und nach kurzer Pause fuhr er fort: »Nach weiteren drei Tagen erreichte ich eine Stadt. Neben dem Stadttor band ich meinen Maulesel fest und wollte mir nach dem langen Ritt ein wenig die Beine vertreten.

Gleich hinter dem Stadttor erblickte ich einen Garten mit Aprikosen- und Granatäpfelbäumen, mit Feigen- und Orangenbäumen. Ich blickte versonnen auf die herabhängenden Früchte. Zum ersten Mal, seit ich das gastfreundliche Dorf verlassen hatte, verspürte ich Hunger.

In diesem Moment hörte ich eine Stimme, die aus dem Garten kam: ›Hilfe! Hilfe! Eine Schlange!‹ Ohne zu überlegen, stürzte ich durch das Gartentor.

Eine Frau hielt ihr Bein umschlungen. ›Die Schlange! Sie hat mich gebissen!‹

Mit meinem Kopftuch band ich ihr Bein ab. Ich ritzte die Stelle unterhalb des Knies auf, wo die Schlange zugebissen hatte, und sog das Gift aus.

›Was machst du mit meiner Frau?‹, donnerte eine Stimme hinter mir.

Die Frau stöhnte: ›Eine Schlange!‹

Der Mann erblickte die Wunde.

›Ich bin Schlangenbeschwörer!‹, stellte ich mich vor.

›Hilf mir, meine Frau ins Haus zu tragen!‹, bat mich der Mann. Ich willigte ein.

Und was machte der Städter? Er trottete vor mir her, um mir den Weg zu zeigen, und ich musste die Last alleine tragen!

Von Frauengeschichten hatte ich für das Erste genug.

Wir betteten die Frau auf das Sofa. ›Sei unbesorgt!‹, sagte ich zu dem Mann. ›Ich habe das Gift ausgesogen.‹

Der Städter bewirtete mich mit Kaffee und Gebäck. Nachdem ich mich gestärkt hatte, bot ich an, die Schlange zu suchen. Der Städter und seine Frau waren hocherfreut.

Ich erbat mir von ihnen einen ledernen Sack und ging in den Garten. Dort blies ich die Flöte, die ich immer bei mir trage, und bald reckte die Schlange ihren Kopf aus einem Holzstoß. Ich lockte sie aus ihrem Versteck, packte sie am Hals und stopfte sie in den Sack.

Und was machten die Städter? Nachdem sie mich durch das Fenster beobachtet hatten, schlugen sie mir die Tür vor der Nase zu!

Ich beschloss, den Markt aufzusuchen.

Schon von Weitem hörte ich einen Händler rufen: ›Kräuter zur Stärkung der Manneskraft! Kauft Kräuter, ihr Männer! Ihr werdet euch fühlen wie ein junger Hengst!‹

Der Markt war bunt und laut. Eine alte Bäuerin kauerte in einer Ecke mit einem Korb voll Kaninchen. Ein Beduine bot Ziegen an, ein anderer Schafe. Ein Schreiber aus der Stadt saß an einem Pult und schrieb Briefe, Beschwerden und Dokumente.

Ich wollte mir süße Trauben kaufen, doch der Griff in meine Gewandtasche erinnerte mich daran, dass ich keine einzige Münze mehr besaß.

Als ich den emsigen Schreiber betrachtete, kam mir eine Idee. Ich konnte mich als Schlangenbeschwörer betätigen.

Ich suchte mir einen Winkel, nahm meine Flöte zur Hand und öffnete den Sack. Meine Töne lockten die Schlange heraus. Sie ringelte sich, hob ihren Kopf und züngelte.

In Kürze war ich von einer Menschenmenge umringt. ›Ein Schlangenbeschwörer! Ein Schlangenbeschwörer!‹

Das Geschäft lief gut. Als die Vorstellung beendet war, war mein Beutel halb voll mit Münzen.

Der Markt war beendet, und ich spürte die Müdigkeit in mir aufsteigen. Ich lief durch die Gassen, und überall, wo ich auftauchte, begrüßte man mich. ›Der Schlangenbeschwörer!‹, hörte ich es tuscheln.

Der Tag neigte sich seinem Ende zu. Wo konnte ich ein Schlafquartier finden?«

Der Bauer grinste.

»Schließlich habe ich auf blanker Erde neben meinem Maulesel genächtigt. Die ganze Stadt sprach zwar von mir, doch keiner wollte einen Schlangenbeschwörer beherbergen!«

Der Bauer holte tief Luft.

»Ich will euch noch eine Geschichte erzählen!«

»Vor vielen, vielen Jahren lebte ein reicher Mann. Er ließ sich ein stattliches Haus errichten, das durch eine hohe Mauer geschützt war. Der Mann war mächtig, und bewaffnete Männer bewachten Tag und Nacht sein Anwesen.

Sein Reichtum war in aller Munde. In der Fantasie der Erzähler wuchs er sich gar zu einem unermesslichen Schatz aus.

Ihr könnt euch vorstellen, dass diese Kunde den Dieben schlaflose Nächte bereitete. Manch einer versuchte seine Kunst und musste sein Leben dabei lassen.

Eines Tages trafen sich sieben Diebe und berieten, was sie als Nächstes rauben könnten. Auch ihre Ohren hatte die Kunde von dem Schatz des reichen Mannes erreicht.

›Die Gefahr ist groß!‹, warnte der eine Dieb.

›Der Schatz lohnt die Gefahr!‹, meinte ein anderer.

Nach langem Abwägen beschlossen sie, ihr Glück zu versuchen.

Sie suchten das große Haus, das einer Festung glich, auf und erkundeten die Lage. Die Mauer schien fast unüberwindlich.

Die Diebe legten sich in der Nähe des Hauses zum Schlafen und warteten die Dunkelheit ab. In der zweiten Nachthälfte wollten sie einen Versuch wagen.

Sie legten ihre Hände aufeinander und schworen bei allen Heiligen, einander nicht zu verraten.

Dann passten sie einen günstigen Moment ab, als die Wache auf der gegenüberliegenden Seite war, und machten sich ans Werk. Mithilfe von langen Seilen gelang es ihnen schließlich, einen der Ihren über die Mauer zu hieven, und mit vereinten Kräften konnten sie die erste Hürde überwinden.

›Das wäre geschafft! Was nun?‹, flüsterte einer der Diebe. ›Wir müssen uns Zugang zum Haus verschaffen!‹

Sie entdeckten ein kleines Fenster mit einem verrosteten Gitter, das sich lösen ließ. Einer nach dem anderen stieg durch die Luke.

Im Haus war es still. Niemand schien ihnen Widerstand zu leisten. Die Diebe waren auf der Hut, als sie das Haus durchkämmten.

Schließlich entdeckte einer ein eisernes Schatzkästlein, das mit sieben Schlössern gesichert war. Doch was sie auch versuchten, sie konnten das Kästlein nicht öffnen.

›So nahe am Ziel sollen wir aufgeben?‹, jammerte einer der Diebe.

›Eine Schande!‹, bemerkte ein anderer.

Mittlerweile begann es zu dämmern. ›Wir müssen aufgeben!‹, sagte der älteste der Diebe. ›Lasst uns wenigstens unsere nackte Haut retten!‹

Unverrichteter Dinge schlüpften sie auf dem gleichen Wege, auf dem sie eingedrungen waren, wieder aus dem Haus.

Als sie über die Mauer klettern wollten, entdeckten sie, dass ihre Seile nicht lang genug waren. Ein tiefer Graben säumte die Innenseite der Mauer und machte sie unüberwindbar.

›Es ist so ruhig!‹, sagte einer. ›Wohnt denn niemand in diesem Haus?‹

›Die Ruhe ist trügerisch!‹, meinte ein anderer.

Den Dieben blieb nichts anderes übrig, als abzuwarten. Mittlerweile war es taghell.

Als die Sonne im Zenit stand, öffnete sich im zweiten Stock ein Fenster. Ein Mann blickte herab, und das Fenster schloss sich wieder.

Böse Ahnungen plagte die Diebe. ›Das verheißt nichts Gutes!‹, flüsterte der älteste von ihnen.

Kurze Zeit später öffnete sich ein Tor in der Mauer, und die schwer bewaffnete Wache erschien. Sie fesselten den Dieben die Hände auf den Rücken und führten sie in eine Ecke des großen Gartens.

Die Diebe erschauerten, als sie sieben Gruben entdeckten. Die Bewaffneten zwangen die Diebe, in die Gruben zu steigen, und schütteten Sand auf sie, bis nur noch sieben Köpfe zu sehen waren.

›Sie begraben uns bei lebendigem Leib!‹

Kaum waren die Diebe eingegraben, ließ die Wache einen Hund so groß wie ein Kalb von der Kette. Hungrig wie ein Wolf stürzte sich das wilde Tier auf die Diebe – und im Nu waren die ersten Köpfe zerfleischt.

Am dritten Tag war nur noch ein Kopf übrig. Verwesungsgeruch breitete sich aus. Verdorrt von der Hitze, hing der letzte Kopf fast leblos im Sand. Den Hund, der auf ihn zuging, nahm der letzte der Räuber kaum noch wahr.

Doch das Tier, das satt war, zögerte. Es knabberte ein wenig an den Ohren, biss die Nasenspitze ab und ließ von dem Räuber ab.

Als das Tier noch einmal das Blut von dem Mund des Räubers leckte, schnappte dieser zu. In Todesangst, die ungeahnte Kräfte in ihm erweckte, biss er sich an den Lippen des Hundes fest.

Der Hund schüttelte wie wild seinen Kopf und zog dabei den Dieb aus der Grube. Die Handfesseln hatten sich gelockert. Der Dieb packte mit letzter Kraft das Untier am Hals, und nach einem heftigen Kampf behielt er die Oberhand.

Von Panik ergriffen, rannte der Dieb davon und suchte nach einem Versteck. Er hatte Glück! In einem

Winkel sah er einen Kamelbalg liegen. ›In diesem stinkenden Balg wird mich niemand suchen!‹

Er schlüpfte hinein und versank in tiefen Schlaf.

Laute Schläge schreckten ihn auf. Der Dieb krümmte sich zusammen. Das Schlagen hörte auf, doch dann erhob sich die Kamelhaut.

Sein letztes Stündlein hatte geschlagen. ›Der Teufel holt mich!‹, sprach er bei sich.

Nach einiger Zeit fühlte er, wie der Kamelbalg sank. Erneut begann ein Schlagen. Der Dieb nahm all seinen Mut zusammen und lugte durch den Kamelhals.

Eine Schar von Geiern machte sich an dem Kamelbalg zu schaffen.

Der Dieb kroch aus dem Kamelhals. Die Geier erschraken und flogen weg. Der Dieb blieb am Boden liegen, seine Beine versagten.

Gegen Mittag entdeckte eine beduinische Ziegenhirtin den Liegenden. Das Mädchen erschrak beim Anblick des zerschundenen Gesichts, denn Ohren und Nasenspitze fehlten, und seine Lippen waren zerfetzt.

›Bist du ein Mensch oder ein Teufel?‹

Der Dieb deutete auf seinen Mund. Das Mädchen verstand und flößte ihm Wasser ein. Dann eilte es davon, um Hilfe zu holen. Beduinen erschienen und trugen den Verletzten in ihr Zeltlager.

Erst nach vierzig Tagen kam der Dieb wieder auf die Beine. Er erzählte den Beduinen seine Geschichte von Anfang bis Ende.

Diese hatten Mitleid mit ihm.

›Du kannst bei uns bleiben!‹, bot ihm der Scheich an.

Doch den Dieb plagte das Heimweh. ›Ich danke für eure großzügige Hilfe, ohne euch wäre ich jämmerlich zugrunde gegangen. Doch mein Herz schlägt für mein Dorf!‹

Die Beduinen nickten. Sie statteten den Dieb mit einem Kamel und Proviant aus, und er machte sich auf den Weg in sein Dorf.«

Nachdem der Bauer geendet hatte, wandte er sich an den Städter: »O Städter, der Rest der Nacht gehört dir!«

»Eure Geschichten haben den Schlaf aus meinen Augen vertrieben!«, sagte der Weihrauchhändler. »Nun möchte ich euer Herz mit einem Märchen erfreuen.«

Und er begann zu erzählen.

Der Städter

Granatapfel war eine Stadtmaus. In der Bazargasse einer Stadt im Morgenland hatte sie das Licht der Welt erblickt.

Die Stadt mit ihren unzähligen Moscheen und prachtvollen Palästen lag an einem langen blauen Fluss. Wenn des Nachts hinter den Wüstenbergen der Mond erschien, stolz und schön wie ein Prinz in seiner Hochzeitsnacht, spiegelte er sich in den sanften Wellen wider.

In früheren Zeiten stiegen im Mondlicht große Tiere aus dem Wasser. Sie gingen zu den Feldern der Bauern, fraßen die Ernte und zertrampelten mit ihren breiten Hufen die Ähren. Vor Anbruch der Morgenröte stapften sie gemächlich zum Fluss zurück und schwammen in den blauen Fluten. So schützten sie sich gegen die sengende Sonne. Die Bauern der umliegenden Dörfer verfluchten diese Tiere, die so viel Schaden anrichteten, und sannen auf Abhilfe.

Ein schlauer Bauer hatte einen Einfall: An den Ufern des Flusses baute man auf seinen Rat hin eine geheimnisvolle Pflanze an. Und als sich die großen Tiere an dieser Pflanze gütlich taten, blähten sich ihre Bäuche auf, bis sie platzten wie überreife Wassermelonen. So gelang es den Bauern, die Ernte zu schützen.

In dieser Stadt am langen Fluss gab es ein Viertel, in dem unzählige Menschen hausten. Dieses Viertel war merkwürdig; es unterschied sich von allen anderen Vierteln der Stadt. Hier lebten die Menschen nämlich nicht in Häusern, sondern in Gräbern. Diese Gräber mit ihren Kuppeln, Türen und kleinen Luken dienten den Lebenden wie den Toten als Behausung. So fühlten sich die Toten nicht fern von ihren Verwandten und Freunden, und auch die Lebenden mussten ihre Toten nicht missen.

In der Gräberstadt fürchtete man den Tod nicht, denn die Menschen kamen unter den Grabkuppeln zur Welt, wuchsen dort auf und wurden später auch dort begraben. Man kannte keine andere Welt als die der Gräber.

In den riesigen Müllhalden, die die Bewohner der Stadt neben der Gräberstadt aufschütteten, suchten die Grabbewohner nach verwertbaren Dingen. Die emsigen Menschen der Gräberstadt durchwühlten die Müllberge nach Stoffen, Flaschen, Papier oder auch nach Essensresten. Sie freuten sich, wenn die Müllberge sich höher und höher türmten.

In Gräbern zu wohnen war eine alte Tradition in dieser Stadt. In früheren Zeiten hatte man riesige Gräber für die Toten errichtet, und die Nachfahren waren froh, ein Dach über dem Kopf zu haben.

In der Gräberstadt hausten wenige Mäuse, denn die Menschen durchwühlten den Abfall so gründlich, dass für die Mäuse fast nichts mehr übrig blieb. Deshalb mieden die Mäuse dieses Viertel und bevorzugten die feineren Gegenden der Stadt mit den hohen Häusern, den breiten Alleen und den üppigen Gärten. Je reicher ein Stadtteil war, desto mehr Mäuse waren dort zu finden.

Mit der Zeit vermehrten sich die Mäuse auf unheimliche Weise. Doch den Mäusen war schwerer beizukommen als den großen Tieren aus dem Fluss: Eine Maus zum Platzen zu bringen, war keine einfache Sache!

Eines Tages trat ein neuer Statthalter sein Amt an. Die Bewohner der Stadt versprachen sich viel von dem neuen Herrn, und so erwartete man mit Spannung seine angekündigte Rede. Aus allen Richtungen strömten die Menschen auf den großen Platz.

Nur die Bewohner der Gräberstadt blieben zu Hause.

Sie hätten sowieso keinen Nutzen daraus gezogen, und im Übrigen hatten sie keine Zeit für lange Reden.

Auf dem großen Platz vor dem Palast drängte sich die Menge. Lange, bunte Gewänder flatterten im Abendwind.

Die Diebe, die sich besonders über lange Reden freuten, mischten sich unter das Volk und begannen ihr Tagewerk. Aus allen Ecken drangen Rufe: »Haltet den Dieb!« Doch keiner kümmerte sich darum.

Allmählich konnte man in diesem Gedränge sein eigenes Wort nicht mehr verstehen.

Endlich erschien der Statthalter auf dem Balkon seines Palastes. Er trug ein langes Seidengewand und einen dicht geschlungenen, juwelenbesetzten Turban. Goldene Ringe zierten seine Finger. Sein langer schwarzer Schnurrbart war hochgezwirbelt.

Bei seinem Anblick verstummte die Menge, und der Statthalter begann zu sprechen: »Ich freue mich, dieses neue Amt antreten und dieser traditionsreichen Stadt dienen zu dürfen.

Unsere Stadt hat sich schnell vergrößert, und die Probleme wachsen uns über den Kopf. Lange habe ich darüber nachgedacht, welches das drängendste Problem ist, und ich bin zu dem Schluss gekommen, dass es die Mäuseplage ist.

Unser Prophet sagte, Sauberkeit sei ein Teil des Glaubens. Die Stadt ist, wie ihr alle wisst, voll von Mäusen. Sie gefährden nicht nur unsere Gesundheit, sondern fressen auch unsere Vorräte. Nicht einmal vor geheimen Dokumenten schrecken sie zurück! Der Hofschreiber hat unlängst ein halbes Dutzend Mäuse mit seiner spitzen Feder erstochen, als sie an seinen Briefen knabberten und auch noch das Tintenfass umwarfen.

Eine Säuberungsaktion gegen die Mäuse ist unumgänglich! Wem gehört die Stadt, uns oder den Mäusen?«

Der Statthalter schaute erwartungsvoll in die Menge.

Der Jubel der Zuhörer war verhalten; da und dort vernahm man ein zaghaftes Klatschen. Gemurmel des Unmuts drang zum Palast, als der Wesir für die Gesundheit sich erhob und um Aufmerksamkeit bat: »Natürlich sind die erforderlichen Maßnahmen ohne eure Hilfe und Unterstützung nur schwer zu verwirklichen. Doch eure Mühen sollen nicht umsonst sein! Für jeden Sack voll Mäuse werdet ihr belohnt!«

Die Kunde von der Belohnung verbreitete sich in der Menge wie ein Lauffeuer. Die Menschen stoben auseinander. Jeder wollte bei der Mäusejagd der Erste sein. Sie verfolgten die kleinen Nager wie Wölfe eine Schafherde. In den hintersten Winkeln stöberten sie die Tiere auf, erschlugen sie und füllten ihre Säcke.

Die Mäuse verstanden die Welt nicht mehr. Viele von ihnen suchten Unterschlupf in der Gräberstadt. Dort wähnten sie sich sicher.

Nicht lange nach diesem Aufruf sammelten sich die ersten Mäusejäger vor dem Palast und zählten ihre Beute. Sorgsam hüteten sie ihre Säcke, und jeder wartete voll Spannung auf die versprochene Belohnung.

Die Menschen warteten und warteten, bis die Sonne über dem Minarett der großen Moschee stand. Ein kräftiger Mann, der zwei pralle Säcke hinter sich herzog, sagte zu seiner Frau: »Hoffentlich kommt dieser verdammte Wesir für die Gesundheit bald! Die Mäuse fangen in der Hitze an zu verwesen!«

»Kannst du mir verraten, wie der Wesir für die Gesundheit all diese Mäuse zählen will?«, fragte die Frau. »Bis wir an die Reihe kommen, wird es später Abend!«

»Zählen? Er wird die Säcke und Körbe auf eine Waage stellen! Anhand des Gewichtes lässt sich die Anzahl der Mäuse schätzen«, erwiderte der Mann.

Währenddessen trat eine alte Frau hinzu. »Ich bin alt und konnte nur einen halben Korb sammeln. Kannst du mir nicht aus deinen vollen Säcken ein paar Mäuse abgeben, um meinen Korb zu füllen?«

»Wo denkst du hin! Meinst du, die Mäuse seien von allein in meine Säcke gehüpft?«, empörte sich der Mann. »Ich habe kein Auge zugetan, die ganze Nacht war ich auf Mäusejagd!«

Und seine Frau pflichtete ihm bei: »Keine einzige Maus ist uns feil! Mein Kind hat sich bei dieser Rennerei sogar den Fuß verstaucht!«

Die alte Frau ging weiter auf die Suche, doch keiner wollte ihr von der teuren Beute etwas abtreten.

Nach langem Warten erschien der Wesir für die Gesundheit. Er traute seinen Augen nicht, als er die lange Schlange von Menschen vor dem Palast erblickte. Schon von Weitem stieg ihm ein widerlicher Geruch in die Nase. Je mehr er sich dem Palast näherte, desto schneller wurden seine Schritte. Er hielt sich ein parfümiertes Tuch unter die Nase, bevor er auf den Balkon trat, um zu der Menge zu sprechen: »Ich danke euch für euren Fleiß! Ihr habt euch die Belohnung redlich verdient!« Und so schnell, wie er gekommen war, verschwand er wieder.

Die Palastdiener nahmen die vollen Säcke und Körbe entgegen. Für einen Sack gab es ein Fladenbrot und für einen Korb einen Löffel Bohnen. Und die Menschen nahmen die Belohnung entgegen und kehrten in ihre Häuser zurück, um ein leckeres Süppchen zu kochen und die Fladenbrote zu verzehren.

Unter den Mäusen der Stadt herrschte große Aufregung ob dieser Hetzjagd. Sie versammelten sich und berieten, was zu tun sei.

»Diesem verfluchten Statthalter fällt nichts anderes ein, als Mäuse zu jagen? Als ob es keine anderen Probleme in dieser Stadt gäbe!«, empörte sich ein Mäuserich. »Wir wohnen hier schon lange Zeit, lange bevor der erste Palast errichtet wurde! Wir sind die ältesten Bewohner der Stadt!«

»Die Verluste unter uns sind groß. Jeder von uns hat Familienangehörige verloren«, bemerkte eine alte Maus. »Doch dieser Statthalter kennt die Mäuse nicht! Bald werden wir wieder sehr viele sein!«

»Ich rate zur Wachsamkeit!«, gab ein alter Mäuserich zu bedenken. »Die Jagd nach uns wird lange dauern! So lange, bis dem Wesir Brot und Bohnen ausgehen. Jeder sollte nach einem sicheren Unterschlupf Ausschau halten!«

Die versammelten Mäuse nickten.

An diesem Treffen nahm auch die Stadtmaus Granatapfel teil, die in einem der reichsten Viertel residierte. Sie, die im Bazar geboren war, hatte sich seit Längerem im prächtigen Palast eines Paschas am Ufer des Flusses niedergelassen. Ihr mangelte es an nichts. Zu fressen hatte sie in Hülle und Fülle. Sie war rund und wohlgenährt. Als besonderen Leckerbissen schätzte sie die Kerne des Granatapfels. Deswegen hatten ihr die anderen Mäuse den Spitznamen Granatapfel gegeben.

Bedrückt kehrte Granatapfel nach diesem Treffen nach Hause zurück. Zum ersten Mal machte sie sich Gedanken um die Zukunft. Im Geiste ließ sie alle Schlupfwinkel des Palastes vorüberziehen. So einfach wollte sie das wohlige Nest nicht aufgeben.

»Wohin soll ich gehen?«, sprach sie bei sich. »So gemütlich und bequem werde ich es nirgendwo mehr haben!«

Inzwischen hatte Granatapfel den Palast erreicht. Sie tippelte in die Küche, kletterte am Tischbein hoch und setzte sich auf den Rand der Obstschale. Sie knabberte hier ein bisschen an den Datteln, dort ein wenig an den Äpfeln, doch so recht wollte es ihr heute nicht munden. Während sie naschte, ließ sie die Küchentür nicht aus dem Auge. Ihr Herz schlug heftig.

Plötzlich vernahm sie, wie der Pascha zu seinem Diener sprach: »Mustafa, du hast doch gehört, was unser Statthalter gesagt hat. Er hat recht, diese Mäuse tanzen uns auf der Nase herum. Ich will in meinem Palast keine Mäuse mehr haben! Du hast drei Tage Zeit. Wenn ich danach noch eine Maus entdecke, bist du entlassen! Verstanden?«

»Jawohl, o Pascha!«, sagte der Diener.

Als Granatapfel diese Worte hörte, blieb ihr der Bissen im Halse stecken. »O weh, nun geht es mir an den Kragen!«

Schritte näherten sich. Voller Panik machte Granatapfel einen Satz und landete in der Zuckerdose. Vorsichtig linste sie aus ihrem Versteck und sah, wie der Diener mit dem Besen in der Hand in die Küche stürmte und ihrer alten Freundin nachsetzte.

Zitternd vor Angst grub sie sich in den Zucker ein, bis nur noch ihre Nasenspitze herausragte. »Himmel und Hölle mögen mir beistehen!«

An diesem Abend erschlug Mustafa ein gutes Dutzend Mäuse, und der Pascha lobte ihn: »Du bist ein gehorsamer Diener! Bald werden wir die Mäuseplage los sein. Doch für heute lass es genug sein. Ich will mich in den Palastgarten begeben und Tee trinken!«

Mustafa ging in die Küche und setzte die Teekanne auf das Feuer. Mit dem Geschirrtuch wischte er sich den Schweiß von der Stirn. Er stellte die volle Kanne und die Zuckerdose auf ein Tablett und trug es in den Garten. Der Pascha mit seinem Kugelbauch lag auf dem Sofa und schmauchte seine Wasserpfeife.

»Hier ist Tee mit frischer Pfefferminze für den gnädigen Pascha!«

Der Pascha nickte und nahm einen Zug aus der Wasserpfeife.

Mustafa goss in großem Bogen Tee in ein Glas, und der Pascha fuhr mit dem Löffel in die Zuckerdose. Groß war sein Erschrecken, als er eine Maus zutage förderte.

Granatapfel, die regungslos in der Zuckerdose gesessen hatte, raste nun, wie von einem Skorpion gestochen, über die Hand des Paschas und verschwand im Ärmel seines Gewandes. Der Pascha fuchtelte wie wild, und die Zuckerdose fiel krachend zu Boden und zerbrach in Tausend Scherben.

»Hilfe! Mustafa, steh mir bei! Eine Maus versteckt sich unter meinem Gewand!«

»Wo ist die Maus?«, rief Mustafa und schwenkte seinen Besen in der Luft.

»Unter meinem Gewand!«

Der verwirrte Diener ließ seine Hände über den Kugelbauch und die Schenkel des Paschas gleiten und packte zu.

»Das ist nicht die Maus, du Dummkopf!«, schimpfte der Pascha. »Ich spüre etwas an der Schulter!«

»Aufstehen! Aufstehen!«, rief der Diener und griff seinem wohlbeleibten Herrn unter die Arme.

In diesem Augenblick rutschte die Maus über den Kugelbauch, stürzte und landete auf dem großen Zeh des Paschas. Hals über Kopf ergriff Granatapfel die Flucht. Der Diener verfolgte sie, doch sie konnte in ein Loch entkommen.

Atemlos kehrte Mustafa zu seinem Herrn zurück. »Mit diesem Besen werde ich die Maus erschlagen, das verspreche ich Euch! Ich besorge frischen Zucker!«

Der Pascha zitterte vor Wut. Schweißperlen standen ihm auf der Stirn. Mit bebenden Lippen sprach er: »Mustafa, was machen die Bauern in deinem Dorf gegen die Mäuseplage?«

»Wir haben Mausefallen und Katzen!«

»Dann besorge Mausefallen und eine Katze!«

Mustafa tat, wie ihm befohlen wurde. Viele Mäuse gingen in die Falle, und auch die Katze war erfolgreich bei ihrer Jagd. Der Pascha fand so großen Gefallen an dem Tier, dass es auf einem Seidenkissen an seinem Bettende schlafen durfte.

Die Katze machte Granatapfel das Leben zur Hölle. Einmal gelang es Granatapfel nur mit Mühe und Not, ihre Schwanzspitze vor den scharfen Krallen der Katze zu retten. Sie zog in den Palastgarten um, doch dort war sie vor den Nachstellungen der Katze auch nicht sicher.

Eines Abends schlich sich Granatapfel mit hängendem Kopf zu einer Mäuseversammlung. Sie lauschte: »Dieser verdammte Statthalter tut, was er sagt!«, ereiferte sich eine alte Maus und zeigte ihre Verletzung, die von einem Schlag mit dem Besen herrührte.

Ein Mäuserich hielt dagegen: »Mit der Zeit werden die Menschen dieser Hetzjagd müde. Ich hörte meinen Hausherrn sagen: ›Was nützt es, wenn wir die Mäuse töten? Sie vermehren sich schneller als Karnickel! Der Statthalter sollte sich lieber um andere Probleme Gedanken machen. Mäuse, Mäuse … immer dasselbe Thema!‹«

Langsam wurde es lebhaft in der Versammlung. Ein junger Mäuserich kletterte auf einen Abfallhaufen und ballte die Pfote: »So kann es nicht weitergehen! Ich habe euch einen Vorschlag zu machen!« Er ließ den Hühnerdarm fallen, an dem er gerade genagt hatte. »Wir sollten diese unwirtliche Stadt verlassen!«

Eine Maus unterbrach ihn: »Du bist nicht richtig

im Kopf! Hat dir dieser Hühnerdarm den Verstand geraubt? Wohin sollen wir auswandern? Wir sind in dieser Stadt geboren. Meine Vorfahren sind seit Generationen hier ansässig, und ich bin mit dieser Stadt verwachsen. Ich kenne alle Löcher und Schlupfwinkel. Wir Mäuse haben das Recht, hier zu bleiben. Die Menschen vermehren sich zu schnell. Sie sollen auswandern! Ich bleibe hier!«

Die versammelten Mäuse applaudierten der tapferen Maus und nickten. »Du hast recht, wir bleiben!«

Und so löste sich die Versammlung auf, alle kehrten in ihre Schlupfwinkel zurück. Granatapfel aber fand den Vorschlag des jungen Mäuserichs gar nicht so schlecht. Sie saß die ganze Nacht in ihrem Loch unter den Wurzeln des Aprikosenbaumes und dachte nach.

Als der Morgen graute, stand ihr Entschluss fest. Doch bevor sie die Stadt verlassen würde, wollte sie für die Mäuse etwas tun. Sie hatte oft gesehen, wie der Pascha seinem Schreiber Bittbriefe an den Statthalter diktierte, und sie beschloss, sich ebenfalls an den Statthalter zu wenden. Der Wortlaut ihres Briefes war folgender:

Gnädiger Statthalter!

Bevor ich meine Geburtsstadt für immer verlasse, möchte ich Euch diese Zeilen schicken, die ich einem jungen Mäuserich in die Feder diktiere. Denn ich selbst kann weder lesen noch schreiben, wie so viele andere in dieser Stadt.

Ihr habt in Eurer Rede den Mäusen den Kampf angesagt. Seit Eurer Ansprache jagen uns die Menschen, wie

Wölfe die Schafe jagen. Die Menschen hassen uns nicht. Sie töten uns nur, um ihre leeren Bäuche zu füllen.

Für uns Mäuse ist das Leben in dieser Stadt zur Hölle geworden. Doch bald werden die Menschen Eure leeren Versprechungen durchschauen. Niemandem wird es gelingen, uns zu vertreiben.

Schon meine Großmutter wurde in dieser Stadt geboren. Als kleines Kind begleitete ich meine Mutter auf den nächtlichen Spaziergängen in die Altstadt. Unsere Nachbarn nannten sie die Bazarmaus, weil sie gerne durch den Bazar schlenderte.

Ich kenne mich aus in der Stadt, doch Ihr, gnädiger Pascha, seid noch neu im Amt. Wenn Ihr die Mäuse weiterhin so verfolgt, wird dies verheerende Konsequenzen nach sich ziehen.

Sie werden die Felder überfallen und die Ernte vernichten. Daher bitte ich Euch, die Hetzjagd zu beenden.

Zum Schluss möchte ich Euch Zusammenarbeit anbieten. Wir Mäuse wären gerne bereit, unseren Teil zur Entwicklung der Stadt beizutragen. Wir könnten zum Beispiel einen Tunnel für die Kanalisation ausgraben. Nun hoffe ich, daß mein Brief Euch erreichen wird.

Granatapfel unterzeichnete den Brief mit einem Abdruck ihrer Pfote.

Die Stadtmaus traf Vorbereitungen für ihren Aufbruch. Sie schnürte ihr Bündel und verabschiedete sich von Freunden und Nachbarn. Noch einmal warf sie wehmütig einen Blick auf den Palast, doch dann stapfte sie mit festen Schritten davon.

Es war Mitternacht, als sie sich auf den Weg machte. Der Mond strahlte hell, und die Stadt lag in tiefem Schlaf. Granatapfel durchschritt die breiten Alleen, überquerte die großen Plätze, und noch vor Anbruch der Morgenröte erreichte sie den Bazar.

Behände schlüpfte sie in den Laden von Hadsch Ali, um sich Proviant zu besorgen. Schon ihre Mutter, die Bazarmaus, war Stammkundin bei Hadsch Ali gewesen.

Granatapfel durchstöberte den Laden und füllte ihr Bündel mit Halwa, Datteln und Nüssen. In der hinteren Ecke des Ladens entdeckte sie den Ladeninhaber, der alle viere von sich gestreckt hatte.

Neben ihm stand eine halb leere Flasche. Und da Granatapfel eine neugierige Maus war, musste sie von dem Saft kosten. Schon nach dem ersten Schluck wurden ihre Glieder schwer wie Blei, und nur mit Mühe konnte sie die Augen offen halten. Erschöpft legte sie sich neben Hadsch Ali und fiel in tiefen Schlaf.

Als Granatapfel zu sich kam, waren Hadsch Ali und die Flasche verschwunden. »Wie lange habe ich wohl geschlafen?«, fragte sie sich und kratzte sich an der Nasenspitze.

Sie war gerade dabei, ihr Fell zu putzen, als der Gebetrufer der großen Moschee die Gläubigen zum Mittagsgebet rief.

Eilig packte sie ihr Bündel und witschte aus dem Laden. Sie machte einen letzten Rundgang durch die Gassen des Bazars, in denen sie jeden Winkel kannte. Dann lief sie Richtung Stadtrand. Sie lief und lief, und mit der Zeit verschwanden die letzten Häuser der Stadt hinter dem Horizont.

Granatapfel schaute um sich. Sie wusste nicht so recht, wohin sie sich wenden sollte. Überall erhoben sich Sanddünen, und weit und breit war kein Weg zu sehen. Als sie die erste Sanddüne erklommen hatte, taten ihr die Pfoten weh. Und da die Sonne sich neigte, beschloss Granatapfel, eine Rast einzulegen. Sie breitete ihre Vorräte aus und begann zu mampfen.

Sie hatte noch keine halbe Dattel verspeist, da hörte sie ein Zischeln. Granatapfel drehte sich um und erblickte eine Schlange. Piepsend sprang Granatapfel über die Sanddüne. Und die hungrige Schlange verfolgte die dicke Maus. Die Jagd hatte begonnen.

Immer näher kam die Schlange, und Granatapfel rannte um ihr Leben. Mit letzter Kraft erreichte sie eine Palme. Sie kletterte den Stamm hinauf und versteckte sich in einer Datteltraube. Ihr Herz bebte. Die Schlange umkreiste einige Male den Stamm, dann zog sie sich zurück. »Das ist noch einmal gut gegangen!« Granatapfel atmete auf. Hungrig machte sie sich an die Datteln, und als sie satt war, legte sie sich auf einem Palmblatt zur Ruhe und schlief wie ein Murmeltier. Erst am nächsten Abend erwachte sie, und sie beschloss, von nun an nachts zu wandern und am Tag zu rasten.

Während die Stadtmaus Granatapfel durch das Sandmeer der Wüste irrte, befand sich der Wüstenmäuserich Kamelapfel auf dem Weg zu seinem Zeltlager. Er hatte eine ferne Kusine im Nachbarstamm besucht.

Gerade noch zur rechten Zeit erreichte Kamelapfel den Lagerplatz. Die Zelte waren bereits abgeschlagen, denn der Stamm begab sich auf Wanderschaft.

Kamelapfel eilte zu dem beladenen Kamel. In dem Augenblick, als er aufspringen wollte, um sich in einer eingerollten Zeltbahn zu verstecken, erhob sich das Kamel mit lautem Gebrüll. Es mochte den Wüstenmäuserich nicht und hätte ihn gerne auf dem Lagerplatz zurückgelassen.

»Seit wann reiten Mäuse auf Kamelen?«, neckte es den Mäuserich.

»Du Halunke!«, schimpfte Kamelapfel. »Wenn du dich nicht niederkniest, werde ich dich in deinen Hintern beißen!«

Doch das alte Kamel würdigte ihn keiner Antwort und bewegte sich mit großen Schritten davon.

So blieb dem Wüstenmäuserich nichts anderes übrig, als den Spuren der Karawane auf eigenen Pfoten zu folgen. Er lief, so schnell ihn die Beine trugen, doch das Kamel holte er nicht ein.

Als der Mond aufging und die Sanddünen im fahlen Silberlicht schimmerten, ließ sich Kamelapfel erschöpft auf einer Düne nieder. Er legte sich auf den Rücken und betrachtete die sternklare Nacht. Sein Herz klopfte vom vielen Laufen, doch die kühle Abendbrise tat ihm gut.

Plötzlich hörte Kamelapfel ein Geräusch. Als er aufschaute, sah er, wie eine Kugel auf ihn zurollte. »Das muss ein Igel sein!«, dachte Kamelapfel, versteckte sich geschwind in einem Loch und spitzte die Ohren. Zu seinem großen Erstaunen vernahm er eine Stimme: »Ich bin eine Maus! Du brauchst keine Angst vor mir zu haben!«

»Wer bist du? Was suchst du hier?«, fragte der Mäuserich und steckte vorsichtig seine Nasenspitze aus dem Loch.

»Ich bin die Maus Granatapfel!«

»So große Mäuse gibt es in der Wüste nicht. Und so einen merkwürdigen Namen habe ich noch nie gehört. Aus welchem Stamm kommst du?«, erkundigte sich neugierig der Mäuserich.

»Ich bin eine Stadtmaus. Bei uns gibt es keine Stämme. Und im Haus des Paschas sind nicht nur die Menschen, sondern auch die Mäuse rund und wohlgenährt.«

»Und was suchst du hier in der Wüste?«

»Ich habe die Stadt verlassen und wandere durch die Sanddünen«, erwiderte Granatapfel. »Komm raus aus deinem Loch! Ich kann nicht zu dir kommen, der Eingang ist zu eng für mich!«

Ihre Worte beruhigten den Wüstenmäuserich. Er spähte aus dem Loch hervor und musterte die Stadtmaus von oben bis unten.

»Donnerwetter, so eine riesige Maus habe ich noch nie gesehen. Bist du sicher, dass du eine Maus bist? Oder bist du vielleicht ein Kamel, das sich in eine Maus verwandelt hat?«

»Ich bin wirklich eine Maus!«

Der Wüstenmäuserich kam aus seinem Loch geklettert und umkreiste die Stadtmaus. Nachdem er sie von allen Seiten betrachtet hatte, sagte er: »Der Gast sei in meinem Stamm willkommen! Hier sind Brosamen. Bediene dich!«

Doch Granatapfel verzog das Gesicht.

»Schmeckt dir das Fladenbrot dem nicht?«, fragte der Mäuserich.

»Es ist zu hart! Ich bin nicht daran gewöhnt, trockenes Brot zu fressen!«

»Dann gibt es hier auch noch weiche Kameläpfel. Greif zu!«

»Kameläpfel? Ich kenne diese Äpfel nicht!«

»Du darfst nur die Körner darin essen, nicht die Schale!«

»Das ist wie bei Granatäpfeln«, erwiderte die Stadtmaus.

Der Wüstenmäuserich knackte einen Kamelapfel und überreichte ihn dem Gast.

Die Stadtmaus biss erwartungsvoll in die Gerstenkörner, dann spuckte sie sie in hohem Bogen aus. »Pfui, die schmecken anders als Granatäpfel. Sie sind gar nicht süß!«, beklagte sie sich.

Der Wüstenmäuserich warf sich auf den Rücken und lachte lauthals. »Du kannst dich glücklich schätzen, wenn du in der Wüste solche Äpfel findest. Mit der Zeit wirst du dich an die neue Sorte gewöhnen.«

Und er begann, von den Gerstenkörnern zu fressen.

Nach dem bescheidenen Mahl erkundigte sich der Wüstenmäuserich: »Willst du hier nur Verwandte besuchen, oder willst du dich hier niederlassen?«

»Ich will hier bleiben! Die große Stadt habe ich für immer verlassen!« Und sie erzählte Kamelapfel ihre Geschichte.

Kamelapfel lauschte mit gespitzten Ohren. So eine seltsame Geschichte hatte er noch nie gehört. Als Granatapfel ihre Erzählung beendet hatte, sagte der Wüstenmäuserich zu ihr: »Willkommen in meinem Stamm. Mein Stammesgebiet ist groß, du kannst hier wohnen!«

»Ich sehe gar keinen Stamm!«

»Mein Stamm ist auf Wanderschaft. Er sucht Weide für die Kamele. Das böse alte Kamel ließ mich allein auf dem Platz des Zeltlagers zurück. Aber es wird sich noch einmal daran erinnern!«

Und er fuhr fort: »Wenn du in der Wüste leben willst, musst du noch viel lernen. In der Wüste muss man schnell und beweglich sein. Hier sind die Schlangen besonders gefährlich. Was denkst du, wenn dich eine Schlange sieht? Von so einem fetten Braten können Wüstenschlangen nur träumen!« Kamelapfel plusterte sich auf: »Tag und Nacht folge ich den Spuren der Kamele, bis ich das Zeltlager meines Stammes erreiche.«

»Ich bin auch schon tagelang unterwegs. Fast hätte mich eine Schlange verspeist!«, piepste die Maus. »Doch ich habe Abschied genommen von der Stadt!«

Der Wüstenmäuserich bekam Mitleid mit der Stadtmaus und begann, sie zaghaft zu streicheln.

Granatapfel streckte sich aus. »Noch mehr!«, verlangte sie. »Ich bin erschöpft von der langen Reise.«

Und der Wüstenmäuserich streichelte und streichelte, bis ihm die Schweißperlen auf der Nasenspitze standen. »Ich bin müde!«, seufzte er, und die Stadtmaus hatte ein Einsehen.

»Sag mir, wie findest du den Weg zu deinem Stamm?«, fragte sie neugierig.

»Das ist einfach. Meine Mutter hat es mir beigebracht. Am Tage folge ich den Spuren der Karawane, und wenn der Wind die Spuren verwischt, finde ich immer noch Kameläpfel. Und in der Nacht richte ich mich nach den Sternen. Das ist alles nicht schwer, mit der Zeit wirst du es lernen!«

»Wirst du es mir beibringen?«, flüsterte Granatapfel und begann, den Wüstenmäuserich hinter dem Ohr zu kraulen.

»Wenn du mich noch ein Weilchen kraulst, werde ich dir alles beibringen!«, murmelte dieser und schloss genüsslich die Augen.

Nach geraumer Zeit mahnte der Wüstenmäuserich zum Aufbruch: »Wir haben noch einen weiten Weg vor uns bis zum Zeltlager. Dieses Jahr hat es wenig geregnet, und so wird der Stamm lange nach Weide suchen müssen!«

Und so machten sich Kamelapfel und Granatapfel auf den Weg. Im Schein des Mondes folgten sie den Spuren der Kamelkarawane. Sie kletterten über Sanddünen und durchquerten tiefe Schluchten.

Als sie müde waren, legten sie eine Rast ein. Der Wüstenmäuserich nahm einen getrockneten Kamelapfel und begann damit zu spielen. Er ließ ihn über den Sand rollen, und wenn er ihn eingeholt hatte, gab er ihm einen Nasenstüber. Auch Granatapfel fand Gefallen an diesem Spiel, und so rollten die Mäuse den Kamelapfel hin und her wie einen Ball.

Plötzlich rief Granatapfel: »Aufhören! Mir ist schwindelig! Ich bekomme kaum Luft!«

Der Wüstenmäuserich hielt den Kamelapfel an und eilte zu ihr. »Leg dich nieder. Du hast dich bloß beim Spielen ein wenig überanstrengt. Ruh dich aus!«

Granatapfel streckte alle viere von sich, und der Wüstenmäuserich betrachtete die dicke Maus. Er schüttelte seinen Kopf: »Du Arme! Du hast viel vor! Nun ja, mit der Zeit werden wir den Speck loskriegen. Wenn erst die große Sommerhitze kommt …«

Die Stadtmaus begann zu klagen: »Ich sterbe vor Hunger! Und ich sehne mich nach einem Bad!«

»Hier ist ein weicher Kamelapfel! Und baden kannst du auch hier im Sand, und morgen kannst du ein Sonnenbad nehmen, wenn du willst!«, lachte der Mäuserich.

»Du machst dich über mich lustig«, schmollte Granatapfel.

»Ich liebe dich«, flüsterte der Mäuserich und gab ihr einen Nasenstüber. »Reiß dich zusammen! Wir haben noch einen langen Weg vor uns. Los, auf die Beine!«

Kamelapfel hüpfte voraus, und Granatapfel folgte ihm.

Hinter den Dünen erhob sich glutrot die Sonne. In der Ferne heulten die Schakale.

»Keine Angst!«, sagte Kamelapfel. »Mit so kleinen Tieren wie uns geben die sich nicht ab.«

»Ich habe Durst!«, sagte Granatapfel.

»Der nächste Brunnen ist weit von hier, doch wir können Tau von den Disteln lecken. Aber gib acht auf die Dornen!«

Und so stillten die Mäuse ihren Durst.

Die Sonne stieg höher und höher. Als die Hitze unerträglich wurde, rief der Wüstenmäuserich: »Wir schlüpfen unter die Felsen, bevor du einen Sonnenstich bekommst!«

Erschöpft von dem langen Marsch, legten sich die Mäuse in den Schatten des Felsens und sanken auch bald in tiefen Schlaf.

Sie schliefen, bis der Mond sein Licht über das Sandmeer breitete. Der Wüstenmäuserich erwachte als Erster. Er kitzelte Granatapfel am Ohr: »Der Mond steht schon am Himmel. Es ist zu spät, um ein Sonnenbad zu nehmen, aber wie wäre es mit einem Bad im Mondschein?«

Doch die Stadtmaus hatte schlechte Laune. »Frechdachs! Fällt dir nichts anderes ein, als mich zu ärgern?«

»Ich dich ärgern? Was soll das heißen? Ich beschütze dich, wenn du schläfst, und frische Kameläpfel habe ich auch für dich besorgt! Du bist undankbar!«

Kamelapfel war traurig. »Es ist besser, wenn unsere Wege sich trennen. Ich habe dir von Anfang an gesagt, dass das Leben in der Wüste kein Zuckerschlecken ist. Was soll ich noch für dich tun? Ich bin doch kein Kamel, das dich auf dem Höcker durch die Wüste tragen kann!«

Die Stadtmaus sah die Blicke des Wüstenmäuserichs und lenkte ein: »Ich wollte nur sehen, ob du mich wirklich liebst«, piepste sie.

»Ich liebe dich mehr als die Kameläpfel«, flüsterte er.

»Und ich liebe dich mehr als die Granatäpfel«, flüsterte sie.

Nach einer guten Weile setzten sie ihre Wanderschaft fort. Von Zeit zu Zeit prüfte der Wüstenmäuserich die Kameläpfel, die er im Sand fand.

»Wir sind nicht mehr weit vom Zeltlager. Die Kameläpfel werden immer weicher!«, rief er erfreut.

»Wie lange, meinst du, wird es noch dauern?«, erkundigte sich Granatapfel.

»Es kann nicht mehr weit sein. Vielleicht noch drei Nächte Wanderschaft.«

»Drei Nächte? Wo ist denn dein verdammter Stamm? Mir tun alle Knochen weh, und meine Samtpfoten sind rau geworden.«

»Hör auf zu jammern! Sonst hört dich noch eine hungrige Wüstenschlange!«

Granatapfel wurde es Angst und Bange. Und immer wenn Granatapfel zu jammern anfing, erzählte Kamelapfel Schauergeschichten von Schlangen.

»Wenn es für dich zu viel wird, die Strecke in drei Nächten zurückzulegen, dann laufen wir eben langsamer. Von mir aus vier oder sieben Nächte.«

Um der Stadtmaus die Langeweile zu vertreiben, erzählte der Wüstenmäuserich von dem Scheich und seinen sieben Frauen. Jede Nacht erzählte er ihr die Geschichte einer Frau. Granatapfel lauschte gespannt. Und in der siebten Nacht erblickten sie von ferne ein Leuchten.

»Siehst du das Feuer?«

»Ja!«

»Dort sind die Zelte meines Stammes! Ich erzähle dir die Geschichte der siebten Frau zu Ende, und dann laufen wir zum Zeltlager!« Der Mäuserich sprang vor Freude in die Luft.

»Wadfa ist die siebte Frau und die Lieblingsfrau des Scheichs. Sie ist schlank wie eine Palme und hat lange schwarze Zöpfe. Immer wenn der Scheich auf seinem Kamel in die Stadt reitet, bringt er ihr Äpfel mit. Doch jetzt wollen wir uns beeilen, das Zeltlager zu erreichen!«

Die Mäuse hüpften vor Freude und vergaßen die langen Strapazen der Reise. Endlich erreichten sie die schwarzen Zelte.

Die Mäuse des Zeltlagers empfingen Kamelapfel: »Wir haben uns große Sorgen um dich gemacht! Wo warst du so lange? Wir dachten schon, eine Schlange hätte dich verschlungen!«

Immer mehr Mäuse eilten herbei und umringten die Ankömmlinge. Der Wüstenmäuserich kletterte auf einen Stein und sprach zu den Mäusen des Stammes: »Darf ich euch meinen Gast, Granatapfel, vorstellen? Sie kommt aus der großen Stadt und sucht Schutz in der Wüste. In der Stadt wird eine Hetzjagd auf Mäuse veranstaltet.«

Die Wüstenmäuse betrachteten voll Erstaunen die Stadtmaus. Ihr Umfang beeindruckte sie. Und Granatapfel erzählte den Wüstenmäusen von der großen Stadt am langen Fluss. Sie hatte einen Bärenhunger. Zaghaft fragte sie: »Habt ihr schon zu Abend gegessen?«

»Wir sind gerade auf der Suche«, sagte die alte Freundin von Kamelapfel. »Wenn du bei uns bleiben willst, musst du das Fasten lernen. Schau die Wüstenmäuse an! Sie sind rank und schlank wie Rennkamele. Mit deinem Kugelbauch passt du ja nicht einmal in ein Loch!«, giftete sie und lief fort.

Langsam zerstreuten sich die Mäuse, und Kamelapfel sagte zu seinem Gast: »Komm mit zu meinem Zelt. Ich werde etwas Essbares auftreiben!« Er geleitete sie zu seinem Zelt, dem Zelt von Wadfa, der Lieblingsfrau des Scheichs. Leise huschten sie durch ein Zeltloch. »Pssst«, flüsterte Kamelapfel. »Der Scheich und Wadfa schlafen!«

Kamelapfel machte sich auf die Suche und förderte im Zeltwinkel Fladenbrot und ein Schälchen Milch zutage. Granatapfel lief das Wasser im Mund zusammen. Sie fraß, so viel sie konnte, und Kamelapfel schaute gebannt zu.

»Halt!«, mahnte er. »Du darfst nicht das ganze Brot auffressen. Der Scheich muss morgen noch etwas zum Frühstück haben!«

Artig legte Granatapfel das Brot beiseite. »Ich habe Durst!«

Der Wüstenmäuserich zeigte ihr den Wasserkrug, der in einer Grube steckte, damit das Wasser immer frisch und kühl blieb. Er kletterte hinein, trank und kam wieder heraus.

Granatapfel plumpste in den Krug. »Hilfe! Hilfe!«, schrie sie. »Ich komme nicht mehr heraus!«

Kamelapfel versuchte, Granatapfel herauszufischen, doch vergeblich.

»Du Fettsack!«, schimpfte er. »Was bist du auch so gefräßig! Der Scheich steht jede Nacht auf und trinkt aus dem Krug. Wenn er dich findet, macht er deiner Reise in die Wüste ein schnelles Ende!«

Kamelapfel hörte den Scheich schnarchen und sah seinen Arm auf Wadfas langen Zöpfen ruhen.

In Windeseile huschte er aus dem Zelt und rief seine

Nachbarn zu Hilfe. Aus allen Zeltlöchern kamen sie herbeigeeilt.

»Was ist los mit dir? Warum machst du so ein Geschrei?«

»Die Stadtmaus ist in den Wasserkrug geplumpst, und nun kommt sie nicht mehr heraus!«

Die Wüstenmäuse stürzten in das Zelt und umringten den Wasserkrug.

»Vielleicht will sie ein Bad nehmen«, vermutete eine alte Maus.

Sie linsten über den Krugrand und gewahrten Granatapfel, die sich nur mühsam über Wasser halten konnte.

»Hilfe! Ich ertrinke!«

»Keine Angst! Fett schwimmt oben!«, rief eine der Mäuse gehässig.

Kamelapfel stellte sich an den Krugrand. »Halte dich an meinem Schwanz fest!«, rief der Wüstenmäuserich. »Und ihr! Ihr stützt mich ab!«

Die Mäuse hielten ihn fest.

»O weh!«, jammerte Kamelapfel. »Mein Schwanz bricht ab!«

Mit vereinten Kräften zogen sie Granatapfel aus dem Krug.

»Dies ist das erste und das letzte Mal, dass wir dich aus dem Wasserkrug holen!«, mahnten die Mäuse.

Erschöpft sank Kamelapfel zu Boden.

»Danke!«, flüsterte Granatapfel und zupfte Kamelapfel an den Barthaaren.

Währenddessen erwachte der Scheich und wollte seinen Durst stillen. In Windeseile verschwanden die

Mäuse. Kamelapfel und Granatapfel schlüpften in eine eingerollte Zeltbahn. So verbrachten sie die erste Nacht im Zelt.

Am nächsten Tag machte Kamelapfel mit der Stadtmaus eine Führung durch das Zelt.

»Hier neben der Feuerstelle versteckt der Scheich seine Goldmünzen. Da darfst du keine Löcher graben. Da hinten hängt das Milchfell. Sei vorsichtig beim Naschen! Wenn Wadfa das Fell schüttelt, um Butter zu machen, wird einem schwindlig.«

Und der Mäuserich fuhr fort: »Ich habe noch ein Geheimnis, das ich jetzt noch nicht verraten will! Und jetzt lass uns in dem Zeltwinkel ein Loch ausgraben.«

Gesagt, getan!

»Hier werden wir zusammenleben«, sagte Kamelapfel und gab Granatapfel einen dicken Schmatz. Sie spielten zusammen in ihrem Loch.

Nach einer Weile fiel es Kamelapfel ein, dass er noch eine alte Rechnung mit dem Kamel zu begleichen hatte.

»Komm mit!«, sagte er zu Granatapfel. »Ich werde dir zeigen, was ich mit dem alten Plattfuß machen werde. Bestimmt denkt er, dass ich in der Wüste verloren gegangen bin.«

Das Kamel saß indessen gemütlich vor dem Gerstenkorb und fraß. Gerade als es seinen Kopf in den Korb hineinsteckte, kletterte der Wüstenmäuserich an seinem Schwanz hoch und biss es in den Hintern.

Das Kamel brüllte und begann mit seinen Plattfüßen

zu trampeln. Der Mäuserich und die Maus rannten in das Zelt und schlüpften in ihr Loch. Sie hielten sich die Bäuche vor Lachen.

»Dieses Kamel soll mich noch einmal am Lagerplatz zurücklassen!«, tönte der Mäuserich.

Am nächsten Abend sagte der Wüstenmäuserich zu Granatapfel: »Komm mit! Lass uns lauschen, was der Scheich im Männerzelt zu erzählen hat. Er war heute nämlich in der großen Stadt am langen Fluss.«

Die Männer des Stammes saßen um die Feuerstelle des Gästezeltes. Die brennenden Kamelmistbällchen waren glutrot, und die Schnabelkanne mit dem gewürzten Kaffee brodelte.

In einer Ecke des Zeltes versteckten sich die Mäuse und lauschten, was der Scheich zu berichten hatte: »Der Wesir hat alle Scheichs zu sich rufen lassen. Die Stadt hat den Mäusen den Kampf angesagt. Viele Mäuse suchen nun Unterschlupf in der Wüste. Der Wesir forderte die Scheichs auf, den Mäusen keinen Schutz zu gewähren!«

Der Scheich nahm einen langen Zug aus seiner Pfeife und fuhr fort: »Ein Oberscheich erhob sich und sprach zu dem Wesir: ›In meinem Stamm gibt es keine Mäuse. Die Schlangen fressen sie. Wenn der gnädige Wesir es wünscht, werde ich die Schlangenbeschwörer bitten, Schlangen zu sammeln und in die große Stadt zu bringen!‹

›Nein, nein! Das fehlte noch! Behaltet eure Schlangen für euch!‹, rief der Wesir.

Und so endete das Treffen!«

Der Stammesälteste wunderte sich: »Ein Treffen nur wegen der Mäuse? So eine große Stadt kann mit den Mäusen nicht fertigwerden? Haben sie etwa Angst vor ihnen?«

Und der Stammeskadi stellte fest: »Die Wüste hat ihre eigenen Gesetze. Wer sie erreicht, ist gerettet. Ob Mensch oder Maus!«

Granatapfel war bedrückt, als sie dieses Gespräch hörte.

»Sei unbesorgt!«, beschwichtigte Kamelapfel die Stadtmaus. »Der Scheich wird sich morgen nicht mehr erinnern, was der Wesir gesagt hat. Und im Übrigen ist keiner hier gut zu sprechen auf den Wesir. Er hat den Wüstenbewohnern bei der großen Dürre nicht beigestanden. Lass uns lieber in Wadfas Zelt zurückkehren!«

Als sie das Zelt betraten, flüsterte Kamelapfel: »Und jetzt verrate ich dir mein Geheimnis. Der Scheich bringt immer Äpfel für seine Lieblingsfrau mit, wenn er in die Stadt reitet. Komm mit! Ich weiß, wo das Säckchen steht!«

Granatapfel schmunzelte. Neben dem Lager fanden sie das Säckchen. Die Mäuse schlüpften hinein und begannen genüsslich von den Äpfeln zu naschen.

Währenddessen lag Wadfa in ihrem fein bestickten Kleid auf ihrem Lager und wartete auf den Scheich.

Als der Mond über der mittleren Zeltstange stand, kam der Scheich aus dem Männerzelt und legte sich zu seiner Frau auf das Lager. Er erzählte ihr von dem großen Bazar der Stadt, während er über ihre langen schwarzen Haarzöpfe strich.

»Ich habe für dich die besten Äpfel mitgebracht, die ich finden konnte«, flüsterte er. »Sie kommen aus den Gärten von Damaskus.«

Kaum hatte der Scheich seine Hand in das Apfelsäckchen gesteckt, als er wie von einem Skorpion gebissen aufschrie: »Dieser verfluchte Händler! Er verkauft mit den Äpfeln auch Mäuse! Ich werde ihm seinen dicken Hals umdrehen, wenn ich das nächste Mal in die Stadt komme!« Wadfa nahm ein Stück Stoff und verband den blutenden Daumen. Währenddessen hüpften die Mäuse aus dem Sack und huschten in ihr Loch.

»Warum um alles in der Welt hast du den Scheich gebissen?«, fragte der Wüstenmäuserich vorwurfsvoll.

»Ich hatte Angst! Ich dachte, er wollte mich fangen. Und außerdem bekomme ich langsam Appetit auf Fleisch!«

»Fleisch?«, zürnte Kamelapfel. »Ausgerechnet den Daumen des Scheichs? Warum hast du den neuen Statthalter denn nicht gebissen, du Feigling?«, empörte sich Kamelapfel. »Wenn das alte Kamel stirbt, dann gibt es Fleisch in Hülle und Fülle. Hoffentlich stirbt es an meinem Biss!«

So vergingen die Tage.

Eines Abends im Männerzelt kündigte der Scheich an: »Morgen brechen wir auf. Die Weide in dieser Gegend ist knapp geworden.«

Eine alte Maus hörte diese Worte und benachrichtigte die Mäuse. Die Neuigkeit verbreitete sich wie ein

Lauffeuer. Geschäftig rannten die Mäuse hin und her, um sich Plätze in den Zeltbahnen zu sichern. Manche verkrochen sich auch in den Satteltaschen.

»Dieses Mal bin ich schlauer!«, sagte Kamelapfel bei sich. Er wusste, dass das alte Kamel ihn mit seinen Plattfüßen zertreten würde, wenn er in seine Nähe käme.

Lange dachte er nach. Dann machte er einen Luftsprung: »Ich habs! Wir verstecken uns im Apfelsäckchen. Der Scheich verstaut das Säckchen immer in den Satteltaschen seines Reitkamels.«

Am nächsten Morgen war es laut im Zeltlager. Die Hunde bellten, und die Kamele brüllten unter der schweren Last. Alle waren geschäftig. Die einen schlugen die Zelte ab, andere beluden die Kamele, und wieder andere lagen gemütlich zwischen den pausbäckigen Äpfeln, als ob sie der Lärm gar nichts anginge.

Dann nahm der Scheich das Säckchen und steckte es in die Satteltasche seines Kamels. Wadfa setzte sich hinter ihn auf das Kamel, und das Tier erhob sich.

Der Scheich setzte sich an die Spitze der Karawane. Sie ritten über Sanddünen und durch tiefe Schluchten. Ab und zu holte der Scheich einen Apfel aus dem Sack und reichte ihn seiner Lieblingsfrau.

Am Abend erreichte die Karawane einen reichen Weideplatz. Die schwarzen Zelte wurden aufgeschlagen, und die Bewohner feierten die Ankunft.

So vergingen die Tage, und Granatapfel wurde schwanger. Sie gebar dem Wüstenmäuserich eine Vielzahl von Nachkommen.

Eines Tages fragte der Wüstenmäuserich die Stadtmaus: »Wie wollen wir denn unsere Familie nennen?« Lange überlegten sie.

»Die Familie muss sowohl deinen als auch meinen Namen tragen«, sagte Kamelapfel. »Aber Familie Granatapfel-Kamelapfel, das ist sehr lang. Keine Maus kann sich so einen langen Namen merken!«

»Dann müssen wir den Namen kürzen«, erwiderte Granatapfel. »Wir nennen uns einfach Familie Apfel!«

Und seit dieser Zeit gibt es eine Mäusefamilie Apfel in der Wüste.

Die Erzählnacht im Diwan

Während der Beduine, der Bauer und der Städter sich im Garten mit allerlei Geschichten die Nacht verkürzten, lag der Sultan bei seiner Frau Zahra.

»War es nicht ein aufregender Tag?«, fragte er. »Die Gestalten dieser Männer lassen mich nicht los! Ich möchte mehr erfahren von ihren Zeltlagern, ihren Dörfern und Städten.«

Zahra setzte sich auf. »Ich erzähle dir von der Welt der Beduinen.«

»Eines Abends saß eine Runde Beduinen am nächtlichen Feuer, schlürfte ihren Kaffee und lauschte den spannenden Erzählungen eines Alten. Dieser erzählte gerade die Geschichte eines Stammes, der ein Mahl zu Ehren seiner Toten ausgerichtet hatte.

Gäste aus den benachbarten Stämmen waren geladen, das Scheichzelt war überfüllt, und man wartete mit hungrigen Bäuchen auf das angekündigte Festmahl.

Doch wie groß war die Enttäuschung, als das Essen mager ausfiel.

Am folgenden Tag berichtete einer der Gäste dem Gastgeber, was ihm in der Nacht auf dem Heimweg widerfahren war, Tote in weißen Leichengewändern seien ihm begegnet.

›Wer seid ihr?‹, habe er verwundert gefragt.

›Wir sind die Toten eines Nachbarstammes!‹, erwiderten die weißen Gestalten. ›Unsere Nachfahren haben heute ein Totenmahl für uns ausgerichtet, doch das Mahl war so reichhaltig, dass wir mit unseren vollen Bäuchen nicht mehr unsere Gräber erreichen!‹

Die Runde lachte.

›So lässt man seine Toten nicht hungern!‹, kommentierte der Erzähler.

Der alte Ahmed wurde nachdenklich. ›Seit Langem haben wir unsere Toten nicht geehrt!‹

›Dieses Jahr hat es wenig geregnet, die Weide war arm und die Ernte spärlich. Wir sollten an die Toten denken und ihnen zu Ehren ein Festmahl ausrichten. Vielleicht spendet uns dann der Himmel Regen!‹, schlug der Stammesälteste vor und fuhr fort: ›Man darf die Toten nicht vergessen! Eines Tages sind wir an der Reihe, und ich möchte im Grab nicht verhungern!‹

Der Scheich nickte. ›Lasst uns morgen ein Totenmahl ausrichten!‹

›Können die Toten essen?‹, fragte ein kleiner Junge, der die Ohren gespitzt hatte.

›Ja, mein Augapfel‹, erwiderte sein Großvater. ›Sie freuen sich über leckeres Fleisch.‹

›Bringt man das Fleisch an die Gräber?‹, hakte der Junge nach.

›Nein, wir bereiten das Mahl, essen das Fleisch, und wenn wir gespeist haben, haben auch die Toten durch uns gespeist. Morgen bekommst du einen dicken Fleischbrocken für deine Großmutter, Allah sei ihrer Seele gnädig!‹, erwiderte der Großvater.

Am nächsten Abend suchte man eine Ziege aus der Herde des Scheichs aus.

›Im Namen Gottes des Barmherzigen! Dein Fleisch soll unsere Toten in den Gräbern erreichen!‹, sprach der Stammesälteste und schlachtete das Tier mit seinem scharfen Dolch.

Nachdem das Opfertier ausgeblutet war, zog man das Fell ab, zerlegte das Fleisch und setzte es in einem großen Topf auf. Währenddessen buken die Frauen das Fladenbrot.

Der große Topf stand auf dem Lagerfeuer, und alle warteten mit hungrigen Bäuchen. Das Fleisch kochte und kochte. Als der erste Sack voller Kameläpfel im Feuer verbraucht war, schöpfte ein junger Mann einen Fleischbrocken aus dem Topf.

›Die Ziege ist alt!‹, murmelte er.

Die alten Männer schauten ungeduldig durch die Zeltlöcher. Dem alten Ali knurrte der Magen.

›Männer! Kocht ihr ein altes Kamel? Der Mond steht schon über der mittleren Zeltstange. Die Toten warten auf das Mahl‹, rief einer der Männer.

›Bruder! Beruhige dich, ich werde mich um den Topf kümmern‹, erwiderte der Scheich und suchte die Kochstelle auf. ›Was ist los? Wir sind hungrig!‹

›Das Fleisch ist hart wie Stein. Wir brauchen noch

Gewänder voll Kameläpfel für das Feuer und noch einen Schlauch voll Wasser für den Topf!‹

Der Scheich kehrte unverrichteter Dinge ins Männerzelt zurück. ›Habt Geduld, es wird noch dauern!‹

›Sollen unsere Toten bis morgen früh warten?‹, empörte sich einer der Anwesenden.

›Die Ziege war sicher alt‹, spöttelte ein Greis. ›Wie soll der Stammesahn das zähe Fleisch kauen? Er hatte nur noch zwei Zähne im Mund, als er starb!‹

›Bruder, die Ziege war nicht alt‹, erwiderte der Stammeskadi. ›Aber vielleicht sind unsere Ahnen beleidigt, denn wir haben sie seit Langem nicht geehrt!‹

›Oder die jungen Männer werfen nicht genug Kameläpfel in das Feuer‹, brummelte einer.

›Wir werden uns jetzt um den Topf kümmern!‹, beschlossen die Alten.

Sie gingen zu den Kamelen, füllten ihre Gewänder mit Kamelmist und türmten ihre Ladungen neben der Feuerstelle auf. Einer der Alten warf zwei Gewänder voll Mist ins Feuer. Die Flammen loderten, und Dampfwolken stiegen auf.

›So muss Feuer brennen! Ihr Faulenzer!‹, rief er den jungen Männern zu.

Nach geraumer Zeit war das Fleisch gar. Volle Platten wurden aufgetragen, und man begann zu speisen.

›Der Duft des Fleisches möge die Nase des Stammesahns erreichen!‹, wünschte der Scheich.

Nach dem reichhaltigen Totenmahl wuschen sich die Männer die Hände und trockneten sie an den Zeltwänden ab. Die Alten strichen ihre Bärte und rülpsten.

Gewürzter Kaffee wurde gereicht, und die Rauchwolken der Pfeifen stiegen zum Zeltdach hoch. Der Scheich wandte sich an den alten Erzähler.

›Hast du gut gespeist?‹

›Mehr als genug habe ich gegessen. Mein Neffe hat mir die besten Fleischbrocken zugeschoben. Dieses Mahl gereicht den Toten zur Ehre. Sie werden mit ihren vollen Bäuchen gut schlafen!‹, erwiderte der Alte.

›Sie mögen in Frieden ruhen. Doch wir wollen uns die Zeit mit Geschichten vertreiben!‹ Der Scheich wandte sich an den Geschichtenerzähler: ›Deine Schätze sind groß. Erfreue unser Herz mit einer Geschichte!‹

Der Alte konnte spannend erzählen. Schon seine Mutter war eine große Märchenerzählerin gewesen. Er stopfte gemächlich seine Pfeife, legte mit der kleinen Zange einen glühenden Kamelapfel darauf und begann kräftig zu ziehen. Dann nahm er den Erzählfaden auf.«

Der Fluch des Derwischs

Heute werde ich euch eine Geschichte erzählen, die ich als Kind am nächtlichen Feuer erlauscht habe.

Ein Beduine, der eine große Kamelherde sein Eigen nannte, sprach eines Tages zu sich: »Meine Kamelherde ist groß und gedeiht prächtig. Wenn dereinst mein Lebenslicht erlischt, werden sich meine Söhne um die Herde streiten!« Er überlegte hin und her.

Spät in der Nacht erzählte er seiner Frau von seinem Kummer.

»Du denkst nur ans Sterben, Vater meiner Söhne! Allah möge dir ein langes Leben schenken!«, erwiderte sie. »Doch wenn es dich beruhigt, so rate ich dir: Teile deine Herde in fünf gleiche Teile. Nach deinem Ableben soll jeder Sohn einen Teil bekommen.«

»Nein, dein Vorschlag beruhigt meine Seele nicht. Meine Söhne sollten auch nach meinem Tod zusammenhalten. Nur so werden sie stark bleiben!«, gab der Mann zu bedenken.

»Dann müssen wir uns etwas einfallen lassen, damit die Söhne nicht auseinandergehen«, sagte die Frau und dachte eine Weile nach, bis der Mond über dem hinteren Zeltseil stand.

Nach längerem Schweigen sagte sie: »Ich habe eine Lösung!«

Der Beduine reckte seinen Hals. »Was schlägst du vor?«, fragte er neugierig.

»Lass eine tiefe Zisterne ausheben. Sie soll den Namen deiner Sippe tragen. Das Wasser tränkt die Herden der umliegenden Stämme, und diese werden dir dafür Zicklein, Kamelfohlen, Getreide und vieles mehr geben. Und die Söhne tragen gemeinsam Verantwortung für die Zisterne!«

»Bei der Seele unseres Stammesahns, du bist eine weise Frau! Das ist die Lösung!«, triumphierte der Beduine und fuhr fort: »Unser Stamm hat nur zwei Wasserquellen, und wenn diese leer sind, müssen wir bei anderen Stämmen um Wasser bitten!«

Am folgenden Abend im Scheichzelt sagte der Beduine: »Wasser ist ein kostbares Gut. Unser Vorrat ist begrenzt. Deshalb habe ich beschlossen, meine Kamelherde zu verkaufen und eine Zisterne bauen zu lassen!«

»Welch glückliche Nachricht!«, kommentierte der Kadi. »Eine Zisterne spendet Mensch und Tier Leben. Im Bauch der Erde wohnen die Dschinnen, und das Wasser macht die Wöchnerinnen rein.«

»Allah und der Stammesahn mögen deine Zisterne segnen! Mein Esel ist alt und kann die vollen Wasserschläuche aus den fernen Zisternen kaum noch tragen!«, sagte ein Alter.

So sattelte der Beduine sein Kamel und machte sich auf den Weg zu einem fernen Stamm, der berühmt war für seine Kunstfertigkeit im Ausheben von Zisternen.

Mit einem halben Dutzend Männern dieses Stammes kehrte er in sein Zeltlager zurück.

»Neben diesem Wadi sollt ihr die Zisterne bauen«, sagte der Beduine.

Die Männer musterten die Gegend. Dann wandte sich der älteste an den Beduinen: »Wir haben schon zahlreiche Brunnen und Zisternen ausgehoben.« Er deutete auf einen Fels. »Neben diesem Felsen werden wir unser Glück versuchen.«

Und so machten sich die Brunnenbauer mit Hacken und Schaufeln an die Arbeit. Sie gruben und gruben, und nach vierzig Tagen stießen sie auf eine Steinplatte. Als sie die Platte zur Seite hoben, fanden sie einen ledernen Beutel. Als der älteste ihn öffnete, zog er eine Goldkette hervor.

Doch die Freude war nicht von langer Dauer. Es entbrannte ein Streit, wem der Schatz gehören sollte.

»Wir haben ihn entdeckt!«, meldeten die Brunnenbauer ihren Anspruch an. »Ohne unsere harte Arbeit würde er noch im Bauch der Erde ruhen!«

»Ich habe euch den Auftrag zu graben gegeben!«, hielt der Beduine dagegen. »Der Schatz ist mein!«

Nach langem Hin und Her einigten sie sich darauf, die Kette zu teilen. Eine Hälfte sollte der Beduine erhalten, die andere Hälfte sollten die Brunnenbauer unter sich aufteilen.

Die Arbeiter setzten ihr Werk fort. Immer tiefer verschwanden sie im Bauch der Erde. Man band vier Zeltstangen über der Öffnung zusammen, befestigte ein Seilrad daran, und ein Kamel zog die gefüllten Sandkörbe über das Seilrad aus der Grube.

Als ein Jahr vergangen war, sagte der Beduine: »Ein Frühling ist ins Land gezogen. Bald ist mein Vermögen aufgezehrt, und noch immer ist die Zisterne nicht fertig!«

»Bruder, sei unbesorgt!«, beruhigte ihn einer der Brunnenbauer. Er nahm ein Seil und maß die Tiefe. »Vierundzwanzig Ellen tief haben wir ausgehoben. Nun müssen wir die Grube nur noch mit Steinen befestigen, damit das Wasser nicht versickert.«

Die Brunnenbauer begannen, die Zisterne auszumauern, und als die Frauen die Winterzelte aufschlugen, sagte einer der Baumeister: »Nun müssen wir nur noch die Leitungskanäle ziehen!«

Der Beduine spannte sein Kamel vor den Scharpflug

und zog rechts und links von der Zisterne zwei lange und tiefe Furchen.

Die Baumeister befestigten die Furchen mit Steinen.

»Wir haben unsere Arbeit getan!«, sagte einer der Brunnenbauer. »Für den Regen ist Allah zuständig! Die Furchen werden das Regenwasser in die Zisterne leiten!«

Nach einem Festessen und mit einer angemessenen Entlohnung entließ der Beduine die Baumeister. Er rief seine Söhne zu sich: »Die Zisterne ist vollendet, Allah sei Dank dafür! Wenn der Winterregen unsere Zisterne füllt, so verteilt ihr das Wasser in der Sommerhitze an die Herden. Von den Herdenbesitzern bekommt ihr dafür eine Belohnung. Doch achtet das Recht der Pferde und das Recht des Wanderers: Sie bekommen Wasser umsonst! Denn Pferde schützen den Stamm gegen Raubzüge, und das Recht des Wanderers ist heilig!«

Es wurde ein regenreicher Winter. Die Zisterne war gefüllt. Mit Genugtuung sah der Zisternenbesitzer, wie das Wasser durch die Furchen rann.

Auf den gesegneten Winter folgte nach einem kurzen Frühling der heiße Sommer. Die Söhne hatten alle Hände voll zu tun, die Herden zu tränken. Bereits vor Sonnenaufgang schöpften sie Wasser aus der Zisterne und verteilten es in Tränken. Ihre Hände waren schwielig und schmerzten. »Reibt eure Hände mit Henna ein!«, riet ihnen die Mutter.

Eines Tages, als die Söhne am Zisternenrand saßen und die schlürfenden Herden betrachteten, erschien in der Ferne ein Kamelreiter. Er näherte sich der Zisterne.

Freude erhellte sein Gesicht, als er die gefüllten Tränken erblickte.

»Friede!«, begrüßte er die Männer.

»Friede sei mit dir!«, erwiderten sie.

»Mein Weg ist gesegnet, denn er führte mich zu euch!«

Das Kamel streckte seinen langen Hals in eine der Tränken. Kaum hatte das durstige Tier seine Lippen benetzt, als einer der Söhne die Zügel ergriff und das Tier vertrieb.

»Wir haben das Wasser nicht für dein Kamel geschöpft!«, herrschte er den Fremden an.

»Mein Sohn, ich bin Wanderer. Seit sieben Tagen hat mein Kamel seinen Durst nicht gestillt. Die Sommerhitze brennt!«

»Wasserschöpfen ist eine harte Arbeit. Du kannst zahlen wie jeder andere auch!«, erwiderte der älteste Sohn barsch.

»Du willst mir das Recht des Wanderers verwehren?«, fragte ihn der Fremde und schaute ihm tief in die Augen.

Der jüngste Bruder mischte sich ein: »Unser Vater hat uns aufgetragen, das Recht des Wanderers zu achten!«

»Sei still!«, herrschte ihn der ältere an. »Ich bin der älteste Sohn. Ich bestimme über das Wasser!« Und er wandte sich an den Fremden: »Du kannst trinken, aber dein Kamel nicht!«

»Wenn mein Kamel sein Recht nicht bekommt, dann will ich auch nicht trinken!«

Der Fremde drehte sich um und ritt auf seinem Kamel davon.

Als der Reiter den ersten Hügel erreicht hatte, zügelte er sein Tier. Er wandte sich um, richtete seinen Blick auf die Zisterne und erhob seine Stimme: »Das Recht des Wanderers ist heilig! O Wasserquelle, deine Kraft erweise sich!«

Der Wanderer schloss für einen kurzen Augenblick die Augen, und als er seine Lider wieder öffnete, zerbarst der Zisternenrand.

Der Fremde wandte sich um und ritt davon. Die Brüder standen wie angewurzelt. Hilflos mussten sie zusehen, wie das Wasser in die durstige Erde sickerte.

Unterdessen erschien der Vater. »Was ist geschehen?«

»Das Wasserbecken ist zerborsten wie eine überreife Wassermelone!«, jammerte der jüngste Sohn, und die Tränen rollten über seine Wangen.

Der Vater war ratlos. »Wie ist das möglich?«, rätselte er. »Die Zisterne hat dicke Mauern!«

»O Vater! Ein Wanderer mit zerfetztem Gewand kam auf seinem Kamel zu uns. Er wollte sein durstiges Tier tränken, doch mein Bruder hat ihm sein Recht verweigert!«

Der Junge deutete nach Westen. »Dort auf dem Hügel hielt der Fremde an, drehte sein Gesicht zu uns, und dann zerbrach das Mauerwerk!«

»Habe ich euch nicht ermahnt, das Recht des Wanderers zu achten?«, erwiderte der Vater, und seine Miene verfinsterte sich.

Ohne ein weiteres Wort zu verlieren, gab der Zisternenbesitzer seinem Pferd die Sporen und folgte der Fährte des Wanderers. Sie führte ihn in das benachbarte Zeltlager. Vor dem Zelt des Stammesscheichs stieg er ab.

»Friede sei mir dir!«, begrüßte er das Stammesoberhaupt. »Die Spuren eines Wanderers führen mich zu dir!«

Der Scheich nickte und begleitete den Beduinen ins Zelt.

Der Beduine erblickte einen alten Mann mit einem schneeweißen Bart, der neben der Feuerstelle saß. Sein Gewand war zerschlissen, und in der Hand hielt er eine lange Gebetskette.

Der Beduine stürzte auf den Alten zu. »Verzeih uns, o Wanderer! Es schmerzt mich, dass dir dein Recht verwehrt wurde. Erweise mir die Ehre und sei mein Gast!«

Der Wanderer strich sich den Bart und erwiderte: »Dein Sohn vertrieb das durstige Kamel. Ich habe ihn gewarnt, doch er wollte nicht hören!« Nachdenklich ließ der Alte die Perlen seiner Gebetskette durch die Hand gleiten. »Dein Herz ist groß, und deine Worte sind Balsam für meine Seele.«

»Wer bist du, o Fremder? Aus welchem Stamm kommst du?«

»Ich bin der Derwisch Abu Jureier!«

Furcht erfasste die Anwesenden. Der Zisternenbesitzer ergriff ehrfurchtsvoll die Hände des Derwischs: »Ich flehe dich an, verzeihe meinem Sohn und bewahre uns vor weiterem Unheil!«

»Ich habe die Zisterne zum Bersten gebracht. Es hätte auch in meiner Macht gestanden, über Menschen Unheil zu bringen!« Der Derwisch schwieg, dann fuhr er fort: »Ich habe deinen Vater gekannt, er war weise und großzügig. Allah möge ihm einen Platz im Paradies schenken. Er speiste die Hungrigen und gab den Durstigen Wasser!« Der Derwisch richtete sich auf. »Morgen um diese Zeit wirst du einen Gast bekommen. Ich möchte ihn begrüßen!«

Nachdem eine Runde Kaffee gereicht worden war, mahnte der Zisternenbesitzer zum Aufbruch. Er geleitete den Derwisch in sein Zeltlager, wo der Gast mit allen Ehren empfangen wurde. Die feinsten Teppiche wurden ausgerollt, und der Gastgeber schlachtete ein Schaf.

Kaum hatte sich der Gast niedergelassen, als der älteste Sohn des Gastgebers sich dem Derwisch zu Füßen warf: »Ich bin dein Schutzbefohlener. Ich flehe dich an, verzeihe mir meine Missetat! Die Mittagshitze hat meinen Verstand verwirrt. Nie mehr werde ich einem Wanderer sein Recht verwehren!«

Der Derwisch legte seine Hand auf den Kopf des Bittenden. »Steh auf, mein Sohn! Dir sei verziehen!« An den Gastgeber gewandt fuhr er fort: »Morgen wird dir ein Sohn geboren, und ich werde das Kind segnen!«

So blieb der Derwisch für einige Zeit im Zeltlager. Frauen suchten ihn auf und baten um seinen Rat.

Am folgenden Tag, als der Derwisch ein Amulett schrieb, trat die Hebamme vor das Männerzelt: »O Mohammed! Deine Frau hat dir einen Sohn geboren!«

Der Vater erhob sich. »O du Überbringerin glücklicher Nachricht! Suche dir ein Zicklein aus meiner Herde aus!«

Die Männer beglückwünschten den stolzen Vater. »Ich möchte das Neugeborene begrüßen!«, sagte der Derwisch.

Der Vater eilte davon und brachte das Neugeborene. »Hier ist mein Sohn!«

Der Derwisch nahm das Bündel und bettete es auf seinen Schoß. »Der Gast sei willkommen!«, murmelte er. Dann warf er Weihrauch ins Feuer, nahm ein Zuckerstück in den Mund, ließ es zergehen und spie es in den Mund des Säuglings. »Nimm von meinem Speichel und folge meinem Weg!«, wiederholte der Derwisch dreimal. »Ich gebe dir den Namen Hassan, der Schöne! Sei gesegnet von mir und meinen Vorfahren!«

Der Beduine dankte dem Derwisch: »Unser Nachkomme wird sich Eurer würdig erweisen!«

Der Derwisch verabschiedete sich und ritt von dannen.

Und seit dieser Zeit achtete man das Recht des Wanderers.

Zahra hielt einen Augenblick inne.

»Während bei den Beduinen das Wasser kostbarer ist als anderswo, bedeutet für den Bauern das Land alles. Es ist der Mittelpunkt seines Lebens.

Ich habe dir erzählt, dass mein Vater auf seinen fernen Handelsreisen viele Länder und Gegenden durchstreift hat. Eines Tages gelangte er mit seiner Karawane in ein Dorf, das den Namen Schlangendorf trug.

Der Dorfälteste, den mein Vater nach dem sonderbaren Namen fragte, erzählte ihm die Geschichte des Dorfes …«

Das Schlangendorf

Da die Gegend von Schlangen wimmelte, war sie lange unbewohnt gewesen. Doch die fruchtbare Erde zog die Menschen an.

Eines Tages ließ sich ein Bauer in dieser Gegend nieder. Er bemächtigte sich des Landes und machte es urbar. Die Leute aus anderen Gegenden staunten über seinen Mut. Auf ihre Frage, ob er sich nicht ängstige, pflegte er zu antworten: »Es gibt Menschen, die giftiger sind als Schlangen. Von Schlangen weiß ich, dass sie giftig sind, und kann mich gegen sie wappnen. Bei Schlangenmenschen weiß man dies erst, wenn man gebissen worden ist!«

Da die Erde, wie gesagt, fruchtbar war und die Schlangen dem Bauer offenbar kein Leid zufügten, ließen sich auch andere Bauern anlocken. Zuerst stand das Haus des ersten Bauern allein auf dem Hügel, doch mit der Zeit gesellten sich kleine Bauernhäuser dazu, und bald entstand ein ganzes Dorf.

Der Bauer, der sich den Boden angeeignet hatte, ließ die anderen Bauern für sich arbeiten und wurde reich und reicher.

Er tauschte seinen Maulesel gegen eine edle Stute, ritt über seine Ländereien und schaute nach dem Rechten. Seine Befehle waren gefürchtet. Wer sich ihnen widersetzte, bekam die Peitsche zu spüren.

Eines Sommers, als glühende Hitze das Dorf lähmte, legten die Bauern die Arbeit nieder. Sie flüchteten in den Schutz ihrer Häuser, verrammelten Türen und Fenster und warteten die Kühle des Abends ab.

Der reiche Bauer, der einen Rundritt unternommen hatte, kehrte auf sein Gehöft zurück. Im Schatten der Reben legte er sich auf der Terrasse seines Hauses nieder. Das Dorf war wie ausgestorben, nur das Hecheln der Hunde und das Zirpen der Grillen war zu vernehmen.

Der reiche Bauer lag ausgestreckt auf dem Rücken und schlief. Den Kopf hatte er auf ein weiches Kissen gebettet. Ab und an hob ein leichter Luftzug sein Gewand.

Im Traum sah er, wie es ihn zum ersten Mal in die Gegend verschlug, wie er die schweren Steinbrocken zu Terrassen türmte und die ersten Felder anlegte. Wasser gab es in Hülle und Fülle.

Nun war er so wohlhabend geworden, dass er seinen Reichtum nur noch zu genießen brauchte. Andere arbeiteten für ihn.

An diesem glutheißen Tag schwitzten nicht nur die Menschen, auch die Schlangen stöhnten über die Hitze.

»Es ist mir zu eng in diesem Loch!«, klagte eine Schlange und wand sich aus der Öffnung. »Ich suche mir ein Schlupfloch in einem kühlen Keller. Und vielleicht finde ich dort auch noch eine Maus!«

Die Schlange spürte die Hitze des Pflasters, als sie sich über die Dorfstraße schlängelte. Sie züngelte da und dort, dann kroch sie den Hügel hinauf. Sie erinnerte sich, dass ihre Mutter im Haus auf dem Hügel in einem großen Gewölbekeller gehaust hatte.

Als sie das Gehöft erreicht hatte, fand sie das Tor verschlossen. Sie kroch über die Mauer und gelangte in den Hof, und der Weg vom Hof führte sie auf die Terrasse.

Sie entdeckte den Schläfer. Sie kroch unter das Gewand des Bauern und legte sich auf seinen Leib, sodass sie mit dem Kopf auf seine Brust zu liegen kam und ihr Schwanz bis zu seinen Knien reichte.

»Was für ein Glück, ich suche eine Maus und finde diesen Fettwanst! An so eine fette Beute hätte ich nicht im Traum gedacht«, sagte sie bei sich. »Er hat uns das Land geraubt und hat viele von uns auf dem Gewissen. Wir Schlangen vergessen nicht!«

Unterdessen öffnete der Bauer seine Augen und entdeckte die Besucherin. Er starrte durch den Gewandausschnitt und wagte nicht, sich zu bewegen. Ihm blieb nur die Hoffnung, dass sie genauso schnell wieder verschwinden würde, wie sie gekommen war. In der Stille erschien ihm das Pochen seines Herzens wie ein lautes Gedröhn.

Die Schlange kroch ein Stück zurück und legte ihren Kopf auf seinen Bauchnabel. Der Bauer schöpfte Hoffnung. Die Schlange blieb reglos liegen. Der Bauer wartete ab, doch nach einer Weile konnte er die Spannung nicht mehr aushalten.

Mit dem Mut der Verzweiflung sprang er in einem Satz hoch, hoffend, das Ungetüm abschütteln zu können.

In diesem Moment biss die Schlange zu.

Mit einem Schrei sank der reiche Bauer zu Boden. Er zuckte noch ein paarmal, dann lag er reglos am Boden.

Als die Abendkühle die Hitze vertrieben hatte, kehrte Leben in das Dorf zurück. Die Dorfbewohner stärkten sich und machten sich an die Arbeit.

Der einzige Sohn des reichen Bauern entdeckte den aufgedunsenen Leichnam des Vaters. Er schrie auf – und von diesem Augenblick an konnte er nur noch stottern, und auch seinen Verstand schien er verloren zu haben.

Mit der Zeit wurde er zum Dorfdeppen.

Als die Bauern den Leichnam wuschen, entdeckten sie, dass die Schlange den Bauern in die Gliedspitze gebissen hatte.

Vierzig Tage nach der Beerdigung versammelten sich die Dorfbewohner und beschlossen, das Land des reichen Bauern unter sich aufzuteilen. Da der Sohn verwirrt war, konnte er das Erbe seines Vaters nicht antreten.

So bekam jede Familie eine Parzelle, und damit niemand in Nachteil käme, tauschten sie jedes Jahr die Parzellen untereinander.

Einer der Bauern, der sich jetzt als Landbesitzer fühlte, wurde hochmütig. Obgleich er Frau und Kinder hatte, beschloss er, noch eine zweite Frau zu heiraten.

Glück ist wie Seife in der Hand, allzu leicht glitscht sie einem aus den Fingern!

Im Nachbardorf schaute er sich nach einer geeigneten Braut um. Ein Bauer, der schon lange ein Auge auf das fruchtbare Land im Schlangendorf geworfen hatte, bot ihm seine Tochter als Braut an.

Nach langen Verhandlungen überließ der Bauer dem Schwiegervater ein Stück seiner Parzelle als Brautgabe. Und so kam der Bauer zu einer zweiten Frau.

Die neue Ehefrau war ein Dorn im Auge der ersten Frau.

»Ich soll meinen Mann teilen?«, schimpfte sie. »Und dazu hat sie uns auch noch viel gekostet! Es wird meinen Söhnen fehlen! Und gebiert sie Kinder, so müssen meine Kinder mit ihren Kindern das Land teilen!« Die Frau legte ihre Hand auf die Stirn. »Dieses verfluchte Weib! Das Glück möge ihr fernbleiben!«

Die Söhne, die den Vater fürchteten, wagten nicht, sich gegen ihn aufzulehnen. Seine erste Frau ging wie gewöhnlich ihrer Arbeit nach, doch insgeheim sann sie auf Unheil.

Eines Tages, als sie im Lehmofen eine Lammkeule zubereitete, erschien der Dorfdepp. Er grinste über das ganze Gesicht. »Ich habe das Lammfleisch gerochen!«, stotterte er.

»Die Keule habe ich nicht für dich gebraten!« erwiderte die Frau spröde. Sie musterte ihn von Kopf bis Fuß. Sein Verstand war gering, doch er war groß und kräftig gebaut.

»Du könntest dir die Lammkeule verdienen!«, schlug die Frau vor.

Der Dorfdepp glotzte.

»Du kennst doch die zweite Frau meines Mannes?« Der Dorfdepp nickte.

»Sie sammelt Holz am Dorfrand, unweit der großen Höhle. Wirf einen Stein auf ihren fetten Hintern!« Der Dorfdepp lachte lauthals. »Wenn du mir diesen Gefallen tust, bekommst du die Lammkeule!«

Der Dorfdepp schwenkte seinen Stock und schoss los wie ein Ochse.

Während die Frau die Lammkeule aus dem Ofen holte und kostete, rannte der Dorfdepp zu der bezeichneten Stelle und lauerte seinem Opfer auf. Er versteckte sich im Höhleneingang und bewaffnete sich mit einem Stein so groß wie ein Granatapfel.

Die Frau bückte sich, um eine Wurzel auszureißen. Der Dorfdepp zielte auf sie.

In diesem Moment drehte sie sich um, und der Stein traf ihre Stirn. Blutüberströmt brach sie zusammen.

»Getroffen!«, johlte der Dorfdepp. In Windeseile lief er in das Dorf zurück, um die versprochene Lammkeule zu verspeisen.

»Der Stein hat ihren Kopf getroffen!«, frohlockte der Dorfdepp. Die Frau erschrak, doch sie ließ sich nichts anmerken. Gierig machte sich der Dorfdepp über die Keule her.

»Erzähle keinem davon«, drohte die Frau, »sonst wird es dir schlecht ergehen!«

Am späten Nachmittag entdeckten Hirtinnen die leblose Frau. Sie hatte eine Wunde so groß wie ein Kaffeeschälchen an der Stirn. Laut klagend trugen sie den Leichnam ins Dorf.

Die Männer durchkämmten die Gegend um die Höhle. Neben der Blutlache fanden sie den blutbefleckten Stein. Doch darüber hinaus waren keine Spuren zu entdecken, und es gab auch keine Zeugen, die den Vorfall beobachtet hätten.

Die traurige Nachricht erreichte die Sippe der Getöteten.

»Wie konnte so etwas passieren?«, schluchzte die Mutter. »Meine Tochter hat niemandem etwas zuleide getan! Das Schlangendorf bringt Unglück!«

Man stellte hier und dort Befragungen an, doch die Suche nach dem Täter blieb vergeblich.

Drei Tage nach der Beisetzung erschien der Dorfdepp bei der Frau.

»Was willst du?«, herrschte sie ihn an.

»Das Fleisch war lecker!«, stotterte er.

»Verschwinde!«, fauchte ihn die Frau an.

»Wenn ich keine Keule kriege, erzähle ich alles!«

Die Frau stützte ihren Kopf in die Hände. »Komm heute Abend wieder, du kriegst deine Keule! Doch halte den Mund!«

Sie machte sich zum Dorfmetzger auf, um sich eine Lammkeule zu besorgen. Auf dem Weg dorthin dachte sie: Ich muss den Dorfdepp aus dem Weg räumen, sonst bin ich verloren! Ich werde ihn vergiften!

Sie kaufte die Keule und kehrte in ihr Haus zurück.

Überall im Dorf wurden die Öfen angefacht. Die Frauen buken Fladenbrot, einige kochten Gemüse, und manche brieten Fleisch.

Während die Lammkeule im Ofen schmorte, suchte

die Frau unter dem Matratzenstapel nach ihrem Lederbeutel, in dem ein Döschen Gift verborgen war. Sie versteckte das Döschen in ihrer Brusttasche. »Das ist deine letzte Keule, sie wird dir für immer den Appetit verderben!«, murmelte sie. Sie holte den Topf aus dem Ofen und schüttete den Inhalt des Döschens hinein.

Sie wartete auf den Dorfdepp.

Dieser hatte auf dem Weg zu ihr eine Bäuerin entdeckt, die ein Perlhuhn briet. Es roch so verlockend, dass der Dorfdepp stehen blieb und den Duft in seine Nase einsog.

»Was kochst du?«, fragte er die Frau.

»Ein Perlhuhn für meinen Mann«, erwiderte diese und verzog keine Miene.

»Gib mir das Perlhuhn!«, stotterte er.

Die Bäuerin wurde ärgerlich: »Wenn du nicht gleich verschwindest, verprügelt dich mein Mann!«

»Gib mir das Huhn!«, beharrte der Dorfdepp. »Dann schleudere ich auch einen Stein auf eine Frau, die du nicht magst!«

Die Frau wurde hellhörig. »Du bist ein Angeber!«

»Die andere Frau hat mir sogar eine Lammkeule gegeben!«, plusterte sich der Dorfdepp auf.

»Erzähl mir davon, dann bekommst du das Perlhuhn!«, ermunterte ihn die Bäuerin.

Stockend erzählte der Dorfdepp, was vorgefallen war.

Unterdessen wartete die Frau mit ihrer Lammkeule ungeduldig auf den Dorfdepp. »Wo steckt dieser Kerl nur?«

Sie hörte Schritte. Ihr Mann erschien. Erfreut sog

er den Bratenduft ein. »Ich habe drei Trauertage lang nichts gegessen!«, bemerkte er.

Von Panik ergriffen, ließ die Frau den Topf fallen, und im Nu machte sich der Hund über die Keule her. »Warum passt du nicht auf?«, tobte der Mann.

»Der Topf war heiß!«, versetzte die Frau.

Kurz nachdem der Hund die Keule verzehrt hatte, begann er zu torkeln. Er krümmte sich und jaulte herzzerreißend. Schaum trat ihm vor das Maul, und es dauerte nicht lange, bis er reglos liegen blieb.

In diesem Moment erschien die Bäuerin in Begleitung ihres Mannes und des Dorfdeppen.

»Wo ist meine Keule?«, stotterte der Dorfdepp.

»Der Hund hat die Keule gefressen. Es ist ihm nicht gut bekommen!«, sagte der Mann und deutete auf den Hund, der leblos am Boden lag.

Und so kam alles an den Tag. Unterdessen war die Frau ins Haus gehuscht, schüttete das Öl der Lampe über sich aus und zündete sich an. Wie eine brennende Fackel rannte sie aus dem Haus.

Noch am selben Abend beerdigte man sie neben ihrer Widersacherin.

»Kannst du dir die Lage des armen Bauern vorstellen?«, fragte Zahra den Sultan. »Seine Frauen sind tot, der Hund ist tot, ein Stück Land hat er verloren – und seinen Seelenfrieden dazu!«

Die Erzählerin griff nach einem Glas Aprikosensaft und stillte ihren Durst. Nachdem sie noch eine Handvoll Datteln genascht hatte, setzte sie die Erzählnacht fort.

»Ich habe dir von der Welt der Beduinen und der Welt der Bauern erzählt. In der restlichen Nacht möchte ich dir anschaulich machen, wie die verschiedenen Welten bisweilen aufeinanderprallen.«

Das Hochzeitsfest im Bazar

Einstmals lebte in einer Stadt am Rande der Wüste eine reiche Familie, die dort seit Generationen ansässig war. Sie führte ein Geschäft für Süßigkeiten, das in aller Munde war. Auf runden Tabletts und in Schalen türmten sich Gebäck und Sesam, süße Mandelhäufchen, Halwa und allerlei andere Leckereien. Der süße Duft zog durch die Gasse und lockte Menschen und Bienen in den Laden. Im Fastenmonat Ramadan wurden alle Künste gebraucht, denn die Familien der Stadt versorgten sich mit Süßigkeiten für das Fest.

Der Inhaber dieses Geschäftes, ein gebildeter Städter, hatte vier Söhne und eine Tochter. Die Mutter stammte aus einem Dorf.

Die beiden hatten sich ineinander verliebt, als das Mädchen eines Tages mit ihrem Vater den Laden betrat, um Honiggebäck zu kaufen. Die Augen gingen ihr über, als sie die vollen Schalen in den Vitrinen sah.

Doch noch mehr als die Süßigkeiten zog sie der Anblick des jungen Verkäufers an. Er war höflich und zuvorkommend und bediente sie, als wäre sie eine große Dame. Und auch der Verkäufer schien Gefallen zu finden an dem Bauernmädchen mit seinen rosigen Wangen.

Der Bauer schob seine Tochter unsanft aus dem Laden, denn die Blicke waren ihm nicht entgangen!

Seit diesem Tag wurde der junge Mann nachlässig. Kunden beklagten sich über seine Ungeschicklichkeit oder über das geringe Wechselgeld, das sie erhielten.

»Was ist los mit dir?«, stellte ihn der Vater zur Rede.

Der junge Mann druckste herum. »Ich … ich habe mich verliebt!«

Der Vater schaute seinen Sohn mit großen Augen an.

»In eine Kundin!«, sagte der junge Mann.

»Kunden sind dazu da, dass man sie bedient!«, belehrte ihn der Vater. »Geschäft ist Geschäft!«

Der Sohn schwieg.

Der Vater schob ein Tablett zur Seite. »Heraus mit der Sprache. Wer ist sie?«

»Ein Bauernmädchen!«

»Bauernmädchen? Auch das noch! Gibt es nicht genug schöne Mädchen in der Stadt?«

»Sie gefällt mir!«, erwiderte der Sohn. »Sie hat rosige Wangen … und sie ist einfach und natürlich!«

»So einfach, dass sie weder schreiben noch lesen kann!«, setzte der Vater dagegen. »Was soll ich mit so einer Schwiegertochter anfangen?«

Der Vater suchte Hilfe bei seiner Frau.

»Ein Bauernmädchen?«, staunte diese. »Das gab es

noch nie in unserer Familie. Sie wird die Kuhfladen und das Blöken der Schafe vermissen!« Die Mutter schüttelte den Kopf. »Ein Bauernmädchen ist in der Stadt fehl am Platz! Schlag dir den Gedanken aus dem Kopf!«

Unterdessen vertraute sich das Bauernmädchen seiner Mutter an.

»Ein Städter?«, empörte sich diese. »Dir ist die Stadtluft zu Kopf gestiegen! Der Vater hätte dich nicht in die Stadt mitnehmen dürfen!«

»Er war vornehm, nicht schroff wie diese Bauerntölpel!«, gab das Mädchen zurück.

»Die Städter sind nicht solide!«, entgegnete die Mutter. »Sie schlafen lange und sind keine harte Arbeit gewöhnt. Und wenn du Pech hast, wird er dich eines Tages verlassen! Du wirst die frischen Feigen und den Duft der Kräuter vermissen. Der Lärm des Bazars wird dir Kopfschmerzen bereiten!«

Doch alle Widerworte waren vergebens. Die jungen Leute ließen nicht locker, bis sie ihre Heirat durchgesetzt hatten.

Das Bauernmädchen hatte zwar am Anfang Schwierigkeiten in der Stadt, sie fand, dass die Städter aus jeder Mücke einen Elefanten machten, doch mit den Jahren gewöhnte sie sich an das Leben in der Stadt.

Sie bekamen eine Tochter, und diese war ein aufgewecktes Mädchen. Sie hatte die rosigen Wangen und die Feigennase ihrer Mutter. Wenn sie mit ihrer Mutter die Großeltern auf dem Dorf besuchte, so sah sie mit Staunen die Karawanen vorbeiziehen.

Wenn die Hausarbeit erledigt war, half das Mädchen gerne im Geschäft ihres Vaters aus. Sie ging ihm da und dort zur Hand, und der Vater lobte sie für ihren geschickten Umgang mit den Kunden.

Eines Tages, es war um die Zeit des Opferfestes, machte eine Kamelkarawane Rast in der Karawanserei der Stadt. Der Karawanenführer schickte einen jungen Beduinen in den Bazar, um Süßigkeiten zu kaufen.

Wie es das Schicksal so wollte, trat er in den Laden. Das Mädchen bediente ihn. Als sie seine feurigen Blicke sah, zitterten ihre Hände vor Aufregung, und dem jungen Beduinen fielen die Münzen aus der Hand.

Es war, wie man so sagt, Liebe auf den ersten Blick!

Da der Laden überfüllt war mit Kunden, fiel der Vorfall niemandem auf, und die beiden behielten ihr Geheimnis für sich.

Einige Jahre später drängte der Vater des jungen Beduinen seinen Sohn, endlich zu heiraten.

Dieser widersetzte sich den Plänen seines Vaters. »Ich will keine Beduinin heiraten!«

»Ich habe mich wohl verhört?«, entgegnete der Vater. »Was gibt es Besseres als ein Beduinenmädchen?«

»Ich habe mich in ein Mädchen aus der Stadt verliebt!«

Der Vater rang nach Luft. »Eine Städterin? Der Teufel träumt vom Paradies!« Er fuchtelte wild mit seinen Händen. »Soll die Städterin nach Sonnenaufgang die Ziegen melken und die Kamele füttern? Soll sie Zeltbahnen weben und Fladenbrot backen? Schlag dir das aus dem Kopf!«

Die Mutter eilte herbei. »Eine Städterin ist wie eine Rose!«, mischte sie sich in das Gespräch. »Sie ist verwöhnt und braucht viel Pflege. Verpflanze sie in die Wüste, und sie wird verdorren!«

Der Vater pflichtete ihr bei: »Wir haben gerade genug Wasser zu trinken, und du musst eine Städterin herholen? Sie braucht eine Wasserquelle für sich allein. Wenn sie nicht ihre Kleider wäscht, so hockt sie im Bad!«

Der Sohn schwieg.

Der Vater legte seinen Arm um die Schultern des Sohnes. »Höre, unsere Abstammung ist edel, bei den Städtern weiß man nicht, woher sie kommen!«

Doch der Sohn beharrte auf seinem Vorhaben: »Entweder das Mädchen, oder ich bleibe für immer Junggeselle!«

Unterdessen öffnete das Mädchen in der Stadt ihr Herz der Mutter.

Die Mutter wurde blass. »Ein Beduine? Das fehlt uns gerade noch!«, schimpfte sie. »Die Beduinen sind ein Wandervolk. Heute schlagen sie ihre Zelte hier auf, morgen dort. Sie sind unbeständig! Und was willst du, eine Städterin, in der Wüste? Du bist unsere einzige Tochter. Wir haben dich in die Schule geschickt, wir sind wohlhabend! Was kann dir so ein armer Schlucker bieten? Nichts als Sonne und Sand! Und in der Nacht wecken dich die Schakale! Man tauscht nicht Weizen gegen Gerste!«

Als der Vater zum Mittagessen erschien und sich an die Tafel setzte, erzählte er: »Heute kam ein alter Beduine in den Laden. Er war zerlumpt, sein Gewand roch nach Kamelmist. Ich habe ihn gleich bedient, um ihn los zu sein. So einer vertreibt meine Kunden!« Der Vater seufzte auf. »Ich musste meinen Laden lüften!«

Die Frau wagte kaum, ihrem Mann die Heiratspläne der Tochter zu hinterbringen.

»Allah schütze uns vor diesen Wüstenfüchsen!«, fuhr er auf, als er von der Geschichte erfuhr. »Reicht es nicht, wenn sie meinen Laden heimsuchen? Sollen wir uns auch noch verschwägern mit diesen wilden Gesellen?«

Der Vater wandte sich an seine Tochter: »Ich habe einmal ein Zelt betreten, es war voll Ziegenmist. Mir wurde übel! Und du willst freiwillig inmitten eines solchen Unrats hausen?«

Die Mutter zuckte mit den Schultern. »Und wenn wir dich eines Tages besuchen wollten, wie sollten wir dich in der Wüste finden? Es gibt keine Wege und Straßen, ein Zeltlager gleicht dem anderen. Bevor wir dich aufspüren, würden wir elendiglich verdursten!«

Und der Vater fügte hinzu: »Und wenn wir das Zeltlager finden würden, wie sollen wir dein Zelt erkennen? Die Zelte haben keine Nummern! Es ist nichts als ein böser Traum, den du vergessen solltest!«

So viel die Eltern auch versuchten, ihren Kindern das Vorhaben auszureden, es war ihnen kein Erfolg beschieden.

Der junge Beduine setzte sich über alle Vorhaltungen hinweg und beharrte auf seiner Absicht. Und so blieb seiner Sippe nicht viel anderes übrig, als die Brautverhandlungen aufzunehmen.

Eine Schar Reiter machte sich auf den Weg zur Stadt.

Zur Zeit des Nachmittagsgebetes erreichte die Karawane den Bazar.

Vor dem Geschäft ließen die Reiter ihre Kamele niederknien, und einer nach dem anderen betrat den Laden. Sie trafen nur den Inhaber und seine Tochter an.

Die Tochter erblickte den jungen Beduinen und zog sich eilig in das Hinterzimmer zurück.

Der Älteste der Reiterschar kaufte eine Tüte Halwa und begann zu essen. »Du bist ein Meister der Süßigkeiten!«, lobte er den Ladeninhaber und schmatzte.

Dieser nahm das Kompliment gelassen hin.

»Ein Anliegen treibt uns zu dir«, fuhr der Alte fort. »Es lässt sich nicht im Laden besprechen! Wo wohnst du?«

»In der nächsten Gasse rechts. Das Haus mit den grünen Fenstern!«, erwiderte der Ladeninhaber verdutzt und wischte sich die Schweißperlen von der Stirn.

Er erinnerte sich an den Ausspruch seiner Großmutter: »Verrate keinem Beduinen, wo dein Haus ist. Er wird oft dein Gast sein!«

»Wir kommen heute Abend zu dir!«, sagte der Alte und verließ mit seinen Begleitern den Laden.

Der Mann winkte seine Tochter zu sich. »War das der junge Mann, den du so begehrst?«

Das Mädchen nickte.

»Sag der Mutter Bescheid, dass wir heute Abend Gäste aus der Wüste erwarten!«, schickte er die Tochter los.

Außer Atem erreichte das Mädchen das Haus. »Mutter! Mutter!«, rief sie aufgeregt. »Die Beduinen kommen!«

Die Mutter erhob sich vom Sofa.

»Der junge Beduine mit den feurigen Augen, mit einer Schar Reiter!«, stammelte das Mädchen. »Sie waren gerade im Laden. Du sollst dich auf ihren Empfang heute Abend vorbereiten!«

Die Mutter zupfte ihr Kleid zurecht. »Ich habe so etwas geahnt!«, erwiderte sie. »Ich lag auf dem Sofa und schlief, als mir im Traum ein Adler erschien. Er kreiste am Himmel, stürzte zur Erde herab und trug in seinen Krallen eine Taube davon.«

»Dann bin ich die Taube, und der Adler erscheint heute Abend!«, feixte das Mädchen.

Die beiden Frauen machten sich an die Arbeit. Sie räumten das Haus auf, fegten den Salon und den Hof und klopften die Teppiche. Sie schrubbten die Bodenfliesen, bis der Boden so glänzte, dass man Honig davon lecken konnte.

Während die Mutter die Sofakissen verteilte, war sie mit ihren Gedanken in der Wüste. Ihre Tochter erwartete ein karges Leben. Das Wasser war knapp, das Essen spärlich und die Hitze unbarmherzig. Vielleicht würde ihre Tochter von einem Skorpion gestochen oder, noch schlimmer, von einer Räuberbande entführt werden.

Wie konnte man nur sehenden Auges in sein Unglück rennen? Die Mutter schüttelte ihren Kopf.

Während die Mutter hinter den Kochtöpfen stand, erreichten die Beduinen den Stadtpark. Auf dem Rasen breiteten sie ihre Umhänge aus und setzten sich im Schatten der Palmen nieder. Fasziniert betrachteten sie das Grün.

»Das wäre eine fette Weide für unsere Ziegen!«, sagte ein alter Beduine. »Von so etwas können sie in der Wüste nur träumen!«

»Schaut euch die Enten und Schwäne auf dem Teich an!«, bemerkte ein anderer. »Ein guter Festbraten!«

»Wir haben keine Zeit für Festbraten. Wir müssen Brautverhandlungen führen!«, mahnte der Vater des jungen Beduinen. »Die Städter sind geschäftstüchtig«, fuhr er fort. »Er wird mich bis aufs Hemd ausziehen!«

»Das ist schon möglich!«, warf ein Greis ein. »Wer sich durch die weiße Haut einer Städterin blenden lässt, muss dafür blechen!«

»Ein Städter hat mir erzählt, sie würden keine Brautgabe nehmen!«, bemerkte ein Begleiter. »Dafür muss der Bräutigam Schmuck und Kleider für die Braut und die Ausstattung für das Haus aufbringen.«

»Mir wäre es lieber, ich könnte mich mit dem Städter auf eine Brautgabe einigen!«, sagte der Vater. »Dann muss ich mir nicht weiter den Kopf zerbrechen.«

Der junge Beduine senkte seine Blicke zu Boden. Das Gespräch verwirrte ihn.

»Es ist Zeit aufzubrechen! Wir werden sehen, was der Abend uns bescheren wird«, sagte ein anderer.

Unmittelbar nach Sonnenuntergang klopften die Besucher am Haus mit den grünen Fenstern an.

Der Ladenbesitzer öffnete die Tür. Mit einer höflichen Verbeugung bat er die Gäste ins Haus und geleitete sie in den Diwan.

Die Augen der Besucher glänzten. Das Sofa war mit dunkelrotem Samt überzogen, schwere brokatene Vorhänge schmückten die Fenster, und ein bunter orientalischer Teppich mit Medaillon lag auf den blitzblanken Fliesen.

Der Hausherr schenkte den Gästen kühles Wasser ein, dann verteilte er Orangensaft und servierte ein Tablett mit Süßigkeiten.

Nach den üblichen wortreichen Begrüßungen kamen die Gäste zur Sache.

»Ich bin der älteste der Anwesenden!«, begann ein Greis zu sprechen. »Ich habe gute und schlechte Tage in meinem Leben gesehen. Wer zwei Liebende voneinander trennt, bleibt fern vom Paradies. Unser Stamm ist berühmt für die Schönheit seiner Frauen, doch mein Neffe hat sein Herz in der Stadt verloren!«

Der Redner räusperte sich und schaute den Hausherrn an. »Wir sind heute zu dir gekommen, um unsere Absicht kundzutun. Wir bitten dich um die Hand deiner Tochter für meinen Neffen!«

Der Städter nestelte an seinem Kragen. »Die Wüste ist die wahre Wurzel der Araber. Hat unser Prophet nicht Milch aus der Brust einer Beduinin gesogen?«

Die Beduinen nickten zustimmend.

»Das Leben in der Stadt hat sich geändert, die Wüste ist sich gleich geblieben. Ein Berg trifft nicht auf einen anderen Berg, doch Menschen begegnen einander. Wer hätte gedacht, dass ein Wüstensohn um die Hand meiner Tochter anhalten würde?« Der Städter erhob sich. »Ich bitte die Gäste, sich einen Moment zu gedulden. Ich möchte Rücksprache mit meiner Frau halten!«

Als der Hausherr verschwunden war, flüsterte einer der Beduinen dem anderen ins Ohr: »Wenn ein Städter einen Furz lässt, muss er wohl auch die Erlaubnis seiner Frau einholen?«

»Sei still!«, fauchte ihn der Vater des Jungen an. »Es ist sein gutes Recht. Wir holen auch die Meinungen unserer Frauen ein.«

»Wir machen es unter vier Augen und prahlen nicht damit!«, wehrte sich der andere.

»Seid ruhig. So sind die Sitten der Städter. Wir sind nicht gekommen, um sie zu ändern!«, versetzte der Älteste.

Kurz danach erschien der Städter in Begleitung seiner Frau. »Die Gäste seien willkommen!«, sagte die Frau. Die Beduinen erwiderten ihren Gruß.

Der Hausherr ergriff das Wort: »Ich habe euer Anliegen mit meiner Frau und meiner Tochter erörtert. Meine Frau hat einige Wünsche geäußert.«

»Wir sind gekommen, um Wünsche zu erfüllen!«, sagte der Vater des jungen Beduinen.

Die Frau ergriff das Wort: »Meine Tochter ist in der Stadt aufgewachsen, das karge Leben in der Wüste ist sie nicht gewohnt. Wer meine Tochter heiraten will, soll in der Stadt wohnen!«

Ratlos schauten die Beduinen einander an.

»In der Stadt? Fern von seiner Sippe? Er wird zum Gespött der Männer!«, sagte der Greis empört. Es herrschte Stille im Raum.

»Diesen Wunsch kennen wir nun!«, unterbrach der Vater des Jungen die Stille. »Welche Wünsche gibt es noch?«

»Das Hochzeitsfest soll in der Stadt gefeiert werden!«, erwiderte die Frau.

»Das ganze Zeltlager soll auf Wanderschaft gehen? Wegen eines Festes?«, wunderte sich einer der Beduinen. »Es stimmt, was unsere Vorfahren zu sagen pflegten: Ein Meeresvogel kann sich nicht leicht mit einem Wüstenvogel anfreunden!«

Der alte Beduine ergriff das Wort: »Gibt es noch Wünsche?«

»Das ist alles!«, entgegnete die Frau.

Der Greis nickte. »Keiner kann die Last alleine tragen, beide Seiten müssen nachgeben. Wir erfüllen den zweiten Wunsch, und ihr verzichtet auf den ersten!«

Nach langem Hin und Her einigten sich die Parteien auf diesen Kompromiss.

»Was verlangt ihr als Brautgabe?«, wollte der Vater des Jungen wissen.

»Wir Städter begnügen uns mit einer symbolischen Brautgabe. Dafür muss der Bräutigam Schmuck und Kleider für die Braut besorgen und für die Ausstattung des Hauses aufkommen.«

»Das Letztere erübrigt sich!«, warf der Greis ein. »Die Braut zieht zum Bräutigam in das Zeltlager. Dort brauchen wir weder Sofa noch Schränke!«

»Und worauf soll meine Tochter sitzen?«, warf die Frau ein.

»Auf der Matratze!«, sagte der Greis. »Sollen unsere Kamele etwa Sofas und Schränke durch die Wüste schleppen?«

»In Ordnung!«, beschied der Brautvater. »Morgen soll der Bräutigam meine Tochter und meine Frau zum Juwelier begleiten und Verlobungsringe kaufen!«

Die Beduinen waren einverstanden.

Und so geschah es.

Am nächsten Morgen machten sich die drei auf zum Juwelier. Der geschäftstüchtige Goldschmied empfing die Kunden mit einem breiten Lachen. »Viele Bräute der Stadt kaufen ihren Schmuck bei mir«, rühmte er sich. »Doch ein solches Paar habe ich noch nicht bedient! Die Wüste vereinigt sich mit der Stadt!«

Er holte aus der Vitrine ein Paar Goldringe. »Die besten, die ich habe!«, pries er seine Ware. »Ich mache für das schöne Paar einen Sonderpreis: statt zweihundert Dinar nur einhundertfünfzig Dinar!«

Dem Verlobten blieb nichts anderes übrig, als auf dieses Angebot einzugehen.

»Ein ganzes Kamel für ein Paar Ringe?«, schimpfte der Vater, als ihm der Sohn später den Preis nannte. »Und das ist erst der Anfang!«, fuhr er fort. »Mein Sohn, diese Heirat lässt unsere Herde schrumpfen!«

»Wann soll das Hochzeitsfest stattfinden?«, erkundigte sich der Vater der Braut.

»Nach dem Opferfest«, schlug der Vater des Bräutigams vor. »Wir heiraten nicht gern zwischen dem Ramadan und dem Opferfest.«

Der Brautvater hatte keine Einwände. »Zwei Wochen nach dem Opferfest soll der Bräutigam die Einkäufe für die Braut erledigen.« In gutem Einvernehmen schieden die beiden Parteien voneinander.

In Windeseile erreichte die Nachricht das Zeltlager. Während ein Teil des Stammes sich zurückhaltend äußerte und den Bräutigam für einen Schwächling hielt, war ein anderer Teil zumindest neugierig.

»Ich bin gespannt auf das Fest in der Stadt!«, freute sich ein Ziegenhirte, und ein anderer pflichtete ihm bei: »Ich war mein Leben lang noch nie in der Stadt! Es ist eine günstige Gelegenheit.«

Die Frauen des Zeltlagers beglückwünschten die Mutter des Bräutigams. »Dein Zelt wird erstrahlen!«, meinte eine, und eine andere ließ mit spitzer Zunge verlauten: »Sie wird dir beim Weben der Zeltbahnen zur Hand gehen!«

Die Mutter war hin- und hergerissen zwischen Freude und banger Erwartung.

Ungeduldig wartete man auf den hohen Festtag.

Einige Tage vor dem Fest ritten der Bräutigam und sein Vater voraus, um die versprochenen Einkäufe zu erledigen. Der Vater hatte in weiser Voraussicht drei Kamele auf dem Markt verkauft und seinen Schatz mit Münzen eingesteckt. »Mein Beutel ist voll!«, strahlte er.

Kurz nach ihrer Ankunft am Haus mit den grünen Fenstern machten sich die beiden in Begleitung der Braut und der Schwiegermutter auf den Weg in den Bazar.

Die Schwiegermutter steuerte den Laden des Stoffhändlers an. Während die zwei Männer Tee schlürften, prüfte sie die Ware. »Aus dieser bestickten Seide soll das Hochzeitskleid genäht werden.« Sie deutete auf eine Rolle. »Von diesem grünen Chiffon möchte ich zwei Nachthemden haben!«, fuhr sie fort.

Der Stoffhändler nickte, schnitt zwölf Ellen ab und legte sie zu dem anderen Stoff.

»Für die sieben Tage der Hochzeit brauchen wir Stoff

für sieben verschiedene Kleider«, suchte die Schwiegermutter weiter aus.

Dem Vater schmeckte der Tee nicht mehr. »Deine Schwiegermutter kauft den Laden leer!«, flüsterte er seinem Sohn zu.

»Für mich brauche ich drei Kleider und zwei Nachthemden!«, fuhr die Schwiegermutter fort und deutete auf verschiedene Stoffrollen.

Dem Beduinen platzte der Gewandkragen: »Wer heiratet denn, die Mutter oder die Tochter?«

Die Schwiegermutter ließ sich nicht beirren: »Noch sechs Ellen Stoff von diesem Brokat für die Mutter des Bräutigams! Dann kannst du die Rechnung machen!«

»Sehr wohl«, sagte der Stoffhändler und verschwand im Hinterzimmer.

Der Beduine trat von einem Bein auf das andere. »Mein Sohn, als ich heiratete, hatte deine Mutter ein selbstgesticktes Kleid. Das war alles! Sollen wir mit den Stoffen einen Laden im Zeltlager aufmachen?«

Der Sohn beschwichtigte seinen Vater: »Die Zeiten haben sich geändert!«

Der Stoffhändler erschien mit einem ellenlangen Zettel in der Hand. »Alles in allem dreihundert Dinar!«, sagte er und fügte verschmitzt hinzu: »Doch für die werten Gäste aus der Wüste begnüge ich mich mit zweihundertfünfzig Dinar!«

Dem Beduinen stockte der Atem. Schweren Herzens zückte er seinen Beutel und bezahlte die geforderte Summe.

»Zwei Kamele allein für die Kleider!«, stöhnte der Vater, als sie schwer bepackt den Laden verließen. »Und für die Wanderschaft zurück brauchen wir ein zusätzliches Kamel, das die Lasten trägt!«

»Es fehlt noch der Schmuck«, sagte die Brautmutter ungerührt und bog um die nächste Ecke.

Der Juwelier saß auf einem Hocker vor dem Geschäft und spielte mit seiner Gebetskette. Als er den Beduinen erblickte, grinste er. »Du bist großzügig!«, lobte er den Beduinen, als dieser ächzend seine Last zu Boden gleiten ließ. »Seid willkommen in meinem Laden! Bei mir findet ihr das reinste Gold in der Stadt. Ich hafte für meine Ware!«

»Ich kenne deinen Laden seit Langem«, sagte die Frau und nahm die Schmuckstücke in der Vitrine in Augenschein.

»Diese Goldkette!« Sie zeigte auf ein Schmuckstück in der Vitrine.

»Ein erlesener Geschmack!«, schmeichelte der Händler und legte der Braut die Kette um den Hals. »Sie passt wie angegossen!«

Die Mutter ließ ihre Blicke schweifen. »Wir nehmen noch diesen Schlangenarmreif und die goldenen Ohrgehänge! Zeig uns auch noch die Ringe!«

Der Juwelier ließ sich dies nicht zweimal sagen und tischte auf, was er zu bieten hatte.

»Diesen Smaragd, den Ring mit dem Rubin und diesen Goldreif. Eine Perlenkette fehlt uns noch!«

Der Händler strahlte. »Für besondere Kenner habe ich etwas Besonderes!«

Er kramte in einer Schublade und zog eine lange Perlenkette hervor. Die feinen Perlen schimmerten in allen Farben des Regenbogens.

Die Mutter legte sich die Kette um. Ihre Augen glänzten. »Wir nehmen die Kette!«, entschied sie.

»Der Juwelier schluckt unsere Herde!«, seufzte der Beduine.

»Mache die Rechnung!«, sagte die Frau.

Der Juwelier wog das Gold, betrachtete die Schmuckstücke und machte sich Notizen. »Ganz genau siebenhundert Dinar!«, ließ er sich vernehmen. »Nicht mehr und nicht weniger!«

Der Beduine sank in sich zusammen.

»Für den Scheich der Araber alles umsonst!«, wandte er sich an den Vater.

»Was ist dein letztes Wort?«, gab dieser zurück. »Sechshundert Dinar!«

Als der Vater bezahlt hatte, war sein Beutel leer. Sie verabschiedeten sich von dem Juwelier und machten sich auf den Weg zum Haus mit den grünen Fenstern.

Der Hausherr lobte den Beduinen: »Nicht zu Unrecht rühmt man euch Wüstensöhne für eure Großzügigkeit!«

Der Beduine lächelte gequält.

»Ihr habt ein Mahl verdient, setzt euch nieder!« Ein Tablett mit gebratenen Hühnern und Reis wurde gereicht, und die Gäste wurden zum Zugreifen genötigt.

Doch dem Vater wollte das Essen nicht schmecken. Er nagte an einem Hühnerbein und legte es wieder auf das Tablett zurück.

Der Beduine erhob sich. »Wir haben einen langen Ritt vor uns. Es ist Zeit, dass wir aufbrechen!«

Der Hausherr nickte. »In drei Tagen sehen wir euch wieder beim großen Fest!«

Der Beduine und sein Sohn schwangen sich auf ihre Kamele und ritten durch die engen Gassen.

Als sie die Stadt hinter sich gelassen hatten, bemerkte der Vater: »Bei so einer stolzen Brautgabe muss deine Frau wenigstens ein Dutzend Söhne gebären!«

Das ganze Stadtviertel stand auf dem Kopf, als die Karawane aus der Wüste zum Hochzeitsfest eintraf. Die Kinder rannten lärmend durch die Gassen, das ganze Stadtviertel roch nach Kamelmist.

Das Haus mit den grünen Fenstern platzte aus allen Nähten.

Beduinische Frauen trällerten, Städterinnen tanzten und sangen, und die Kinder johlten. So ein Fest hatte das Viertel noch nicht gesehen.

Die beduinischen Gäste waren nur enttäuscht, statt der erwarteten Lämmer bloß Hühnchen serviert zu bekommen.

Als das Fest nach drei Tagen zu Ende ging, nahm die Karawane die Braut samt ihrer Ausstattung mit in die Wüste.

»Wie die Geschichte in der Wüste weitergeht«, setzte Zahra verschmitzt hinzu, »erzähle ich dir ein andermal!«

Die ersten Morgenstrahlen drangen in den Diwan. »Lass uns ein wenig im Schlafgemach ruhen!«, schlug Zahra vor, und die beiden zogen sich zurück.

Am Hof des Herrschers

Nachdem der Sultan und Zahra einige Stunden geschlummert hatten, servierte ihnen der Hofdiener das Frühstück.

»Du warst ein aufmerksamer Zuhörer!«, wandte sich Zahra an den Sultan.

»Deine Geschichten haben mich wach gehalten!«, lächelte er.

»Ich bin noch nicht dazu gekommen, dir zu erzählen, warum der Weinstock in deinem Garten senkrecht steht«, fuhr Zahra fort und berichtete dem Sultan von den Gesprächen der drei Pflanzen.

Der Sultan hatte aufmerksam gelauscht. Nachdenklich wiegte er sein Haupt. »Meinst du, ich könnte meinen krummen Rücken auch aufrichten?«

Zahra schüttelte den Kopf. »Die Last des Reiches hat deinen Rücken gekrümmt. Dazu kommt die große Anzahl deiner Frauen. Ich fürchte, dein Rücken würde beim Aufrichten brechen!«

Der Sultan bettete den Kopf auf seinen Arm und vertiefte sich in seine Gedanken.

Zur Mittagsstunde ließ er seinen Hofstaat versammeln und schickte nach den drei Männern im Garten.

Die Wache fand die drei in tiefem Schlummer. »Aufwachen! Aufwachen! Es ist Mittag!«, weckte sie die Männer unsanft.

Der Beduine erschrak, als ihn die Wache am Gewandkragen packte.

»Auf in den Diwan!«, befahl die Wache, und die drei Männer folgten ihr.

Der Sultan deutete mit seinem Finger auf den Teppich. Die drei Männer ließen sich nieder.

»Ihr seid in meinem Garten eingedrungen, heute soll über euch gerichtet werden!«

Die Wahrsagerin

Der Sultan wandte sich an den Beduinen: »O Sohn der Wüste! Erzähle uns von dir und deinem Stamm!«

Der Beduine erhob sich.

»O mächtiger Sultan! Allah möge deine Ehre schützen! Mein Stamm ist edel und genießt großes Ansehen in der Wüste. Unsere Behausung sind schwarze Zelte aus Ziegenhaar, die unsere Frauen weben. Auf dem Rücken der Kamele wandern wir auf der Suche nach Wasser und Weide. Geführt wird unser Stamm von einem Scheich.

Seit Generationen wurde das Scheichamt in meiner Sippe weitergegeben. In dem Frühling, in dem mein Vater mein Beschneidungsfest feierte, starb der Scheich aus unserer Sippe. Die anderen Sippen lehnten dessen Sohn als Nachfolger ab und meldeten eigene Ansprüche an. Als keine Einigung erzielt wurde, stellte jede der drei einflussreichsten Sippen einen der Ihren zur Wahl.

Eines Morgens versammelten sich die Männer des Stammes vor dem Zelt des verstorbenen Scheichs, um einen neuen Stammesführer zu wählen. Wahlberechtigt sind alle, die ein Schwert zu führen wissen.

Der Stammeskadi sprach zu der Menge: ›Ein Stamm ohne Scheich ist wie eine Karawane ohne Führer. Die drei Kandidaten stellen sich auf, und jeder möge sich zum Kandidaten seiner Wahl gesellen!‹

Der Mann, der die größte Schar um sich sammeln konnte, übernahm die Stammesführung.«

Der Beduine fuhr fort zu erzählen: »Das karge Leben in der Wüste zwingt uns zu Raubzügen. Ich möchte dem gnädigen Sultan eine Geschichte erzählen, die ich als junger Mann erlebt habe.«

»Mein Vater hatte vier Söhne und drei Töchter. Als er auf dem Sterbelager darniederlag, ließ er uns zu sich rufen.

›Ich habe viele Nächte meines Lebens an der Feuerstelle zugebracht und den Weisheiten der Alten gelauscht. Alles in dieser Welt ist vergänglich, nur ein guter Rat bleibt: Ich warne euch vor übertriebener Großzügigkeit, denn sie macht auf die Dauer arm. Und ich warne euch davor, euch für stärker zu halten als die anderen, denn dies wird euch in Gefahr bringen.‹

Nach diesen Worten verschied mein Vater.

Ich war jung und berauscht von der Kraft der Jugend.

Eines Tages hat ein fremder Stamm unsere Herden geraubt. Die Reiter des Zeltlagers schwangen sich auf ihre Pferde und stürmten den Räubern nach. Als wir auf den gegenüberliegenden Hügeln die Räuber mit den Herden erblickten, gab unser Reiterführer Befehl zu halten.

Er musterte die fremden Reiter: ›Sie sind uns in der Zahl überlegen. Gegen so eine Übermacht können wir nichts ausrichten!‹, beschied er. ›Wir reiten zurück!‹

Und was mache ich? Ich stelle mich vor ihn auf und beschimpfe ihn als Feigling.

›Du bist noch jung!‹, entgegnete er.

In meinem jugendlichen Überschwang gab ich meinem Pferd die Sporen und schoss davon. Ich glaubte, die Reiter würden meinem Beispiel folgen.

Als ich bemerkte, dass ich allein war, schämte ich mich umzukehren. Ich wollte mein Gesicht nicht verlieren. Und so stürmte ich auf die Räuber zu, obgleich ich mir meines Leichtsinns bewusst war. Was konnte ich allein ausrichten?

Der Führer des räuberischen Stammes ließ mich festnehmen. ›Du kannst uns helfen, die Kamele zu treiben!‹, rief er mir zu. Sie nahmen mir Waffe und Pferd und ließen mich zu Fuß laufen.

Meine Beine wurden schwer. Erst am späten Nachmittag, als wir eine Wasserquelle erreicht hatten, rastete die Karawane. Als ich meine geschundenen Füße betrachtete, erinnerte ich mich an den Rat meines Vaters. Ich lachte über meine Narrheit.

›Was gibt es da zu lachen?‹, stauchte mich der Reiterführer zusammen.

›Ich habe mich an meinen Vater erinnert, der mir auf seinem Sterbelager einen Rat gegeben hat.‹

Ich erzählte ihm von meinem Vater, und der Fremde hörte aufmerksam zu.

›Dein Vater war weise!‹, sagte der Reiterführer. ›Und du bist ein Dummkopf. Hättest du seinen Rat befolgt, so wärest du jetzt nicht hier!‹

Der Fremde fuhr fort: ›Nimm dein Pferd und drei Kamele und lasse dich hier nie wieder blicken!‹

Als ich mit der kleinen Karawane in unserem Zeltlager eintraf, wunderten sich die Zeltbewohner. Sie bestürmten mich mit Fragen. ›Wie hast du die Kamele befreit?‹

›Nicht durch Taten, sondern durch die klugen Worte meines Vaters‹, erwiderte ich. ›Der Führer des Raubzugs hatte ein Einsehen mit meinem jugendlichen Übermut!‹

Seit dieser Zeit vergesse ich den Rat meines Vaters nicht mehr.«

»Dein Vater war klug wie der weise König Salomon!«, erwiderte der Sultan. »Doch nun möchte ich erfahren, weshalb dich dein Weg in meinen Garten geführt hat.«

Der Beduine räusperte sich. »Als ich in der Oase die leere Grube fand, floh der Schlaf meine Augen. Das Herz schmerzte mir. Ich sattelte mein Kamel und suchte überall nach meiner Palme, doch vergeblich, bis ich eines Tages bei einem fremden Stamm auf eine Wahrsagerin stieß.

Sie war von kleiner Gestalt, ihre grauen Haare waren zu zwei Zöpfen geflochten. Ihr faltiges Gesicht war tätowiert.

Ich erzählte ihr von meinem Anliegen.

›Gib mir deinen Dolch!‹, bat sie. ›Ich werde ihn heute Nacht unter mein Kopfkissen legen. Beim nächsten Morgenkaffee, so Allah will, sollst du erfahren, wo deine Palme ist.‹

Ich übergab ihr meine Waffe. Sie betrachtete den Dolch.

›Die lange Suche hat dich ermüdet!‹, bemerkte sie.

Ich nickte.

›Erst beim letzten Vollmond hatte ich auch einen Dolch in Händen. Er stammte von einem jungen Mann, der Hilfe suchte.

Er war gerade vierzig Tage verheiratet, und es war ihm immer noch nicht gelungen, die Hochzeitsnacht zu vollziehen. Er hatte bereits mehrere Derwische und Hebammen aufgesucht, doch vergeblich. So kam er zu mir. Ich legte seinen Dolch unter mein Kissen, und in dieser Nacht träumte ich:

Ich sah, wie die Männer beider Sippen die Eheschließung mit dem Rezitieren von Koranversen besiegelten. Inmitten der Zeremonie drehte ein Mann, der die Braut begehrte, unbemerkt seine Schuhe um. Er wollte dem Bräutigam die Suppe versalzen.

Und so gab ich am nächsten Tag dem verzweifelten Bräutigam ein Amulett, das gegen diesen Zauber wirksam war. Wenige Tage später erschien er mit freudiger Miene und brachte mir ein Zicklein mit.

Und nun gehe und schlafe!‹, riet mir die Wahrsagerin.

Schlaflos wälzte ich mich auf meinem Schlaflager hin und her. Ungeduldig erwartete ich die Morgendämmerung. Als ich hörte, wie der Scheich im Mörser die gerösteten Kaffeebohnen zerstampfte, hielt es mich nicht mehr auf meinem Lager.

Endlich erschien die Wahrsagerin. ›Deine Palme steht in einem großen Garten. Sie wurde von einer Schar Männer entwurzelt und trat eine weite Reise an. Wenn du von hier in Richtung der aufgehenden Sonne reitest, wirst du auf den Garten stoßen!‹

Die Wahrsagerin gab mir meinen Dolch zurück, und ich reichte ihr einen Beutel Datteln.

Ihre Worte gaben mir Hoffnung, und so folgte ich ihrem Rat.«

Der Sultan gab dem Beduinen ein Handzeichen, er möge sich niedersetzen.

Die Handleserin

Auf Geheiß des Sultans erhob sich der Bauer.

»Erzähl uns von dir und deinem Dorf!«, forderte ihn der Sultan auf.

»O gnädiger Sultan. Seitdem mein Olivenbaum verschwunden war, kreisten meine Gedanken nur noch um ihn. Einunddreißig Olivenbäume stehen in meinem Hain, genauso viele, wie ich Zähne im Mund habe. Bekomme ich Zahnschmerzen, so weiß ich, dass einer meiner Bäume krank ist.

In jener Nacht kam im Traum ein Dämon auf mich zu. Er trug eine Zange in der Hand, warf sich auf mich und zog mir meinen Vorderzahn. Ich wachte schweißgebadet auf.

Voll böser Ahnungen eilte ich in den Olivenhain. Mein Lieblingsbaum war verschwunden!

Wie oft saß ich danach auf der Schwelle meines Hauses, betrachtete mein Dorf und dachte an meinen verschwundenen Olivenbaum!

Meine Frau packte das Mitleid. ›Mahmud, gehe und suche deine Pflanze. Ehe du sie gefunden hast, wirst du keine Ruhe haben. Allah möge dir deinen Baum vor der nächsten Olivenernte zurückgeben!‹

Die Worte meiner Frau machten mir Mut. Während ich meinen Maulesel sattelte, füllte meine Frau den Beutel mit Proviant.

Ich drückte ihr zum Abschied auf jede Wange einen Kuss und versprach, bald zurück zu sein.

›Gib auf die Kinder acht!‹, rief ich ihr zu, als ich in die Dorfstraße bog.

Seitdem ich mein Dorf hinter mir gelassen hatte, habe ich viele Schluchten und fremde Gegenden durchstreift. Ich ritt von Olivenhain zu Olivenhain, auf der Suche nach meiner Pflanze.

Eines Tages führte mich mein Weg in einen steilen

Hain am Rande eines hohen Berges. Der Bauer war gerade dabei, die dürren Zweige seiner Olivenbäume zu schneiden.

›Hast du etwas in meinem Hain verloren?‹, fragte er mich, als er mich auf und ab gehen sah. ›Oder bist du ein Steuereintreiber?‹

›Sehe ich so aus?‹, erwiderte ich.

›Man kann nie wissen!‹, gab der Bauer zurück.

Ich erzählte ihm die Geschichte von meinem verlorenen Olivenbaum.

›O Bruder! Deine Geschichte erweicht mein Herz!‹, entgegnete der Olivenhainbesitzer. ›Du bist ein Bauer mit Leib und Seele!‹

Er packte seinen Beutel aus und lud mich ein. ›Leiste mir Gesellschaft beim Mittagessen.‹

Ich ließ mich nicht zweimal bitten, und so setzten wir uns beide unter einem Olivenbaum nieder. Ich griff gierig nach dem duftenden Brot, dem Ziegenkäse und den eingelegten Oliven, denn ich hatte seit Tagen kaum mehr etwas gegessen.

›Ich war vorhin misstrauisch dir gegenüber‹, bemerkte der Bauer. ›Ich fürchte nämlich den bösen Blick! Es gibt Menschen, die mit ihren Blicken grüne Bäume zum Verdorren bringen!‹ Er schob sich eine Olive in den Mund. ›Vorgestern saß ich am frühen Abend nach getaner Arbeit mit ein paar Bauern auf dem Dorfplatz und schaute den Kühen nach, die durch die Dorfstraße getrieben wurden. Ihre Euter waren prall, und ihr braunes Fell glänzte.

Ein Fremder, der unbemerkt aufgetaucht war, als hätte ihn die Erde ausgespuckt, gesellte sich zu uns. Er schielte auf einem Auge. Wir boten dem Fremden den Wasserkrug an. In dem Moment trottete die Kuhherde meines Nachbarn über den Dorfplatz.

Die Blicke des Fremden hefteten sich auf das Leittier, eine besonders prächtige Kuh. Anstatt Allahs Namen zu loben und ein Wort der Bewunderung zu äußern, blieb sein Blick trocken.‹

Der Redner holte tief Luft und schaute mich an. ›Du wirst mir kaum glauben, was jetzt geschah! Vor meinen Augen drehte sich das Leittier ein paarmal um die eigene Achse, dann brach es mit einem lauten Schrei zusammen. Es war eine völlig gesunde Kuh. Noch bevor wir den Dolch ansetzen konnten, war das Tier tot.

Es hätte zumindest einen guten Braten abgegeben.

Während wir fassungslos um den Tierkadaver standen, war der Fremde plötzlich verschwunden, als hätte ihn die Erde verschluckt!‹

›Allah schütze uns vor dem bösen Blick!‹, erwiderte ich.

Der Bauer wollte mich zu sich nach Hause einladen, doch ich winkte dankend ab.

›Ich muss meinen Baum wiederfinden!‹, sagte ich und verabschiedete mich von ihm.

Am folgenden Tag führte mich meine Reise in eine karge Gegend mit zahllosen Ruinen. Früher einmal mussten viele Leute dort gelebt haben.

Was hatte sie wohl bewogen, diesen Landstrich zu verlassen? Ich spürte die Einsamkeit und ritt so schnell, wie mich die Beine des Maulesels tragen konnten.

Doch die Dunkelheit holte mich ein, und so machte ich mich auf die Suche nach einem Versteck.

In einer Ruine breitete ich meinen Fellmantel aus und legte mich zur Ruhe. Auch der Maulesel streckte seine müden Beine von sich.

Obgleich ich müde war, fiel ich angesichts dieser gottverlassenen Gegend nur in einen leichten Schlummer.

Es muss gegen Mitternacht gewesen sein, als ich hochschreckte. Ich vernahm seltsame Stimmen. Es mussten drei Männer sein, oder waren es Geister? Ich verhielt mich mucksmäuschenstill und lauschte ihrer Unterhaltung.

Es stellte sich heraus, dass es sich um drei Grabräuber handelte.

Einer der drei berichtete: ›Heute habe ich den Friedhof durchkämmt und stieß auf ein frisches Grab. Der Sand war noch ganz feucht. Ich beschloss, durch das Dorf zu schlendern, um über den Toten etwas in Erfahrung zu bringen. Ich kam im rechten Augenblick, denn gerade wurde das Totenmahl aufgetragen. Ich gesellte mich zu den Trauernden und brachte mein Beileid zum Ausdruck.

›Das Fleisch ist zu zäh für mich!‹, klagte ein alter Mann, der sich mit einer Hammelschulter abmühte.

›Kein Wunder, du hast nur noch vier Zähne!‹, versetzte sein Nachbar. ›Du bist jünger als die Verstorbene. Sie hatte noch fast alle ihre Zähne!‹

›Sie konnte sich Goldzähne leisten‹, entgegnete der Alte, ›während ich mich mit meinem Kiefer begnügen muss.‹

Ich wurde hellhörig. Nach dem Mahl verabschiedete ich mich und wartete die Nacht ab. Im Schutz der Nacht habe ich mich hierher geschlichen!‹

›Werden die Gräber bewacht?‹, wollte einer wissen. Der Grabräuber lachte. ›Wer wagt sich schon bei Dunkelheit auf einen Friedhof?‹

Ich zitterte vor Furcht. Ich war am Rande eines Friedhofs gelandet. Von meinem Versteck aus konnte ich die drei Gestalten erkennen.

›Machen wir uns an die Arbeit!‹

Einen Steinwurf von mir entfernt begannen die drei zu graben. Wie Füchse schaufelten sie den Sand in die Höhe. Ich dachte an die Tote. Nicht einmal im Tod hatte sie ihre Ruhe. Ich verwünschte die drei verdammten Grabschänder, doch allein konnte ich nichts gegen sie ausrichten.

›Ich sehe das weiße Leichentuch!‹, hörte ich einen der Grabräuber sagen.

Ich erinnerte mich an den Traum mit dem Dämon, der mir mit der Zange einen Zahn ausgerissen hatte.

Ich nahm allen Mut zusammen, warf meine Kleider von mir und kletterte aus meinem Versteck. Splitternackt und mit klappernden Zähnen kroch ich auf das Grab zu.

›Der Teufel! Der Teufel!‹, rief einer der Grabräuber. Wie von Sinnen ließen die drei Hacken und Schaufeln fallen, sprangen aus dem Grab und rannten schreiend davon.

Fröstelnd suchte ich mein Versteck wieder auf, schlüpfte in meine Kleider und schmiegte mich an meinen Maulesel.

Ihr könnt euch denken, dass ich in dieser Nacht kein Auge zutat!

Als es dämmerte, fasste ich Mut. Ich schritt auf das Grab zu, nahm eine Schaufel zur Hand und begann die Grube zuzuschütten.

Ich war kaum fertig, da packte mich eine Hand am Genick: ›Hab ich dich, du Grabräuber!‹, hörte ich eine dunkle Stimme.

Als ich mich umblickte, sah ich einen Mann, der so kräftig wie ein Ochse war.

Er schleppte mich in das Dorf.

›Ich habe den Grabschänder auf frischer Tat ertappt!‹, rief er.

Die Dorfbewohner blickten mir schaudernd nach. Im Haus des Dorfvorstehers wurde ich in Ketten gelegt. Schaulustige umlagerten mich.

Ich erzählte, wie ich die wahren Grabräuber vertrieben hatte, doch keiner wollte meinen Worten Glauben schenken.

Gegen Mittag erschien eine alte Frau. Gold- und Silberreifen schmückten ihre Handgelenke. ›Gib mir deine Hand!‹, sagte sie zu mir.

Sie betrachtete die Innenfläche meiner Hand. ›Diese Hand gehört keinem Grabschänder!‹, sagte sie zu den Anwesenden.

Sie strich einige Male über meine Hand.

›Was hatte er denn auf unserem Friedhof verloren?‹, wollte der Dorfvorsteher wissen.

›Ein Anliegen treibt ihn!‹, erwiderte die Handleserin. ›Ich sehe in seiner Hand einen Baum!‹

›Wo ist der Baum?‹, unterbrach ich die Alte.

›Er steht in einem großen Garten. Reite dreißig Tage gegen die Gebetsrichtung, dann wirst du deinen Olivenbaum finden!‹

Der Dorfvorsteher nahm mir die Ketten ab und entschuldigte sich für das Missverständnis.

Ich reichte der Alten zum Dank einen Beutel voll Tabak und verabschiedete mich von ihr und den Dorfbewohnern.

Und wie die Handleserin vorausgesagt hatte, führte mich mein Weg in den Garten des Sultans.«

Der Bauer verstummte.

»Setz dich!«, befahl der Sultan und wandte sich dem Städter zu.

Die Kaffeesatzleserin

Der Sultan gab dem Städter ein Handzeichen. Der Weinhändler erhob sich.

»O werter Herrscher, das Fehlen meines geliebten Weinstocks ließ mir keine Ruhe. Ich vernachlässigte meine Geschäfte, und ich war kraftlos. Immer wieder rezitierte ich diese Verse:

›Trink den Becher leer, o schenke,
füll ihn der Geliebten wieder ein!
Es ist ein Wein für den Geliebten.

Sage und bekenne offen deine Liebe dem,
der offen sie dir ebenfalls bekennt!‹

Ich komme aus einer reichen Stadt an einer Handelsstraße. Einmal im Monat lud ich meine Freunde zu mir in den Garten. Wir saßen unter dem Weinlaub, sprachen miteinander und ließen uns den Rebensaft schmecken. Es war an einem langen Sommerabend. Ich hatte einen anstrengenden Tag hinter mir und freute mich auf Entspannung in meinem Garten. Zu meiner Verwunderung stand mein geliebter Weinstock nicht mehr an seinem Platz!

Was bin ich ohne seine Reben?

Als meine Freunde von meinem Kummer erfuhren, suchten sie mit mir die Gärten der Stadt ab.

›Ein strenger Gläubiger wollte dir vielleicht die Freude am Rebensaft verderben!‹, vermutete der Bibliothekar.

›Wir teilen deinen Kummer!‹, sagte der Kalligraf.

Ich vertraute meinen Freunden den Laden an, kaufte mir ein Ross und begab mich auf die Suche.

O gnädiger Herrscher! Als ich das Stadttor hinter mir ließ, spürte ich ein Gefühl der Erleichterung. Mein Geschäft hatte mich sehr in Anspruch genommen, und nun genoss ich den Hauch der Freiheit.

Nach dem ersten Tagesritt in Richtung der aufgehenden Sonne stieß ich auf ein Zeltlager. Ich steuerte das größte Zelt an.

›Der Gast sei willkommen!‹, empfing mich der Stammesführer.

Ich stieg von meinem Reittier ab. Die Söhne des

Scheichs pflockten mein Ross an und gaben ihm Futter. Der Scheich bat mich, auf dem Teppich Platz zu nehmen, und bot mir Kaffee an.

›Kommst du aus der Stadt?‹, fragte er mich.

Ich nickte. Mit blumigen Worten beschrieb ich ihm meine Stadt am großen Fluss.

›Vor vielen, vielen Jahren habe ich dort den Markt besucht!‹, erwiderte der Gastgeber. ›Bist du auf Jagd?‹, wollte er noch wissen.

Ich verneinte. Ich wagte nicht, ihm den wahren Grund meiner Reise zu nennen. Die Wüstenbewohner hatten kaum genug Wasser, und mich dürstete nach Wein! Sie hätten mich für verrückt gehalten.

Ich verbrachte die Nacht im Scheichzelt, und am frühen Morgen setzte ich meine Reise fort.

Nach drei Tagen erreichte ich ein Dorf. Dieses zog mein Augenmerk auf sich, denn es hatte nicht nur eine Moschee, sondern auch eine Kirche und eine Synagoge. Ich war neugierig auf die Bewohner dieses Dorfes.

Auf dem Dorfplatz hörte ich zwei Männer miteinander streiten. Als sie mich erblickten, ließen sie voneinander ab.

›Der fremde Reiter soll zwischen uns schlichten!‹, sagte der eine, und der andere stimmte ihm zu. ›Was ist geschehen?‹, erkundigte ich mich.

›Ich bin ein Jude!‹, sagte der eine, der einen Hut auf dem Kopf trug.

›Und ich bin ein Muslim!‹, fügte der andere hinzu, der einen Turban trug. ›Seit Generationen leben wir friedlich in diesem Dorf zusammen. Es herrscht eine Übereinkunft, dass sich keiner in die Angelegenheiten des anderen mischt. Streitet sich ein Christ mit einem Juden, so verhalten sich die Sippen ruhig!‹, erklärte mir der Mann mit dem Turban.

›Eine kluge Regelung!‹, lobte ich. ›Und warum streitet ihr euch?‹

›Heute ist Sabbat‹, sagte der Jude, ›und dieser Muslim hat meine Ruhe gestört!‹

›Stimmt das?‹, fragte ich.

Der Muslim nickte.

›Dann höre meinen Urteilsspruch: Bald geht der Sabbat zu Ende. Schlachte ein Schaf. Dein Nachbar, der Jude, und ich wollen deine Gäste sein!‹

Die beiden zeigten sich zufrieden mit dem Urteil.

Nach dem abendlichen Festmahl fragte mich der Gastgeber: ›Was verschlägt einen Städter wie dich in diese Gegend?‹

Ich erzählte ihm meine Geschichte vom Anfang bis zum Ende.

›Vielleicht kann ich dir weiterhelfen!‹, sagte der Gastgeber, der aufmerksam gelauscht hatte. ›Morgen findet unser Wochenmarkt statt. Dort wirst du eine berühmte Kaffeesatzleserin antreffen. Sie stammt aus dem Maghreb. Sie weiß Rat!‹

Ich war glücklich über den Hinweis, verbrachte die Nacht im Haus des Gastgebers und wartete auf den Morgen.

Und tatsächlich, in einer Ecke des Marktes stieß ich auf die Kaffeesatzleserin. Es war eine Frau in mittlerem Alter. Sie hatte ein kluges Gesicht und ein freundliches Lächeln. Ich setzte mich zu ihr und erzählte ihr von meinem Anliegen.

Sie goss ein Schlückchen Kaffee in eine Tasse, bewegte diese hin und her und murmelte unverständliche Worte.

Schließlich sagte sie zu mir: ›Ich sehe einen Weinstock in einem großen Garten. Er ragt in die Höhe und ist von merkwürdiger Gestalt!‹ Sie bewegte noch einmal die Tasse. ›Wenn du nach Norden reitest, so wirst du nach sieben Tagen zu diesem Garten gelangen.‹

Ich drückte der Kaffeesatzleserin eine Münze in die Hand. Obgleich mir die Botschaft merkwürdig erschien, schwang ich mich noch am selben Tag auf mein Ross und ritt los. Und so gelangte ich in den Garten des Herrschers.«

Der Sultan gab dem Städter ein Zeichen, sich niederzusetzen.

Epilog

Der Sultan erhob sich und sprach zu seinem Hofstaat: »Ich will keine langen Worte verlieren. Seit Generationen steht meine Familie dem Herrscherhaus vor. Ich habe das Erbe meines Vaters angetreten, das dieser von seinem Vater übernommen hatte. Jeder meiner Vorfahren hat das Reich durch Eroberungen vergrößert!«

Der Sultan blickte in die Runde. »In meinem Palast regiere ich ein zweites Reich, meine Gattinnen und meine Kinder. Beide Reiche beanspruchen mich so, dass ich meine Kraft schwinden fühle. Gegen das Alter gibt es keine Medizin.

Nun, hinter mächtigen Männern stehen starke Frauen! Wer erinnert sich nicht an Khadijeh, die erste Frau unseres Propheten! Sie war eine berühmte Händlerin, bei der der Prophet als junger Mann sein Brot verdiente. Er vertraute ihrer Erfahrung und folgte ihrem weisen Rat.«

Der Herrscher blickte in die Runde und ließ dann seine Augen auf Zahra ruhen. »Auch Zahra ist eine kluge und mutige Frau. Sie hat mich in die Welt der

Pflanzen eingeführt, und ihr verdanke ich viel Wissen über mein Reich. Ihr gebührt die Herrschaft!«

Der Hofstaat klatschte Beifall.

»Bevor du die Geschäfte übernimmst«, fuhr der Sultan fort, »verrate mir das Geheimnis, wie du die Sprache der Pflanzen erlernt hast!«

Zahra lächelte. »Bevor ich dir mein Geheimnis preisgebe, will ich dir eine Geschichte erzählen:

Vor vielen Jahren wurde eine Frau von der Nacht der Wünsche gesegnet. Als sie des Nachts in ihrem Zelt erwachte, fand sie die Welt verkehrt: Der Scheich stand auf dem Kopf, die Palmen standen auf ihren Kronen und die Kamele auf ihren Höckern.

Erst erschrak die Frau, dann erkannte sie die Zeichen der glücklichen Nacht. Sie hatte also drei Wünsche frei.

Die Frau ging auf die mittlere Zeltstange zu und umklammerte sie. ›O Allah, Allmächtiger! Ich habe nur einen Wunsch. Ich habe sieben Kinder zur Welt gebracht, und siebenmal habe ich mich an die Zeltstange geklammert und mich vor Schmerzen gekrümmt. Mein einziger Wunsch ist: Wir Frauen tragen weiterhin die Kinder in unserem Bauch aus, doch die Männer sollen die Geburtsschmerzen bekommen!‹

Sie wiederholte ihren Wunsch dreimal. Ihr Wunsch ging in Erfüllung.

Seit dieser Zeit trugen die Frauen in diesem Stamm die Kinder aus, und die Männer bekamen die Schmerzen der Geburt.

Die Zeiten änderten sich. Lautes Geschrei erfüllte das Männerzelt, wenn die Stunde einer Geburt kam.

Besonders hart traf es die Männer, die mehrere Frauen hatten. Sie mussten bisweilen mehrmals im Jahr die mittlere Zeltstange aufsuchen.

Der alte Scheich mit seinen vier Frauen jammerte: ›So ein Jahr möchte ich nicht noch einmal erleben: drei Geburten, und eine davon mit Zwillingen!‹

In diesem Zeltlager gab es ein Paar, das kinderlos blieb. Der Mann sehnte sich nach einem Sprössling, doch die anderen Männer sagten ihm: ›Sei doch froh, dass deine Frau keine Kinder haben kann! Freiwillig suchst du die Schmerzen der Geburt?‹

Doch der Mann beharrte: ›Ich möchte Nachwuchs haben. Ich mache mir Sorgen um meine Sippe!‹

Der Mann ging mit seiner Frau von einem Derwisch zum anderen auf der Suche nach Heilung. Nach langer Zeit wurde die Frau endlich schwanger.

Die Männer warteten gespannt, wie der Mann seine erste Geburt überstehen würde.

Die Stunde der Geburt nahte, und der Mann saß tapfer im Scheichzelt.

Die Runde war verwundert. ›Der Mann bekommt keine Schmerzen!‹, rief der Scheich. ›Hat uns Allah von dieser Plage erlöst?‹

Kaum hatte er den Satz beendet, als der Stammesderwisch zu schreien begann und sich vor Geburtsschmerzen krümmte.«

Die Anwesenden schmunzelten.

Und Zahra fuhr fort: »Auch ich wurde von der Nacht der Wünsche gesegnet!

Es war eine der vielen Nächte, die ich einsam im Gemach des Palastes verbrachte. Als ich die Nacht erkannte, äußerte ich drei Wünsche: die Sprache der Pflanzen zu verstehen, ein langes Leben und Sinn für Gerechtigkeit zu haben!«

Der Sultan, der jedem ihrer Worte aufmerksam gefolgt war, sagte zu Zahra: »Du hast Gelegenheit, deinen Sinn für Gerechtigkeit zu prüfen. Die drei Männer warten auf deinen Schiedsspruch.«

Zahra hatte die Berichte der drei Männer aufmerksam verfolgt.

Sie wandte sich an den Beduinen: »Höre meinen Schiedsspruch, o Wüstensohn! Die Liebe für deine Palme muss grenzenlos sein. Den weitesten Weg hast du nicht gescheut. Der richtige Platz einer Palme ist die Oase. Die Wache wird dir helfen, die Palme auf den Kamelrücken zu laden. So ziehe von dannen!«

Der Beduine schwenkte seine Kopfbedeckung. »O Sultana! Du hast ein Herz für Pflanzen! Allah möge dein Leben verlängern!«

Zahra wandte sich an den Bauern: »Deine Hände bezeugen deinen Fleiß! Auch du verdienst es, deinen Olivenbaum wiederzubekommen. Die Wache wird dir helfen, deinen Baum auf den Maulesel zu laden!«

Der Bauer strahlte. »Du hast ein großes Herz für die Schwachen! Dank sei dir, o Herrscherin!«

Schließlich sprach Zahra zu dem Städter: »Du bist ein gebildeter Mann. Du hast Sinn für Poesie und Wein. Auch du sollst deinen Weinstock zurückbekommen!« Sie hob den Finger und fügte hinzu: »Doch achte in Zukunft darauf, deinen Daumen nicht mehr auf die Waage zu legen!«

Der Weinhändler versprach dies hoch und heilig. Zum Dank machte er eine tiefe Verbeugung.

»Hoch lebe die Sultana!«, rief der Hofstaat.

Zahra war eine lange Herrschaft beschieden. Und bis zu ihrem letzten Tag blieb sie der Welt der Pflanzen verbunden.

»Kommt also her, ihr Löwen, genießt die Glut der Ziegenperlen und Kameläpfel im Zelt, den Duft von Kardamomkaffee, hört einfach zu, während der Winterregen draußen friert und die Geliebte ihre Sachen packt, hört Salims Rede …« *Listen*

Die Feuerprobe

Salim Alafenisch erzählt eine Geschichte, die wie ein Zauber klingt, aber wahr ist. Als Kind hat er sie selbst erlebt. Als sein Stamm in der Negev-Wüste von einer Nachbarsippe des Mordes verdächtigt wird, willigt der Vater, der Scheich des Stammes, in die radikalste Wahrheitsprobe ein, die das uralte Recht der Beduinen kennt: die Feuerprobe. Nur wenn der älteste Sohn die Feuerprobe besteht, gilt der Stamm als unschuldig.

Die acht Frauen des Großvaters

Wenn das Tagewerk vollbracht ist, ruft die Mutter ihre Kinder ums Feuer und erzählt ihnen Geschichten vom Großvater, dem mächtigen Scheich. Acht Nächte lang erzählt sie von seinen acht Frauen, von Glück und Sorge, von Streit und Versöhnung und vom vielfältigen Beziehungsgeflecht des alten Stammeslebens.

Das Kamel mit dem Nasenring

In einer stürmisch rauen Winternacht hält der Stammesälteste die Zeltbewohner mit einer Geschichte wach. Sie ist länger als ein Kamelhals, denn es ist die Geschichte dieses Beduinenstamms, der in unserem Jahrhundert Umwälzungen erlebt hat, wie noch keine Generation zuvor.

Der Weihrauchhändler

Salem lernt die schöne Soraya bei der Getreideernte kennen. Sie tauschen Blicke, Botschaften und Geschenke und treffen sich heimlich am Brunnen. Doch nach der Ernte kommt der Abschied. Nach zwei Jahren ist Salems Sehnsucht nach der Geliebten so groß, daß er die Satteltaschen seines Esels mit Weihrauch füllt und von einem Nomadenlager zum nächsten zieht, um Soraya zu finden.

Das versteinerte Zelt

Der alte Beduine Musa wurde in der Zeit der Kamele geboren, in der Zeit der Zelte wuchs er auf, und nun soll er den Rest seiner Tage in der Zeit der Steine verbringen: Sein Stamm will die schwarzen Zelte aus Ziegenhaar gegen Steinhäuser eintauschen.

Amira. Prinzessin der Wüste

»Amira« bedeutet Prinzessin, und Amira ist schön wie eine Prinzessin. Vierzig junge Männer möchten sie heiraten. Das sind so viele, wie die Halskette ihrer Großmutter Perlen hat. Aber nicht alle Perlen sind gleich, man muss schon genau hinsehen, um die Edelsteine von den unechten zu unterscheiden, sagt ihre Großmutter: Kamele, Silber- und Goldmünzen sind nicht von Dauer. Wähle den, der dir die schönste Geschichte erzählt.

Amira. Im Brautzelt

Amira, das schönste Mädchen der Wüste, kann sich nicht zwischen ihren drei verbliebenen Heiratsbewerbern entscheiden. Die Großmutter weiß zu helfen. Amira bittet Khalil, Nabil und Talal um eine weitere Kostprobe ihrer Erzählkünste. Doch ihnen will einfach nichts einfallen. Hilfesuchend wenden sich die drei Heiratswilligen an ihre Mütter.